VOLONTÀ DI VIVERE

LE INDAGINI DELLA DETECTIVE KAY HUNTER

RACHEL AMPHLETT

CAPITOLO 1

Elsa Flanagan imprecò sottovoce e sbatté il lato della torcia contro il palmo della mano.

Il fascio di luce vacillò prima di riaccendersi, e lei espirò, rilasciando un po' della tensione dalle spalle.

Aveva detto a Dennis di cambiare le batterie la sera precedente quando era tornato dal pub, il cane aveva un leggero odore di fumo di sigaretta proveniente dal luogo in cui il suo padrone aveva passato il tempo con gli amici nel piccolo riparo coperto a lato della taverna del quattordicesimo secolo.

Ovviamente si era dimenticato completamente delle batterie dopo diverse pinte di vera birra inglese, e ora lei stava attraversando il campo nero come la pece con Smoke, pregando che il fascio di luce durasse abbastanza da permetterle di far fare al cane una rapida trottata prima di tornare a casa per la serata.

Inizio primavera, l'aria era carica di freschezza, la campagna cominciava a risvegliarsi dal letargo invernale.

Aveva trascorso il pomeriggio in giardino, estirpando

tutta la vegetazione vecchia e marcia, le rose erano state drasticamente potate, e le aiuole preparate e pronte per la prima esplosione di narcisi.

Dennis aveva telefonato mezz'ora prima dicendo che sarebbe tornato tardi dal campo da golf. C'era stato un incidente sulla M20 dove le nuove corsie di immissione, implementate l'anno precedente, causavano ancora problemi agli automobilisti ignari.

Elsa aveva sbuffato, ma sapeva che non era colpa sua. Si godevano le loro passeggiate serali con il cane insieme, ma lui l'aveva esortata ad andare senza di lui questa volta.

«Chissà quanto ci metterò», aveva detto.

Riluttante, aveva accettato, poiché Smokey stava già camminando avanti e indietro nell'ingresso in attesa.

«Andiamo, allora», aveva detto, afferrando il guinzaglio dalla sua posizione sul piolo della scala, e uscendo, chiudendo a chiave la porta d'ingresso dietro di sé.

Un tempo avrebbe semplicemente lasciato che il cane aspettasse fino al mattino per una lunga passeggiata, piuttosto l'avrebbe portato in giardino; ma con l'avanzare degli anni, sapeva che, se non l'avesse portato fuori ora, sarebbe stato irrequieto tutta la notte, e lei non avrebbe dormito.

Dennis sarebbe stato troppo impegnato a russare per accorgersene.

Aveva sorriso e salutato con la mano una vicina che tornava dalla passeggiata con il suo Yorkshire Terrier, e poi si era girata e aveva seguito un sentiero incolto che conduceva a un piccolo campo.

Per quanto ne sapeva, solo la vicina percorreva regolarmente quel sentiero. Lei e Dennis di solito camminavano lungo un sentiero diverso che li portava davanti al pub del villaggio. Il loro sobborgo era abbastanza lontano dalla città principale, e quindi era poco affollato, per lo più era popolato da persone in pensione, o i cui figli avevano lasciato il nido da tempo. Aveva liberato il cane dal guinzaglio non appena aveva raggiunto il campo spoglio, sicura che l'area fosse ben recintata. Si fidava del fatto che tornasse quando lo chiamava, ma era rassicurante sapere che non poteva finire sulla linea ferroviaria che tagliava la fine del campo mentre inseguiva i conigli.

Consapevole che il cielo si stesse oscurando, aveva frugato in tasca e tirato fuori la piccola torcia, ed è stato allora che si era resa conto che Dennis aveva dimenticato di cambiare le batterie.

Ora, si pentiva di non aver controllato prima di lasciare la casa.

L'abbaiare eccitato di Smokey la riportò al presente. La sua sagoma balzava attraverso il campo lontano dal punto in cui lei stava con il guinzaglio in mano, un lampo di bianco vicino alla siepe dall'altra parte si rifletté nel fascio della torcia mentre un coniglio riusciva per sua fortuna a scappare.

In lontananza, e ancora a diversi chilometri di distanza, il suono del clacson del treno delle 17:55 da London Victoria veniva portato dal vento. C'era stato un tempo, non molto tempo fa, in cui quel suono fungeva da sveglia per lei, un segnale per accendere il forno e iniziare a preparare la cena per quando Dennis avrebbe varcato la porta d'ingresso, dopo aver guidato dalla stazione ferroviaria.

Ora, emise un fischio a due note verso il cane e fece tintinnare il gancio metallico del suo guinzaglio.

Il coniglio era fuori portata, il cane tornò di corsa verso di lei.

Borbottando tra sé alla vista delle sue zampe coperte di fango, agganciò il guinzaglio al suo collare e arruffò il pelo tra le sue orecchie.

«Bravo.»

Lui tirò il guinzaglio mentre lei si raddrizzava, la testa che si girava verso la linea ferroviaria, e drizzò le orecchie.

Una brezza le tirò i capelli, e lei aggrottò le sopracciglia.

«Dai, tutti i conigli sono andati via.»

Si girò per andarsene, ma il guinzaglio si tese.

Guardando in basso, vide il Border Collie fissare i binari, il corpo rigido. Le sue orecchie si mossero, e sollevò il naso in aria prima di guaire e tirare di nuovo il guinzaglio.

«Che c'è?»

Sentì una fitta di paura. Dennis le diceva sempre di non portare il cane a passeggio nel campo da sola. «Ti fidi troppo», diceva. «Non è come ai vecchi tempi», diceva. «Portalo invece intorno all'isolato.»

Agitò la torcia in un ampio cerchio, il debole fascio di luce cadde su una coppia di conigli che si girarono e fuggirono quando la luce li colpì.

«Sono solo conigli, Smokey», lo rimproverò, cercando di ignorare il tremito nella sua voce. «Vieni…»

Il vento le sfiorò la guancia, e allora lo sentì.

Una voce flebile, maschile.

Smokey guaì di nuovo prima di ringhiare, un brontolio che iniziò nella sua gola e terminò con un lieve abbaiare.

«Chi c'è?»

Sentì il tremito nella sua voce, e si tastò le tasche della giacca, il cuore le batteva forte.

Accidenti.

Aveva lasciato il cellulare sul bancone della cucina nella fretta di portare a spasso il cane prima che diventasse troppo buio per girovagare nel campo.

Fece un passo indietro e tirò il guinzaglio.

«Smokey. Andiamo.»

Guaì di nuovo e, invece di seguirla, tirò avanti.

Lei inciampò, riuscì a riprendere l'equilibrio all'ultimo momento e inspirò bruscamente.

«Aiutami.»

Elsa allungò il collo, cercando di vedere oltre il limite più lontano del fascio della torcia.

La voce sembrava provenire dalla direzione della linea ferroviaria.

Fece qualche passo avanti e, incoraggiato, il cane prese lo slancio e tirò di nuovo.

«C'è nessuno?»

Un momento di pausa, poi…

«Aiuto! Per favore, qualcuno mi aiuti!»

Con il cuore martellante, Elsa cominciò ad affrettarsi sul terreno irregolare e gridò quando la sua caviglia ruotò su se stessa. Mantenne l'equilibrio, ignorò la dolorosa fitta nell'anca artritica e si fece strada lungo il dolce pendio verso i binari.

Un groviglio di rampicanti copriva una recinzione di

rete metallica che era stata eretta tra il campo e la ferrovia, e lei camminò accanto ad essa finché non trovò un'area meno densamente coperta di vegetazione.

Non poteva arrampicarsi sulla recinzione, non con quell'anca, e con la sua bassa statura, la cima superava la sua testa di metà.

«Per favore, aiutami, non riesco a muovermi!»

Agitò la torcia in direzione della voce, il respiro le usciva dalle labbra in brevi sbuffi, finché il fascio non cadde su una lunghezza di materiale che giaceva sui binari.

Sbatté le palpebre, e poi il materiale si mosse.

«Il treno sta arrivando! Aiutami!»

Elsa gridò e si coprì la bocca con la mano prima di far cadere la torcia. Da vicino, riusciva ancora a distinguere la forma che si dimenava.

Un rombo nel terreno inviò una piccola onda d'urto su per le sue gambe, e la sua testa si girò bruscamente a destra.

Smokey cominciò ad abbaiare, eccitato dal rombo del treno in avvicinamento e dalle urla terrorizzate dell'uomo.

«Oh Dio, oh Dio.»

Elsa avvolse le dita intorno alla maglia della recinzione metallica e cercò di staccarla dal palo, ma non cedette. Il respiro le sfuggiva in brevi ansimi di panico mentre scuoteva la rete metallica nel tentativo di trovare un punto debole, una via d'uscita.

L'uomo continuava a contorcersi, il suo corpo contro la rotaia più vicina e la testa più lontana da lei.

«Alzati, alzati!» lo esortò. «Il treno sta arrivando!»

Perché non si muove?

A pochi metri da dove si trovava, le rotaie

cominciarono il loro familiare canto mentre il peso delle ruote del treno premeva, avvicinandosi sempre di più.

Il clacson suonò ancora una volta.

L'uomo cominciò a urlare, supplicandola di affrettarsi, di fermare il treno, di aiutarlo, ma il filo si rifiutò di cedere sotto il suo tocco.

Il treno girò l'angolo, la sua luce si abbatté su di lei, e lei alzò lo sguardo verso i binari.

L'uomo era riuscito ad alzare la testa e la stava fissando, terrorizzato.

I freni del treno stridettero mentre i fari ne illuminavano la forma sul percorso, ma non si sarebbe fermato in tempo. Era semplicemente troppo pesante e andava troppo veloce.

Elsa strinse gli occhi nel vano tentativo di cancellare la visione davanti a sé, un momento troppo tardi.

Le urla dell'uomo furono soffocate da uno schianto nauseante, il sangue che esplodeva sulla parte anteriore della locomotiva.

Le ruote stridettero contro le rotaie mentre il treno si fermava con un sussulto, il silenzio che ne seguì fu interrotto solo dal sibilo dei freni ad aria.

Il cane guaì una volta prima di spingere il suo corpo tremante contro le sue gambe, e poi Elsa si girò e vomitò nel sottobosco.

CAPITOLO 2

Il sergente detective Kay Hunter parcheggiò l'auto dietro un fuoristrada bianco con i loghi della Polizia dei Trasporti Britannica sulla carrozzeria e deglutì.

Una morte sulla ferrovia non era mai facile da affrontare, e le era capitato di dover intervenire in una scena del genere solo una volta in tutta la sua carriera, molto tempo fa, quando era ancora un agente di polizia.

Era qualcosa che sperava non si ripetesse.

La telefonata era arrivata mentre la squadra stava iniziando a lasciare l'ufficio per la giornata, con la richiesta da parte di quelli sul posto di far intervenire due detective. I dettagli erano scarsi, ma la polizia dei trasporti era sulla scena da quaranta minuti, e i proprietari della ferrovia erano ansiosi di riaprire la linea il prima possibile.

«Ora di punta. Stronzo sconsiderato», aveva borbottato uno dei detective più anziani. «Meno male che tocca a te, non a me».

Ora, Kay si voltò verso la donna seduta sul sedile del passeggero accanto a lei.

L'agente detective Carys Miles fissava con occhi spalancati attraverso il parabrezza, il suo viso solitamente pallido ora era di un bianco mortale.

«Ritieniti fortunata, non sei tu quella che deve ripulire questo casino».

«Non mi aiuta».

«Dai, andiamo».

Un assortimento variegato di ambulanze, autobus e veicoli della polizia era parcheggiato su entrambi i lati della stretta strada di campagna. Un agente in uniforme stava in piedi vicino a un cancello aperto nella siepe, dirigendo i servizi di emergenza verso un sentiero non asfaltato che si allontanava dalla strada e attraversava un campo. I riflettori creavano una pozza di luce per tutta la sua lunghezza, e mentre Kay seguiva il percorso con lo sguardo, vide il treno e i suoi otto vagoni con pendolari intrappolati sulla ferrovia oltre il campo.

«Buonasera, Graham», disse Kay avvicinandosi.

«Buonasera, sergente».

«Chi è responsabile della scena?»

L'agente indicò il piccolo gruppo radunato in fondo al campo. «Dave Walker, della Polizia dei Trasporti Britannica. È lui che ha richiesto il nostro intervento».

«Va bene. Andiamo a vedere cosa ha per noi».

Kay guidò il cammino lungo il sentiero, facendo attenzione a evitare le parti più fangose del campo.

«Questa maledetta ferrovia», mormorò tra sé e sé. «La recinzione avrebbe dovuto impedire questo tipo di cose».

«È comune qui?» chiese Carys, affrettandosi per stare al passo.

«Mettiamola così, i locali l'hanno chiamato il

"chilometro del suicidio" per anni. Si è calmato un po' dopo che hanno messo su la recinzione diciotto mesi fa, ma immagino che, se qualcuno ha deciso di porre fine alla propria vita...»

«Ci deve essere un modo migliore per andarsene».

«Lo penseresti, vero?»

Un uomo si staccò dal gruppo di agenti di polizia mentre si avvicinavano, il viso in ombra per l'angolazione dei riflettori.

«Sergente detective Kay Hunter?»

«Sono io».

Lui tese la mano. «Sergente Dave Walker».

Kay presentò Carys, poi fece un cenno verso i binari. «Un altro suicidio?»

«Non ne siamo sicuri, ed è per questo che siete qui. Secondo un testimone oculare, la vittima ha cercato di cambiare idea all'ultimo momento».

«Cosa intende?»

«È con uno dei vostri agenti, in questo momento, sta rilasciando una dichiarazione». Indicò con il pollice oltre la sua spalla. «Piuttosto scossa, come potete immaginare. A quanto pare, stava passeggiando con il suo cane quando ha sentito la voce di un uomo. Si è avvicinata per indagare ed ha detto che lui la stava chiamando per chiedere aiuto. Non è riuscita a superare la recinzione in tempo per raggiungerlo».

Kay si voltò a guardare mentre una delle ambulanze presenti iniziava ad allontanarsi attraverso il campo, sobbalzando e sussultando sul terreno irregolare verso un cancello che era stato aperto sul lato opposto.

«Non si sono fermati a constatare il decesso?»

«Non ce n'era bisogno». Indicò una piccola tenda bianca che era stata eretta dall'altro lato della recinzione tra la vegetazione, a qualche metro di distanza dalla parte anteriore del treno. «La sua testa è là».

Carys emise un gemito e si voltò dall'altra parte.

«Situazione attuale?»

«Stiamo aspettando la conferma dal centro di controllo che la linea sia sicura e che non ci siano locomotive in manovra tra le stazioni, e poi inizieremo a far scendere queste persone dal treno e a farle salire sugli autobus. Tutti gli altri treni passeggeri sono stati fermati nelle stazioni su entrambi i lati della nostra posizione; quindi, ci sono autobus che circolano tra Maidstone e Tonbridge. È un casino».

«Quanto pensa che ci vorrà prima di avere la conferma che possiamo procedere?»

«Dovrebbe essere entro i prossimi quindici minuti».

«Va bene, grazie. Nel frattempo andremo a parlare noi stesse con il testimone».

Kay camminò fianco a fianco con Carys mentre si avvicinavano a uno dei veicoli di pattuglia, con la portiera posteriore aperta. All'interno, la figura di una donna anziana e minuta sedeva rannicchiata sul sedile posteriore, gli occhi spalancati mentre parlava con l'agente di polizia in piedi accanto al veicolo, con il taccuino in mano.

Un Border Collie sedeva ai suoi piedi, le orecchie attente mentre lei parlava, ma percepì l'avvicinarsi delle due detective e si girò per guardarle, tirando il guinzaglio.

Kay si chinò per accarezzare il cane sulla testa, poi si

raddrizzò e attese mentre l'agente in uniforme le presentava a Elsa Flanagan.

«Ho finito di raccogliere la dichiarazione iniziale della signora Flanagan», disse. «L'avrà sulla sua scrivania entro domattina. Il marito della signora Flanagan sta venendo a prenderla. Dovrebbe essere qui a breve».

«Grazie», disse Kay, rivolgendo la sua attenzione alla donna anziana e accovacciandosi. «Signora Flanagan, mi rendo conto che ha già passato del tempo con il collega ripercorrendo gli eventi di questa sera, ma le dispiacerebbe raccontarmi cosa è successo?»

La donna espirò, con un respiro tremante che diceva tutto, e si strinse la coperta più stretta intorno alle spalle.

«È stato terribile» disse. «Non avevo idea che ci fosse qualcuno qui sotto. Stavo portando a spasso Smokey, che era occupato a inseguire conigli, e poi quando l'ho chiamato, è tornato di corsa. Solo dopo avergli messo il guinzaglio ha sentito qualcosa. Pensavo stesse facendo i capricci, ma poi ho sentito una voce. Qui sotto.»

«Dove si trovava quando ha sentito la voce per la prima volta?»

«Lì. Circa a metà del campo, dove c'è quella depressione nel terreno. La vede?»

Kay si riparò gli occhi dai potenti fari e individuò l'area indicata dalla donna ai margini della zona delimitata dal nastro. «Sì.»

«C'è un sentiero poco oltre. Porta alla strada dove abitiamo. Solo noi e un'altra donna lo usiamo per portare a spasso i cani.»

«Non ha visto nessun altro quando è uscita?»

«Solo la donna che era uscita a passeggiare prima di me. Ha uno Yorkshire Terrier.»

Kay guardò l'agente di polizia, che annuì. «Abbiamo preso nota dei dati della vicina» disse. «L'agente West è partito venti minuti fa per andare a parlarle.»

«Grazie.» Kay rivolse di nuovo l'attenzione a Elsa. «Cosa è successo dopo che ha sentito la voce dell'uomo per la prima volta?»

«Ho pensato fosse un rapinatore o qualcosa del genere. Dennis continua a dirmi di non venire qui da sola. Preferisce che porti Smokey a fare un giro dell'isolato se lui non è tornato per accompagnarmi.» Si sporse in avanti e arruffò le orecchie del cane. «Ma a Smokey piace venire qui.»

Kay attese. La testimone stava elaborando i ricordi dell'incidente e non voleva metterle fretta. La povera donna era già abbastanza traumatizzata.

Elsa sospirò e si appoggiò allo schienale del sedile del passeggero, con gli occhi bassi. «Smokey non si muoveva. Continuava a tirare il guinzaglio, come se sapesse che c'era qualcosa che non andava. Poi l'ho sentito. Ha gridato. "Aiutatemi", ha detto. All'inizio non sapevo da dove venisse la voce, ma poi ha chiamato di nuovo e ho capito che la voce proveniva da qui sotto, vicino alla ferrovia.» Portò una mano tremante alla bocca. «Ho sentito il clacson del treno, poi. Si sente quando lascia la stazione di East Malling se il vento soffia nella giusta direzione. Ho corso, be', il più velocemente possibile, fino in fondo al campo, dove c'è la recinzione. All'inizio non riuscivo a vedere nulla e continuavo a puntare la torcia in giro, ma poi lui si è mosso.»

«Dov'era esattamente?»

«Attraverso i binari, di traverso. I piedi erano più vicini a me e la testa dall'altra parte.»

«Va bene. Continui.»

«Non riuscivo a scavalcare la recinzione. Ho l'artrite all'anca e la recinzione era troppo alta. Ho provato a tirare la rete metallica per allentarla, ma non ci riuscivo. Il treno si stava avvicinando e lui continuava a gridare aiuto. Poi il treno è spuntato dalla curva. Non so, immagino che a quel punto il macchinista potesse vederlo perché il faro mi ha quasi accecata, ma non poteva fermarsi. Non si è fermato...»

Kay posò la mano sul ginocchio della donna. «Grazie, Elsa.»

«Sergente? Sembra che il signor Flanagan sia arrivato.»

Kay si raddrizzò sentendo la voce di Carys e si trovò faccia a faccia con un uomo sulla settantina, dal volto pallido.

«Elsa?»

La donna gettò via la coperta mentre il cane si girava di scatto e si lanciava verso l'uomo. La donna cadde tra le braccia dell'uomo e i suoi occhi incontrarono quelli di Kay.

«Posso portarla a casa ora?»

«Sì.» Kay consegnò uno dei suoi biglietti da visita alla coppia. «Grazie, signora Flanagan. Ci metteremo in contatto con lei nei prossimi giorni, ma per favore, se ha bisogno di parlare con qualcuno, chieda aiuto. Ha assistito a un evento molto traumatico e queste cose richiedono tempo.»

«Grazie, detective.»

Kay osservò la coppia più anziana dirigersi verso i binari illuminati dai fari e poi si voltò quando il sergente Walker si avvicinò.

«Abbiamo il via libera» disse. «Le mostrerò quello che abbiamo.»

Kay e Carys lo seguirono mentre le conduceva verso un varco che era stato aperto nella recinzione per consentire ai servizi di emergenza e alle squadre investigative l'accesso ai binari.

Un flusso costante di passeggeri scontenti veniva fatto scendere dal vagone all'estremità opposta, lontano dal massacro nella parte anteriore del treno.

«Dov'è il macchinista?» chiese mentre indossava la tuta protettiva e i copriscarpe di plastica che le venivano consegnati.

«Sta rilasciando la sua dichiarazione a uno dei miei colleghi» disse. «Ve ne faremo avere una copia il prima possibile.»

«Grazie.»

«Gesù.»

Kay riconobbe il commento mormorato di Carys mentre si avvicinavano alla parte anteriore del treno.

Schizzi di sangue coprivano le ruote anteriori, con un groviglio di vestiti e arti sparsi al di sotto.

Kay si guardò alle spalle.

I primi soccorritori avevano eretto degli schermi all'inizio delle carrozze, in modo che nessuno dei passeggeri potesse vedere cosa stava succedendo nella parte operativa dell'indagine.

«C'è Harriet» disse Carys.

Kay salutò la responsabile della squadra investigativa della scena del crimine e spiegò i fatti noti mentre la donna indossava una tuta protettiva sopra i propri vestiti e si legava i capelli.

Harriet Baker, un'esperta e rispettata investigatrice forense, aveva studiato a Oxford prima di stabilirsi nella città capoluogo del Kent con il marito, direttore commerciale, e aveva lavorato con Kay su numerosi casi.

Con un'espressione cupa, fece un cenno al fotografo che si era unito a lei.

«Se siamo tutti pronti, diamo un'occhiata veloce e poi chiudo questa scena del crimine per l'analisi. Preferirei che solo una di voi ci accompagnasse» disse a Kay.

Kay guardò il viso pallido e gli occhi spalancati di Carys e capì che avrebbe dovuto andare lei.

«Ha senso. Carys, potresti aspettare qui e poi fare da collegamento con la squadra di Harriet per il resto della serata?»

«Sì, sergente» disse il detective, con evidente sollievo nella voce prima di allontanarsi rapidamente.

«Non è insolito che qualcuno cambi idea sul commettere suicidio» disse Kay. «Quindi, perché avete bisogno di noi?»

Walker le fece cenno, insieme all'investigatrice forense, e poi si diresse verso la parte posteriore della locomotiva seguendo un percorso delimitato che era stato creato sopra il canale di drenaggio formato dalla massicciata, con il fotografo che li seguiva. Si accovacciò accanto alle ruote e puntò la torcia sui binari. «Non è stato un suicidio.»

Kay deglutì alla vista di quel disastro ma cercò di

concentrarsi sul compito da svolgere. «Cosa devo cercare?»

In risposta, Walker fece ondeggiare il fascio della torcia sulla rotaia più lontana.

«Lì. Quello che resta delle sue caviglie è legato ai binari.»

CAPITOLO 3

Kay aprì la porta della sala operativa con una gomitata, tenendo in equilibrio una pila di cartelle color manila che aveva portato dalla sua scrivania, e cercando di non far scivolare la tracolla della sua borsetta lungo il braccio.

«Ecco. Ce l'ho io».

Alzò lo sguardo verso la voce familiare. «Ciao, Gavin, grazie».

Bloccò la porta con il piede in modo che il giovane agente di polizia potesse seguirla, con le braccia cariche di materiale di cancelleria e una serie di libri di testo, e poi si diresse verso una scrivania su un lato della stanza.

Gli schermi e i computer erano già stati posizionati su ogni scrivania dalla squadra IT e mentre l'agente Gavin Piper si muoveva per la stanza collegando le tastiere e accendendo ciascuna macchina, il resto della squadra iniziò ad arrivare.

La porta si aprì e apparve Ian Barnes, un detective che Kay conosceva da anni. Dopo un breve periodo sabbatico, aveva telefonato a Kay qualche settimana prima per dirle che sarebbe tornato in servizio, e lei non vedeva l'ora di lavorare di nuovo con lui. Poteva essere brusco, ma Kay apprezzava il suo senso dell'umorismo caustico.

Lui sorrise mentre si avvicinava alla sua scrivania. «È passato tanto tempo, Hunter».

«È bello averti di nuovo qui, Ian».

«Ah, lo dici adesso».

Lei scosse la testa e sorrise. «Ti ho procurato questa», disse, indicando la scrivania accanto alla sua. «Va bene?»

«Sì, così posso rubarti le cose più facilmente».

«Fantastico».

Lui gettò la giacca sullo schienale della sedia e si stiracchiò. «Dov'è Sharp?»

«È con Larch e il sovrintendente capo. Dovrebbe arrivare a momenti».

Kay prese il bicchiere di caffè fumante da asporto che lui le porse e si appoggiò allo schienale della sedia. «Grazie».

«Immaginavo ne avessi bisogno. A che ora sei tornata a casa ieri sera?»

«Verso le undici».

«Adam era in giro?»

«Già addormentato. Stava ancora russando come un ghiro quando sono uscita stamattina».

«Fortunato bastardo», disse il detective più anziano. «Se avessi saputo che mi avrebbero chiamato oggi, non mi sarei offerto di andare a prendere Emma da quel maledetto concerto di boy band a Londra all'una di notte».

Kay sorrise e tirò fuori una sedia da sotto la scrivania accanto a lui. «In realtà ti piace».

Lui sorrise e aprì il coperchio del bicchiere di

polistirolo. «Sì», ammise, e represse uno sbadiglio prima di bere un sorso.

«Poteva andare peggio, Ian: avrebbe potuto chiederti di andare al concerto con lei».

Lui si strozzò e si diede un pugno sul petto prima di parlare. «Non è divertente».

Kay rise, si allungò sulla scrivania e mosse il mouse per riattivare i due monitor del computer. «Hai visto Carys?»

«Sì, era qui prima di te. Credo sia già al terzo caffè».

«Le ho chiesto di tenere i contatti con Harriet per questo caso. Ho pensato che le avrebbe fatto bene».

«Buona idea. È rimasto molto?»

Kay arricciò il naso e posò il caffè. «Non invidio Lucas e i suoi colleghi nemmeno nei giorni migliori, figuriamoci con uno come questo. Per non parlare dei ragazzi dell'ambulanza e dei vigili del fuoco che hanno dovuto pulire dopo...»

«Ho sentito dire che è stato decapitato».

«Sì».

«Almeno è stato veloce».

«A parte il fatto che sapeva che stava per succedere».

Kay tornò a concentrarsi sui fascicoli, sistemandoli nei portadocumenti accanto al computer. Anche se ora aveva un caso di omicidio da risolvere, doveva comunque cercare di tenere sotto controllo la miriade di crimini che dovevano essere seguiti ed elaborati. Non c'era nessun altro disponibile.

Non alzò lo sguardo quando l'ispettore Sharp entrò nella stanza, con un'andatura decisa mentre si dirigeva verso la lavagna che Piper aveva preparato per l'inizio dell'indagine.

Invece, finì di sistemare la sua scrivania come voleva, come per prepararsi all'adrenalina e alla frustrazione che sapeva l'indagine avrebbe portato.

«Bene, radunatevi», disse Sharp.

Kay girò la sedia verso la lavagna, poi deglutì.

Il primo ispettore capo investigativo Angus Larch era in piedi accanto a Sharp, con gli occhi fissi nei suoi.

CAPITOLO 4

Kay era riuscita a evitare Larch dall'ultima indagine per omicidio in cui si erano incrociati. Dopo aver risolto il caso e assicurato che due individui malvagi finissero dietro le sbarre per la produzione e distribuzione di film snuff, Larch si era congratulato con lei a malincuore per i suoi sforzi, ma da allora aveva continuato a bloccare e ritardare ogni suo tentativo di essere promossa a ispettore capo, citando l'indagine degli Standard Professionali a cui era stata sottoposta l'anno precedente.

Alla fine il buon senso aveva prevalso, e l'indagine aveva confermato la sua innocenza, cosa che lei aveva sempre sostenuto.

Tuttavia, ciò aveva avuto conseguenze devastanti sulla sua salute, e aveva tenuto nascosto ai colleghi il segreto di un successivo aborto spontaneo. Invece, lei e il suo compagno, Adam, si erano isolati, avevano lottato e avevano continuato ad andare avanti.

Eppure Larch continuava a mettere in discussione le sue capacità professionali ad ogni occasione.

Sembrava però che il suo ruolo avesse recentemente pesato su di lui. Borse sporgevano sotto occhi iniettati di sangue, e i capillari rotti disegnavano un motivo a ragnatela sul ponte del naso apparivano più pronunciati. Nonostante ciò, lei nutriva poca simpatia per lui.

Due uomini stavano in piedi accanto alla lavagna vicino a loro, e Kay ne riconobbe uno dalla sera precedente. L'altro non lo conosceva.

Abbassò lo sguardo, si girò per prendere il suo taccuino e si concentrò sul prendere appunti mentre Sharp iniziava il briefing.

«Iniziamo». Attese che la squadra riunita si avvicinasse. «Prima di cominciare, vorrei presentarvi i sergenti Dave Walker e Robert Moss della Polizia dei Trasporti Britannica. Data la natura di questa morte, e la loro conoscenza combinata del luogo, condivideremo le risorse per questo caso. Presentatevi dopo il briefing, fateli sentire i benvenuti».

I suoi commenti furono accolti da un coro di mormorii di assenso mentre i due agenti della Polizia dei Trasporti Britannica trovavano posto e si mettevano di fronte alla lavagna.

«Bene, Hunter, ci aggiorni sugli eventi della scorsa notte».

Kay si alzò e si avvicinò alla parte anteriore della stanza, fornendo una panoramica dei fatti noti prima di concludere. «Stiamo trattando questa morte come sospetta, poiché il nostro testimone oculare afferma che la vittima ha chiesto aiuto e non è riuscita a muoversi dai binari prima che il treno la colpisse. Quando sono intervenuti sulla scena, il sergente Walker e i suoi colleghi hanno notato che le caviglie della vittima erano state legate ai binari».

Un silenzio scioccato riempì la stanza.

«L'ispettore capo Larch e io abbiamo incontrato il sovrintendente capo prima di questa riunione per discutere la strategia mediatica», disse Sharp. «Al momento, lo comunicheremo al pubblico come un potenziale suicidio, e lo informeremo che le indagini della polizia sono in corso. Fino a nuovo avviso, non li avviseremo del fatto che stiamo indagando su un omicidio. Non vogliamo far sapere al colpevole o a chiunque altro coinvolto che siamo sulle loro tracce».

«Bisogna ammettere che è il travestimento perfetto per un assassino», disse Kay. «Qualsiasi vittima di questo tipo di omicidio sarebbe considerata un'altra statistica di suicidio».

«Non stiamo dicendo che tutti i suicidi su quel tratto di binari sono vittime di omicidio, Hunter», disse Larch.

Kay si morse il labbro. La voce dell'uomo sembrava rasposa come se stesse per prendere un raffreddore o avesse parlato troppo. Fece un respiro profondo. «Me ne rendo conto, signore, ma penso che valga la pena tenerlo a mente».

«Penso sia una buona idea».

Kay si girò sulla sedia per vedere Carys che fissava Larch, con il mento sporgente, poi si voltò di nuovo.

«Questo è stato troppo ben pianificato», disse. «Mi dà l'impressione che chiunque sia l'assassino, l'abbia già fatto prima».

«Sono propenso a concordare con Hunter», disse Sharp. «L'ultima cosa che vogliamo contemplare è un assassino che sia passato inosservato per così tanto tempo, ma non possiamo escluderlo. Non a questo punto».

Larch guardò torvo Kay, ma lei si rifiutò di distogliere lo sguardo. Alla fine, lui sospirò. «Beh, è la sua reputazione che è in gioco, Sharp. La lascio andare avanti».

Uscì a grandi passi dalla stanza.

Sharp attese che la porta si chiudesse sbattendo dietro l'ispettore capo, poi fece cenno a Carys. «Risultati iniziali da Harriet?»

La detective aprì il suo taccuino e si schiarì la gola. «La vittima è stata decapitata. La forza del treno che l'ha colpita ha reciso la testa, che è stata trovata nel sottobosco accanto alla locomotiva».

Un gemito collettivo riempì la stanza, e Kay notò alcuni mormorii di ringraziamento da parte di coloro che erano stati risparmiati dal dover assistere alla scena.

«Non resta molto del corpo della vittima. Abbiamo i resti delle gambe, le parti che la squadra del sergente Walker ha trovato legate al binario. Le altre sue membra sono gravemente danneggiate».

Sharp annuì. «Come previsto. Hunter, quando pensa Lucas di poterci fornire i suoi risultati iniziali?»

«Questa mattina», disse Kay. «Sa che contiamo su di lui per aiutarci a identificare la vittima, quindi sta cercando di accelerare l'autopsia. Fortunatamente per noi, sono stati un paio di giorni tranquilli altrove».

«E per quanto riguarda l'area circostante... veicoli, segnalazioni di attività sospette?» Sharp rivolse la sua domanda agli agenti della Polizia dei Trasporti Britannica.

«Ancora nessuna», disse Walker. «La vostra squadra

CSI ha delimitato l'area di fronte a dove la signora Flanagan dice di essere stata. Hanno trovato impronte parziali nella terra sotto il livello dei binari ferroviari, e il sottobosco è stato calpestato, quindi prenderanno campioni anche da lì».

«Abbiamo preparato un programma per i residenti nelle vicinanze e i pub, quel genere di cose. Lavoreremo con gli agenti in uniforme per raccogliere quante più dichiarazioni possibili nei prossimi giorni», disse Kay.

Sharp controllò l'orologio. «D'accordo, dato che siamo in attesa che Harriet ci dia qualcosa su cui lavorare, procediamo con quello che abbiamo. Faremo lavorare l'amministrazione con la Polizia dei Trasporti Britannica per estrarre i registri di tutti gli altri suicidi lungo quel tratto. Data la natura di questo caso, dovremo verificare se si tratta di un episodio isolato o meno. Barnes, vada a casa dei Flanagan e parli con Elsa. Veda se riesce a ricordare qualcosa di nuovo dalla scorsa notte. Dopo, vada a parlare con l'altra persona che portava a spasso il cane, quella con lo Yorkshire Terrier. C'era più luce quando lei passeggiava con il suo cane, potrebbe aver visto qualcuno vicino ai binari».

«Sì, capo».

«Carys, vai al laboratorio di Harriet. Scopri se hanno trovato qualcosa nei vestiti della vittima, qualsiasi cosa che possa darci un vantaggio iniziale o aiutarci a identificarlo prima che arrivi il suo rapporto. Kay, tu ti occupi dell'autopsia, se Lucas dice che la farà questa mattina date le circostanze, non facciamolo aspettare. Debbie, fai da collegamento con la squadra in uniforme e passa in rassegna le altre dichiarazioni di ieri sera dei residenti locali e coordina il programma menzionato da Kay. Identifica le lacune, vedi se qualcuno ha notato qualcosa di insolito e scopri con chi dobbiamo parlare di nuovo. Stabilisci uno schema per le indagini e tienimi aggiornato nel primo pomeriggio».

«Sì, capo». La giovane agente di polizia abbassò la testa e scrisse sul suo taccuino, con la fronte corrugata per la concentrazione.

Kay sorrise. Debbie West era un'altra stella nascente, e un valore aggiunto per l'indagine.

Sharp controllò l'orologio. «Briefing pomeridiano alle quattro, gente. Non fate tardi».

Kay attese che la squadra si disperdesse, poi si avvicinò a dove era seduta Carys.

«Ehi».

«Ciao, Kay».

Tirò fuori una sedia di scorta e la avvicinò all'agente di polizia prima di abbassare la voce.

«Senti, so che vuoi fare una buona impressione, ma credimi, prendersela con Larch per difendermi non è una buona idea».

Il sorriso dell'altra donna vacillò. «Che vuoi dire?»

«Apprezzo il gesto ma, per favore, non farlo di nuovo».

Riuscì a sorridere per addolcire le sue parole, e si allontanò.

Sarebbe stato meglio per tutti combattere le sue battaglie da sola.

CAPITOLO 5

«Sergente?»

Puntò il telecomando verso l'auto e poi raggiunse Gavin. «Cosa c'è?»

«Non ho mai assistito a un'autopsia.»

Kay guidò il cammino attraverso il parcheggio verso una porta laterale dell'edificio. Tenne la porta aperta, poi alzò la mano per fermarlo. «Respira superficialmente. Concentrati sull'indagine, non su quello che stai per vedere.»

Lui deglutì. «Sergente.»

Lei si diresse verso la reception e firmò per entrambi. Prendendo le tute che le furono consegnate, ne passò una a Gavin e si avviò verso una serie di doppie porte.

«Puoi usare lo spogliatoio maschile per indossarle», disse. «Lascia tutti i tuoi effetti personali in uno degli armadietti; ce ne dovrebbero essere molti liberi.» Kay indicò oltre la sua spalla. «I bagni sono lì, se ne hai bisogno.»

«Grazie. Credo.»

Poco dopo, lui la raggiunse alle doppie porte, e lei gli rivolse un sorriso teso.

«Facciamolo e basta.»

«Buongiorno, Hunter», disse Lucas, mentre entravano nella stanza. «Sharp ha detto che sareste arrivati.»

«E ha detto di ringraziarti per aver fatto questo così in fretta.»

«Beh, non è rimasto molto di lui, quindi aveva senso sbrigarlo per primo. Abbiamo iniziato, dato che avevamo bisogno di un aiuto specializzato disponibile solo questa mattina presto.»

Kay presentò Gavin e si spostò intorno al tavolo per l'esame. «Avete trovato molto?»

Lucas indicò gli arti disposti sul tavolo. «Purtroppo non molto da questi. Niente tatuaggi, niente cicatrici, e nessun segno di interventi chirurgici, quindi possiamo escludere di trovare cose come placche d'acciaio per rintracciarlo.» Spostò da un lato la mano mutilata.

«Ci manderai le foto del suo viso via email, così possiamo far iniziare un paio di impiegati a controllare il database delle persone scomparse?»

«Farò in modo che vi vengano inviate non appena avremo finito qui.»

«Non c'è molto su cui lavorare, vero? Sembra che questo caso sarà una lungo e faticoso.»

«Non necessariamente. Abbiamo avuto un po' più fortuna con il cranio, guarda», disse Lucas. Girò la testa mozzata in modo che la bocca fosse rivolta verso di loro.

Kay si concentrò su ciò che le stava mostrando, rifiutandosi di guardare gli occhi della vittima.

Lucas usò i pollici per forzare l'apertura della bocca,

mentre il suo assistente inclinava la luce sovrastante per illuminare la cavità. «Quando una persona viene decapitata, la perdita di sangue è così improvvisa che la rigidità post-mortem non si instaura. Non saremmo in grado di fare questo per qualche giorno altrimenti. Qui, puoi vedere che ha subito un notevole lavoro dentale nel corso degli anni. I suoi molari posteriori sono estremamente consumati, come se digrignasse i denti. Segni di stress, quel genere di cose. Ma è un'usura recente. Inoltre, gli sono stati rimossi due denti a un certo punto. Vedi questi due qui? Sono finti, fissati con dei perni chirurgicamente.»

«Quindi sarai in grado di identificarlo?»

«Alla fine sì. L'odontologo forense è stato qui, se n'è appena andato. Ha fatto radiografie e calchi in gesso della mascella, oltre a un conteggio fisico del posizionamento dei denti. Parleremo con l'ufficio delle persone scomparse e i dentisti locali. Non ci sono due persone con lo stesso profilo odontologico; quindi, speriamo di avere notizie entro la settimana. Al momento, tutto quello che posso dirti è che aveva tra i trentacinque e i cinquant'anni.»

«Altro?»

«Come puoi immaginare, non è rimasto molto del suo torso. Ha preso il pieno impatto della collisione. Abbiamo prelevato campioni da sotto quel che resta delle sue unghie. La sua mano sinistra non ci è stata di alcuna utilità, ma abbiamo tre dita della mano destra su cui lavorare. C'è una leggera rientranza sul dito medio, forse da un anello con sigillo o qualcosa del genere, ma a meno che la squadra di Harriet non trovi l'anello, questo è tutto.

Abbiamo preso le impronte digitali dove possibile, ma sfortunatamente non è rimasto abbastanza per un set completo.»

«Faremo passare quello che avete nel database, vediamo se riusciamo a capire chi è in questo modo. Se non ha avuto problemi prima, però, non ci aiuterà.»

Kay resistette alla tentazione di inspirare. Aveva imparato dall'esperienza che il sapore di un respiro scioccato l'avrebbe perseguitata per il resto del pomeriggio, tanto era acuto il fetore all'interno dell'obitorio. Invece, indicò i resti mutilati disposti sul tavolo per l'esame. «Cos'altro puoi dirci su di lui?»

Le labbra di Lucas si assottigliarono. «Non molto, temo», disse. «A meno che, o finché, non avremo qualche risultato dalle radiografie e dalle impronte della mascella, o voi non riceviate una chiamata da un parente che si chiede dove sia, rimarrà un mistero. Continueremo qui per un'altra ora circa, ma non credo che troveremo altro.»

«Grazie, Lucas.»

Kay guidò l'uscita dalla stanza e si diresse verso la porta dello spogliatoio femminile. «Ti aspetto qui fuori una volta che ti sarai cambiato», disse, rivolgendosi a Gavin guardando oltre la spalla.

Prese la sua borsa dall'armadietto chiuso, si tolse la tuta di carta fornita dal gruppo dell'obitorio e la gettò nel contenitore per rifiuti biologici accanto alla porta prima di spalancarla.

Gavin camminava avanti e indietro nel corridoio esterno con il viso pallido.

«Okay, andiamo.»

Gavin si precipitò attraverso la porta, la tenne aperta per Kay, poi si infilò le mani in tasca e alzò la testa verso il cielo, chiuse gli occhi e fece un respiro profondo.

«Tutto bene?»

«Sì. Dammi un minuto.»

«Non vergognarti. La prima volta ho quasi vomitato, e questo nonostante avessi già visto cadaveri quando ero ancora in uniforme.»

Lui aprì gli occhi. «Potrei farlo ancora.»

Lei sorrise, frugò nella sua borsa e tirò fuori un pacchetto di mentine. «Ecco. Prendine una.»

Lui le prese, ne estrasse una e gliele restituì. «Aiutano?»

«No, ma ti darà qualcosa da fare mentre guido.»

Lui la seguì fino all'auto. «Per te è facile. Non hai battuto ciglio là dentro.»

Kay strinse le spalle mentre la apriva e saliva. «Non significa che non mi colpisca. Ma col tempo, impari a concentrarti su ciò che stai scoprendo mentre sei lì, e su come può aiutarti a risolvere il caso. Questo ti aiuta a superare l'esperienza, perché non sai mai quando nei prossimi giorni potresti ascoltare qualcuno, o leggere qualcosa sul background della vittima che si collegherà a qualcosa che hai visto o sentito durante l'autopsia. Il rapporto di un patologo può aiutarti solo fino a un certo punto. Ecco perché è importante che partecipiamo. Abbiamo l'opportunità di fare domande a Lucas immediatamente, e tra di noi, potremmo trovare qualcosa che altrimenti sarebbe stato trascurato. È uno sforzo di squadra.»

«Diventa mai più facile?»

«Intendi più semplice? No. Non proprio. Ma troverai il tuo modo di affrontarlo.»

Inghiottì l'ultimo pezzo di menta e i suoi occhi si indurirono. «Che tipo di bastardo farebbe una cosa del genere a qualcuno?»

Kay girò la chiave nel quadro. «Scopriamolo.»

CAPITOLO 6

Quando Kay tornò nella sala operativa, la squadra aveva ricevuto una serie di file computerizzati contenenti tutti i casi registrati di suicidi sui binari ferroviari della zona.

«Inizieremo con gli ultimi cinque anni», disse Sharp, camminando avanti e indietro nel suo ufficio mentre aspettava che i file fossero caricati nel database dell'indagine. «Non abbiamo ancora un'identificazione per la nostra vittima, ma almeno Lucas ci ha fornito una stima approssimativa dell'età. Non è molto per iniziare, ma separate i documenti e mettete da parte quelli che corrispondono a questi criteri. Sono quelli su cui ci concentreremo per cominciare».

Kay si contorse sulla sedia mentre lui le passava di nuovo alle spalle. «Capo? Potresti sederti? Mi sta venendo il torcicollo cercando di seguirti».

Lui sospirò e si lasciò cadere sulla sedia. «Meglio così?»

«Sì, grazie. Stavo per suggerire che una volta separati quei casi particolari, li dividiamo tra vittime identificate e sconosciute come la nostra. Poi cerchiamo di stabilire se qualcuno nel database delle persone scomparse corrisponde».

«Fai lavorare Debbie e uno dei membri del gruppo amministrativo su questo il prima possibile. Una volta che avranno identificato quelli con dei nomi, tu, Barnes e Carys potrete iniziare a contattare le famiglie».

«Vorrei coinvolgere anche Gavin, capo».

«I suoi esami da detective si stanno avvicinando, quindi assicurati che non si distragga troppo». Il suo sguardo vagò attraverso le finestre divisorie verso la sala operativa dove sedeva il giovane agente. «Ho la sensazione che abbia una promettente carriera davanti a sé. Di certo non gli dispiace impegnarsi».

«Penso ci sia un po' di rivalità tra lui e Carys». Kay sorrise. «Questo dovrebbe rendere le cose interessanti».

«Vero. Assicurati che non interferisca con questa indagine, però».

«Lo farò».

«Va bene. Iniziamo il briefing».

Lui guidò il cammino verso la sala operativa, e Kay prese una sedia di riserva da sotto una scrivania.

«Allora», disse Sharp. «Barnes, aggiornaci sulla tua visita a Harriet».

Barnes fece un cenno a Carys, che si schiarì la gola prima di parlare.

«Harriet conferma che gli abiti della vittima non contenevano effetti personali. Niente portafoglio, niente orologio, e nessun biglietto d'addio. I primi soccorritori avevano tracciato un percorso chiaro e a nessuno è stato permesso di lasciare il treno finché la linea non è stata messa in sicurezza. I passeggeri sono stati tenuti sul treno per altri venti minuti in modo da poter erigere delle barriere e stabilire la scena del crimine davanti al treno. Possiamo essere certi che la maggior parte di questa non è stata disturbata prima dell'arrivo della Scientifica».

«Segni di tracce di veicoli o impronte?»

«La vegetazione sul lato di Chapel Street del binario è stata esaminata per prima», disse Barnes. «Doveva esserlo, per poter accedere al punto in cui è finita la nostra vittima. I primi soccorritori hanno effettuato una ricerca preliminare al loro arrivo, e poi hanno delimitato il percorso con il nastro in modo che Harriet e la sua squadra potessero esaminare il resto quando sono arrivati. Dopo che la linea è stata dichiarata sicura, la Scientifica ha iniziato a esaminare l'altro lato del binario».

«Cosa ha detto Lucas, Hunter?»

«Ha inviato le radiografie dei denti dell'uomo per l'analisi, apparentemente, la vittima aveva subito un'estrazione importante alcuni anni fa, e un paio di denti finti erano stati impiantati nelle sue gengive».

«Bene. Con un po' di fortuna, saranno in grado di rintracciarlo attraverso quelli. Tempi?»

«Ha detto una settimana, ma farà pressione per un risultato rapido, date le circostanze della morte».

Sharp alzò lo sguardo a un leggero *ping* proveniente da uno dei computer e Carys si spostò attraverso la stanza per leggere sullo schermo.

«Siamo pronti. Tutti i file sono stati caricati».

Kay si alzò dalla sedia. «Vediamo cosa abbiamo, allora».

Trascorsero il resto del pomeriggio esaminando tutte le

informazioni che avevano ricevuto dalla Polizia dei Trasporti Britannica. I documenti erano dettagliati e rendevano la lettura scomoda.

Più di una volta, Kay dovette lasciare la sua scrivania e uscire a fare una passeggiata semplicemente per schiarirsi le idee. Non si era resa conto che ci fossero così tanti casi di suicidio ogni anno, per non parlare del gran numero sulle ferrovie.

Un crescente senso di frustrazione riguardo allo stato del servizio di salute mentale e al supporto disponibile per le persone che soffrono di depressione tormentava i suoi pensieri. A un certo punto, Barnes si era scontrato con lei mentre apriva la porta laterale dell'edificio per tornare nella sala operativa.

Si scambiarono uno sguardo d'intesa.

«Non è il tipo di lettura che di solito associo a una luminosa giornata primaverile», disse Barnes. «Sono contento di vedere che non sono l'unico che ha bisogno di allontanarsi dalla scrivania».

Mentre il sole iniziava a calare sotto la linea del tetto dell'edificio e proiettava ombre sulla sua scrivania, Kay e il resto della squadra avevano stabilito che otto morti sulle linee ferroviarie intorno a Maidstone presentavano circostanze simili a quelle della loro indagine.

Barnes e Carys avevano portato un'altra lavagna nella sala operativa, l'avevano divisa in otto quadrati e avevano scritto le somiglianze tra gli otto suicidi e la vittima dell'omicidio.

Tutti erano maschi, di età compresa tra trentasette e cinquantadue anni e vivevano entro un raggio di ottanta chilometri dalla città. A parte questo, le caratteristiche demografiche erano molteplici, un uomo era andato in pensione anticipata e poteva permettersi di guidare un fuoristrada di fascia alta, tre erano disoccupati, uno era tornato a vivere con sua madre.

Sharp rimase in piedi con le mani sui fianchi fissando la lavagna.

«Buon lavoro, tutti. Questo è un inizio». Controllò l'orologio. «Divideteli in due gruppi. Kay, prendi Barnes con te domani mattina e organizzati per parlare con le famiglie di questi uomini e ottenere dichiarazioni aggiornate. Carys, Gavin, passate il resto di questo pomeriggio a familiarizzare con i rapporti patologici e d'inchiesta per queste morti, così saremo pronti a partire quando torneranno quelle dichiarazioni. Cerchiamo di ottenere qualche risultato mentre il nostro assassino crede ancora di averla fatta franca».

CAPITOLO 7

Kay girò la chiave nella serratura ed entrò nel calore dell'ingresso, sentendo la voce di Adam provenire dalla cucina.

Sorrise tra sé, chiuse la porta a chiave e lasciò cadere la borsetta sulle scale, appese il cappotto al piolo del corrimano e si diresse verso di lui. Entrando in cucina, sentì delle unghie grattare contro il pavimento piastrellato e sussultò quando vide il cane più grande che avesse mai visto avvicinarsi a lei.

«Ciao», disse Adam. «Questa è Holly».

«Ciao, Holly», disse Kay grattando le orecchie del cane. La testa dell'alano le arrivava all'addome e l'enorme bestia si appoggiò a lei, facendo scivolare i suoi piedi con le calze sul pavimento. «Woah, ragazza. Sei pesante. *Davvero* pesante», aggiunse notando il rigonfiamento significativo. I suoi occhi incontrarono quelli di Adam. «Quando partorisce?»

«Tra un paio di giorni», disse lui. «Avevo del tempo

libero accumulato, quindi abbiamo pensato che fosse meglio se la portassi a casa. Più tranquillo», aggiunse.

«Ha senso». Kay accarezzò la testa della cagnona incinta. «Va bene, ragazza. Fammi passare. Ho bisogno di un bicchiere di vino».

Adam finì di sistemare il letto del cane in un angolo della cucina, poi prese una bottiglia di borgogna bianco dal frigorifero e riempì due bicchieri prima di passarne uno a lei.

«Salute».

«Salute», disse lei. «Brindiamo al fatto che questa volta non siamo tornati a casa trovando un serpente in libertà».

Fecero tintinnare i bicchieri e lui sorrise.

«Stava bene. Non ha fatto nessun danno».

Kay lo fissò da sopra il bicchiere finché non riuscì più a trattenere una risata.

Holly si avvicinò e si appoggiò di nuovo a lei.

«Com'è andata la tua giornata?» chiese Adam, sedendosi su uno degli sgabelli accanto al piano di lavoro centrale. «Avete già incriminato qualcuno?»

Kay scosse la testa. «Non ancora, e penso che ci vorrà un po' prima che lo facciamo. Abbiamo dovuto passare la giornata a esaminare tutti i precedenti casi di suicidio». Spinse delicatamente Holly da parte e si sedette di fronte a Adam, posando il bicchiere di vino sul piano di lavoro tra di loro. «A prescindere da questo caso, non riesco a credere che qualcuno possa essere così disperato da gettarsi sotto un treno».

«Ce n'è per tutti i gusti».

«Vero». Bevve un sorso di vino. «Come vanno le cose in clinica questa settimana?»

«A parte questa qui? Non male. Le scuderie saranno tranquille per le prossime due settimane. Al momento sono tutte cose di poco conto. Per lo più porcellini d'India e criceti traumatizzati dall'esperienza di essere portati a casa dai bambini per le vacanze scolastiche». Le fece l'occhiolino da sopra il bicchiere di vino. «Penso che la maggior parte di loro avrà bisogno di una terapia».

«Penso che ne avrei bisogno anch'io».

Holly si spostò dalla parte di Adam e appoggiò la sua enorme testa sulle sue ginocchia. Lui le accarezzò le orecchie e bevve un altro sorso di vino.

«Come procede l'altra indagine?»

Kay si morse il labbro. Aveva passato diverse settimane, mesi, in effetti, a rivedere i fatti di un caso dell'anno precedente che si era ritorto contro l'intera forza di polizia e aveva quasi portato al suo licenziamento attraverso un'indagine degli Standard Professionali.

La sua sete di giustizia non era diminuita da quando era stata scagionata da ogni accusa, né la sua determinazione a scoprire chi l'aveva incastrata, rimuovendo prove vitali da una stanza chiusa a chiave e incolpando lei, mandando in caduta libera la sua carriera e la sua salute.

Lei e Adam stavano ancora facendo i conti con le conseguenze, e nel tentativo di farla uscire dalla depressione, Adam le aveva suggerito di iniziare una propria indagine, in segreto e da casa.

Fece scorrere le dita lungo lo stelo del bicchiere e lo

fece roteare nella condensa sul piano di lavoro della cucina. «Sono in un vicolo cieco».

«In che senso?»

Si appoggiò allo sgabello e sospirò. «Sto aspettando che l'ufficio sia tranquillo una sera per poter accedere al database senza essere disturbata. Non voglio davvero spiegare a nessuno cosa sto facendo».

Adam alzò un sopracciglio. «È saggio? Non possono vedere se hai effettuato l'accesso?»

«Sì», disse lei. «Ma penso che ne valga la pena. È solo umano voler sapere cosa sia realmente successo, no?»

Lui sostenne il suo sguardo, con un'espressione preoccupata. «Potresti metterti nei guai?»

«Più di quanto lo sia già stata?» Sbuffò. «No. Mi hanno scagionata da ogni accusa».

«È sicuro?»

Lei si strofinò l'occhio destro, poi bevve un altro sorso di vino. «Penso di sì».

Adam allungò la mano sul piano di lavoro, avvolse la sua mano nella sua e le accarezzò le nocche con il pollice. «Promettimi che starai attenta», disse.

Lei sorrise.

«Promettilo. Dillo».

«Lo prometto».

«Grazie». Le strinse la mano. «Non lo potrei sopportare se ti succedesse qualcosa».

Il cellulare di Kay iniziò a vibrare sul piano di lavoro e lei controllò il numero.

«Merda».

«Che c'è?»

«È mia madre».

«Vado a prendere altro vino».

Kay gli fece una linguaccia e portò il telefono all'orecchio. «Ciao, mamma».

«Pensavo che non avresti mai risposto. Sei ancora al lavoro? Sai che lavori troppe ore».

«Sono a casa».

«Bene. Era ora che vedessi più spesso quel tuo fidanzato o come lo chiami».

Kay chiuse gli occhi. «Volevi qualcosa?»

«Sì. Siamo in Francia al momento con Abby e i bambini. Tempo meraviglioso. Torniamo a casa domani, quindi passeremo a trovarti per cena sulla strada del ritorno. Puoi prepararci qualcosa, vero?»

«Mamma, io…»

«Fantastico. Ci vediamo allora. Non fare tardi».

Kay fissò il telefono per un momento, sbalordita.

«Che è successo?» Adam le spinse il bicchiere riempito attraverso il piano di lavoro.

«Vengono qui. Domani.»

«Tua madre?»

«E mio padre. E mia sorella. E i bambini.»

«Perché?»

«A quanto pare, sono stati in Francia per la settimana. Stanno tornando in macchina domani e vogliono passare per cena.»

«Oh.»

Kay si lasciò cadere sullo sgabello e avvolse le dita intorno allo stelo del bicchiere. «Cosa farò?»

Adam le strinse la mano nella sua. «Farai buon viso a cattivo gioco, cercherai di uscire dal lavoro a un'ora ragionevole e ti comporterai da adulta.»

Kay lo fulminò con lo sguardo, poi si rese conto che stava facendo il broncio. «Non glielo dirò domani.»

«Allora non farlo. Il fatto che tu abbia avuto un aborto spontaneo l'anno scorso non sono affari loro, comunque. Io non dirò nulla. Non preoccuparti, penserò io alla cena di domani. Se stanno tornando dalla Francia, tuo padre non vorrà comunque trattenersi a lungo.»

«Hai ragione, suppongo.» Sospirò, poi controllò l'orologio. «Si sta facendo tardi. Cosa ti va di mangiare?»

Un sorrisetto cominciò a formarsi all'angolo della bocca di Adam.

«Non farlo.» Lei agitò un dito ammonitore. «Sono seria. Sto morendo di fame. Cosa prendiamo?»

«Facciamo i cattivi.»

Lei sorrise. «Quanto cattivi?»

«Cibo cinese d'asporto.» Lui prese il cellulare e lo staccò dal caricabatterie, il pollice sulla chiamata rapida.

«Non è poi così cattivo. Hai un peso piuma.»

Lui alzò gli occhi al cielo. «Va bene. Indiano. Da quel posto vicino a Spot Lane.»

«Ora sì che ragioniamo.»

«Bau», disse Holly.

CAPITOLO 8

La sala operativa continuava a ronzare con l'energia tipica di una nuova indagine quando Kay arrivò la mattina seguente.

I telefoni sembravano squillare costantemente, un misto di chiamate da telefoni fissi e cellulari, mentre il personale amministrativo si muoveva freneticamente tra le scrivanie, distribuendo rapporti e gestendo richieste di ulteriori ricerche.

A volte, Kay invidiava a Sharp la possibilità di chiudere la porta del suo ufficio e bloccare parte del rumore, anche se lo faceva raramente. Preferiva essere coinvolto in ogni momento; felice di delegare, ma sempre tenendo d'occhio da vicino l'avanzamento del caso e l'approccio della squadra.

Gettò la borsa sotto la sua scrivania e posò la tazza di caffè su un sottobicchiere che aveva preso dal pub locale durante una serata con la squadra qualche mese prima. Barnes l'aveva convinta a provare mezzo boccale della nuova birra stagionale e, sebbene avesse scoperto che il gusto sarebbe stato acquisito nel tempo e non fosse quello probabilmente definitivo, le era piaciuta molto la grafica della pompa e il materiale promozionale che il birrificio aveva fornito al pub. Il proprietario le aveva consegnato mezza decina di quei quadrati di cartone, e da allora li aveva usati uno dopo l'altro, gettandoli nel cestino man mano che si deterioravano col tempo.

Sharp uscì a grandi passi dal suo ufficio, consegnò una pila di scartoffie a uno degli assistenti amministrativi e fece cenno alla squadra di avvicinarsi.

«Compiti per oggi», disse mentre formavano un semicerchio di fronte alla lavagna. «Esamineremo i nomi che abbiamo estratto ieri dalla lista dei suicidi sui binari ferroviari della zona e approfondiremo le circostanze. Prima di farlo, e per evitare di presumere che ogni singolo caso sia una vittima di omicidio, vorrei che il sergente Walker fornisse a tutti voi alcune informazioni di base sulle statistiche dei suicidi sulle ferrovie». Fece una smorfia. «Purtroppo, è più comune di quanto vorremmo. Dave?»

«Grazie. Ho preparato un riassunto di una pagina per ciascuno di voi, se volete farli girare?» Attese un momento mentre i documenti venivano distribuiti. «Per cominciare, oltre il settantacinque per cento di tutte le vittime ferroviarie sono suicidi. Purtroppo, anno dopo anno, stiamo assistendo a un aumento dei numeri complessivi e, di questi suicidi, l'ottanta per cento sono uomini».

«Fascia d'età?» chiese Kay.

«Tipicamente tra i trenta e i cinquantacinque anni. Questi uomini sono spesso stati disoccupati per un lungo periodo di tempo o in difficoltà finanziarie».

«Cosa si sta facendo per cercare di fermarli?» disse Carys.

«Molte stazioni qui intorno sono state dotate di recinzioni a metà piattaforma per impedire alle persone di camminare davanti ai treni espressi, e stanno investendo denaro nell'installazione di telecamere nei luoghi più popolari per i suicidi per allertare il personale», disse. «Tutto il personale delle stazioni è formato sulla prevenzione del suicidio. Hanno anche un buon tasso di successo».

Barnes prese il foglio che Debbie gli passò e scorse le informazioni con gli occhi. «Queste statistiche dicono che ci sono ancora più di duecento suicidi sulle ferrovie nel Regno Unito ogni anno, però».

Walker strinse le spalle. «Nessun sistema è perfetto e, diciamocelo, se qualcuno vuole uccidersi, troverà un modo».

«Ok, grazie, Dave», disse Sharp. «Barnes? Dacci un riassunto dei risultati di ieri».

«Sembra che le cose siano peggiorate negli ultimi sei-dodici mesi», disse Barnes, agitando uno dei rapporti. «Alcuni sono stati prevenuti dal personale ferroviario, ma poi la situazione è degenerata».

«Potrebbe essere dovuto al fatto che ci sono meno fondi per i programmi dedicati alla salute mentale?» disse Carys.

«Forse», disse Sharp, prendendo il rapporto da Barnes e scorrendo. Alzò lo sguardo verso la lavagna. «Tre di quelle otto persone lassù sono degli ultimi dodici mesi. L'ultimo solo due mesi fa. Abbiamo i nomi di tutti questi, Ian?»

«Sì. Ho già stilato un elenco dei parenti e degli altri contatti elencati nei rapporti dell'inchiesta per quei tre. Farò alcune telefonate questa mattina e mi organizzerò per andare a parlare con loro questo pomeriggio o domani, se vuoi».

«Sarebbe ottimo, grazie. Cosa sappiamo del loro passato?»

«Il primo, Stephen Taylor, era disoccupato, sua madre ha detto che aveva una storia di depressione che andava avanti da due anni prima di gettarsi da un ponte sulla traiettoria di un treno espresso diretto a Londra una mattina presto sette mesi fa. Nathan Cox è morto quando è stato investito da un treno a tarda notte vicino ad Aylesford quattro mesi fa, e poi c'è quello di due mesi fa, Cameron Abbott. Lavorava saltuariamente come operaio, a quanto pare. Sia Stephen che Cameron assumevano antidepressivi, e nessuno sembrava sorpreso che avessero scelto di porre fine alle loro vite».

«E i medici?»

«Medici di base diversi. Ma, e questa è una cosa che approfondirò, sia Stephen che Cameron avevano partecipato agli stessi workshop organizzati dal consiglio locale dopo essere stati trovati colpevoli e accusati di guida in stato di ebbrezza. Potrebbe esserci qualcosa».

«Fammi sapere non appena scopri qualcosa. Lavora con Kay su questo».

«Lo farò».

«Carys, puoi lavorare con Dave e ottenere i rapporti dell'inchiesta per i tre suicidi e parlare con gli agenti investigativi?» Sharp aggiunse le note del briefing alla lavagna. «Vi ricordo di mantenere una mente aperta, signore e signori. Se abbiamo un assassino a piede libero che ha già fatto questo in passato e l'ha fatta franca, dobbiamo fermarlo prima che lo faccia di nuovo».

«Devi ammettere che è un modo perfetto per coprire le sue tracce», disse Barnes, e poi si abbassò quando Gavin gli lanciò contro una pallina antistress morbida mentre gli altri gemevano all'unisono.

CAPITOLO 9

Kay premette "invio" sull'ultima email del suo arretrato, ancora furiosa per l'atteggiamento di Larch nei suoi confronti il giorno prima, anche se sapeva che lui la provocava di proposito.

Nonostante Sharp fosse d'accordo con lei sul fatto che due linee d'indagine sarebbero state prudenti, era ovvio che il loro ispettore capo pensava fosse una completa perdita di tempo.

Aprì una cartella nella sua casella di posta elettronica e scorse il testo. Sebbene risalisse a diversi mesi prima, riusciva ancora a farla infuriare.

La sua candidatura per il ruolo di Ispettore Investigativo non ha avuto successo in questa occasione.

Quando aveva risposto via email per chiedere il motivo, la squadra delle risorse umane era stata evasiva, citando un processo di candidatura sovraffollato. Kay aveva contestato la risposta, era entrata nell'ufficio di Sharp e aveva chiuso la porta prima di esigere una spiegazione.

Fu allora che scoprì che Larch era responsabile dell'ultima parola sulle sue ambizioni di carriera.

Era stato il colpo finale, e aveva avuto conseguenze disastrose per la sua salute, e per quella della bambina che aveva scoperto da poco di aspettare.

Non aveva mai capito l'animosità di Larch nei suoi confronti. Dall'ultima indagine in cui si erano incrociati, lui l'aveva per lo più ignorata, cosa di cui era grata.

Di tanto in tanto il suo nome saltava fuori in una conversazione e lei si chiedeva dove fosse, quasi tentata a volte di guardarsi alle spalle. Per gli ultimi mesi, non era stato altro che un fantasma. Spesso i suoi spostamenti erano stati sconosciuti, e quando aveva chiesto a Sharp, lui aveva alzato le spalle e negato di saperne qualcosa prima di trovare qualche scusa sul fatto che l'ispettore capo investigativo stava lavorando a un progetto speciale per il sovrintendente capo. 'Questo è tutto quello che so, Kay. Almeno non ci dà fastidio.'

Era stata incline a essere d'accordo con lui, e solo ora che lui era coinvolto in questa ultima indagine si rendeva conto di quanto avesse goduto del fatto di non averlo con il fiato sul collo. Alzò lo sguardo quando Barnes si schiarì la gola.

«Vieni. Andiamo a prendere qualcosa da mangiare. Sembra che tu abbia bisogno di un po' d'aria fresca.»

Venti minuti dopo, in fila al bancone del pub per ordinare il loro pranzo, Kay scrutò il suo collega e notò il suo nuovo completo e la cravatta.

Lui la colse a fissarlo. «Che c'è?»

«Vestiti nuovi?»

Lui si schiarì la gola. «È stata un'idea di mia figlia. Ho

perso un po' di peso, e lei ha detto che il mio vecchio completo sembrava un po' largo.»

Kay alzò un sopracciglio. «Perdita di peso e vestiti nuovi?» Le venne in mente allora che non aveva visto Barnes mangiare i suoi soliti pranzi da asporto di hamburger e patatine da quando era tornato al lavoro. Infatti, aveva appena ordinato un'insalata di pollo. I suoi occhi si strinsero. «Stai frequentando qualcuno?»

«No.»

Kay non disse altro, prese il resto e si diresse verso il tavolo dove sedevano Carys e Gavin.

Mentre Barnes si avvicinava, Gavin emise un basso fischio da lupo. «Hai un aspetto piuttosto elegante, Ian. Non avevo visto la nuova giacca questa mattina.»

Barnes lo fulminò con lo sguardo, ma Kay notò la scintilla di divertimento nei suoi occhi.

«Chi è la fortunata?» disse Carys.

«Non c'è nessuna fortunata. E fatevi gli affari vostri.»

Kay scoppiò a ridere.

———

«Questo è ciò di cui parlavo a Sharp», disse Barnes dalla scrivania opposta dopo che erano tornati dal pranzo.

Si sporse in avanti e spinse una stampa verso Kay, che stava combattendo una battaglia persa con le scartoffie sparse sul suo spazio di lavoro.

Lei alzò lo sguardo, scosse la testa per schiarirsi le idee e allungò la mano per prendere il foglio.

«Questo è il programma di riabilitazione?»

«Sì», disse lui, e si spostò intorno alle scrivanie per

raggiungerla. «Due delle nostre vittime di suicidio hanno frequentato lo stesso programma di riabilitazione dopo essere stati sorpresi a guidare in stato di ebbrezza», disse, e colpì la pagina con l'indice. «Stephen Taylor e Cameron Abbott. Entrambi hanno perso la patente per un periodo di sei mesi, e una delle condizioni della loro sentenza era di frequentare una sessione di riabilitazione settimanale sui pericoli della guida in stato di ebbrezza per un periodo di quattro settimane.»

«Chi altro c'era nel programma nello stesso periodo?»

«Altri quattro. Ho preso accordi perché Carys vada a parlare con loro più tardi questa mattina con Gavin, se noi parliamo con le famiglie delle vittime di suicidio.»

«Sembra un buon piano. Hai sentito che Gavin sta studiando per gli esami da detective?»

«Sì. Carys l'ha menzionato. Non sembrava troppo felice.»

«Penso che il nostro bambino prodigio potrebbe essere un po' ansioso con un pizzico di competizione nella squadra.» Kay sorrise e abbassò la voce. «Ho cercato di dividere equamente i casi tra loro, così non possono accusarmi di favoritismi.»

Barnes ridacchiò. «Così male?»

«No, non proprio, e comprendo il suo punto di vista. Ma Sharp non si sta schierando, quindi non dovremmo farlo neanche noi.»

«Dinamica interessante.»

«Lo è.» Kay abbassò lo sguardo sul documento che aveva in mano. «Quali erano le circostanze per cui le nostre vittime si trovavano in questo programma di riabilitazione in primo luogo?»

«Taylor stava andando a qualche chilometro orario oltre il limite di velocità sulla A20 vicino a The Landway, la sua auto è stata beccata da un autovelox, e quando gli agenti lo hanno fermato e sottoposto all'etilometro, è stato sorpreso a guidare ubriaco. Il magistrato ha tenuto conto del fatto che stava prendendo antidepressivi all'epoca, ma se li stava assumendo non avrebbe dovuto bere in primo luogo; quindi, gli ha ritirato la patente e lo ha inserito nel programma.»

«Precedenti?»

«Nessuno. L'unica altra informazione che sono riuscito a trovare proviene dai registri del tribunale. Taylor era disoccupato all'epoca, e lo era da alcuni mesi. Sembra che prima di allora avesse avuto lavori saltuari».

«E la nostra seconda vittima?»

«Cameron Abbott è stato avvistato da una pattuglia in uniforme nel centro di Maidstone. È uscito da un pub in High Street, ha barcollato fino al parcheggio The Mall ed è salito in macchina. L'hanno arrestato non appena ha girato la chiave nel quadro. A quanto pare, era la prima volta che commetteva un reato, ed era così pentito che il magistrato gli ha inflitto una multa e una sospensione della patente di sei mesi, più il programma di riabilitazione. Anche in questo caso, nessun precedente».

Kay restituì la stampa con i nomi. «In cosa consisteva il programma di riabilitazione?»

«Discussioni di gruppo, video sulla sicurezza, cose del genere. Cercano di rieducare i trasgressori sui pericoli della guida in stato di ebbrezza, nella speranza che non ci fossero recidive una volta recuperata la patente».

«Ha una buona percentuale di successo?»

«Sembra di sì, anche se non si può dimostrare se ciò sia dovuto al programma di riabilitazione o al fatto che le persone non vogliano rischiare di perdere di nuovo la patente».

«Chi lo gestisce?»

«È stato esternalizzato a una società chiamata "Mending Ways". In pratica, un paio di psicologi si sono uniti e hanno proposto l'idea. Lo stanno gestendo da un anno e mezzo presso la sala comunale di Shepway».

«Qualcuno ha già parlato con loro?»

«Non ancora. Vuoi occupartene tu?»

«Sì. Dammi il numero. Li chiamerò per vedere se possiamo passare a trovarli prima di parlare con le famiglie».

CAPITOLO 10

Kay guidò l'auto intorno alla rotonda e prese la seconda uscita. La strada costeggiava il retro di una scuola, e presto apparve il centro comunitario sul lato sinistro.

Mezza decina di auto occupava i parcheggi fuori dall'edificio basso, e Kay si fermò in uno degli spazi liberi.

«Mia figlia veniva qui per le lezioni di karate quando era piccola», disse Barnes. «Non posso credere che ci sia ancora».

«Meno male che c'è. Non credo che alcuni di questi gruppi avrebbero un altro posto dove incontrarsi altrimenti».

Kay guidò l'ingresso nella sala attraverso una serie di porte doppie e fu immediatamente colpita dal distinto odore di scarpe da ginnastica sudate. Arricciò il naso e guardò intorno nel piccolo atrio. Di fronte a lei c'erano due porte, entrambe chiuse. Controllò l'orologio.

«Secondo il sito web, c'è una sessione in corso al momento che dovrebbe finire tra un paio di minuti», disse, «quindi non dovremmo aspettare a lungo».

Camminarono avanti e indietro nell'atrio, e Kay passò in rassegna i vari avvisi comunitari appuntati su una bacheca di sughero che correva lungo la parete. Si voltò quando una delle porte si aprì, e un piccolo gruppo di persone iniziò a uscire passando davanti a lei e Barnes, dirigendosi verso il parcheggio.

Aspettò un altro minuto per permettere agli eventuali ritardatari di uscire, e poi guidò Barnes attraverso la porta nella sala.

La superficie liscia del pavimento aveva subito l'impatto di vari sport al coperto nel corso degli anni, la sua superficie lucida era bucherellata e graffiata in alcuni punti. Kay esitò sulla soglia, incerta se camminare sulla superficie con i suoi tacchi. Mentre stava dibattendo se procedere, uno dei due uomini rimasti nella stanza vide la sua esitazione e la chiamò.

«Lei deve essere la detective con cui ho parlato al telefono. Venga pure, questo pavimento ha visto parecchia usura. Un altro paio di scarpe non lo rovinerà».

Kay non poté fare a meno di sorridere e guidò Barnes attraverso la stanza dove i due uomini stavano impilando le sedie della sessione e posizionandole contro la parete opposta, fuori dal cammino. Si girarono mentre Kay e Barnes si avvicinavano, e l'uomo che aveva parlato tese la mano.

«Sono Malcolm Bannister. Lei deve essere il sergente detective Kay Hunter?»

«Esatto. E questo è il mio collega, l'agente detective Ian Barnes. Grazie per aver trovato il tempo di parlare con noi questa mattina».

L'uomo strinse la mano a Barnes e fece un gesto verso

il suo collega. «Questo è Ethan Aspley. Mi aiuta con le sessioni per i nostri casi di guida in stato di ebbrezza».

«C'è troppo eco qui dentro», disse Aspley. «C'è un piccolo ufficio al piano mezzanino. Perché non andiamo lì invece? È anche più riservato».

«Ottima idea», disse Kay. «Fate strada».

Lei e Barnes seguirono i due uomini fuori dalla sala e su per una breve rampa di scale fino a un basso piano mezzanino. Open space, consisteva in un paio di scrivanie al centro della stanza, schedari etichettati con il nome di ogni club che utilizzava la sala, e una serie di attrezzature sportive in vari stati di deterioramento.

Aspettò finché non ebbero tirato fuori le sedie e Barnes non ebbe estratto il suo taccuino dall'interno della giacca. «Da quanto tempo è attivo questo programma?»

«Da poco più di due anni. Abbiamo presentato l'idea al consiglio comunale per la prima volta tre anni fa, ma ci sono voluti quasi sette mesi perché la implementassero. Qualcosa a che fare con la gestione del budget e il nuovo anno finanziario di allora».

«Di chi è stata l'idea?»

«Entrambi praticavamo psicologia da diversi anni», disse Bannister. «Poi, mia sorella è stata uccisa da un uomo che in seguito si è scoperto essere tre volte oltre il limite consentito. Ricordo di aver visto la famiglia dell'uomo al tribunale dei magistrati. Sembrava uno spreco così grande. Era felicemente sposato, aveva un ottimo lavoro, e aveva buttato tutto all'aria perché aveva bevuto troppo prima di mettersi alla guida. Mi ha tormentato la mente per mesi, e poi Ethan qui ha menzionato che forse avremmo potuto fare qualcosa in memoria di mia sorella, ed è allora che ci è venuta l'idea per questo programma».

«Se fosse stata mia sorella ad essere uccisa, non so se avrei potuto immaginare di fare qualcosa di così nobile».

Un leggero sorriso gli attraversò le labbra. «Non è stato facile, detective, glielo concedo. Ma abbiamo una buona percentuale di successo, ed è raro che i partecipanti ricadano nel reato».

«E lei, Ethan? Qual era il suo interesse nell'avviare tutto questo?»

«Ero fidanzato con la sorella di Malcolm. Lui era a pezzi e anche io, a dire il vero. Avevamo entrambi bisogno di qualcosa su cui concentrarci».

«Mi parli di quando Stephen Taylor e Cameron Abbott si sono suicidati. Quando l'avete scoperto?»

Bannister si passò una mano tra i capelli. «È stato uno shock, questo è certo. Voglio dire, affrontiamo la questione del reato di guida in stato di ebbrezza, e teniamo in considerazione qualsiasi altro problema che un cliente potrebbe avere. Ma scoprire che due uomini hanno scelto di porre fine alle loro vite solo mesi dopo averci lasciato? Non ne avevo idea. Quando l'ho saputo tramite i giornali, ho passato ore a scervellarmi cercando di ricordare se uno di loro avesse dato qualche segnale che potesse far pensare a qualcosa del genere. Non ci sono riuscito».

«Mantenete i contatti con le persone una volta che lasciano il programma?»

«No. Forniamo loro il supporto di cui hanno bisogno durante il periodo di riabilitazione. Una volta che se ne vanno da qui, è finita, anche se forniamo loro i contatti per posti come gli Alcolisti Anonimi, e li incoraggiamo a parlare con i loro medici di base se riteniamo che ci siano problemi sottostanti che dovrebbero essere discussi».

«E non avete mai più rivisto Stephen Taylor o Cameron Abbott?»

«No. Mai più».

Kay si girò verso Aspley, ma lui scosse la testa.

«Nemmeno io».

Kay si alzò dalla sedia. «In questo caso, signori, credo che abbiamo finito qui. Grazie per il vostro tempo».

Barnes le lanciò le chiavi dell'auto mentre uscivano dall'edificio. «Voglio aggiungere qualcosa ai miei appunti mentre guidi».

«Farai i soliti controlli su di loro? Curriculum professionale, eventuali precedenti penali e cose del genere?»

«Sì. Mi era già venuto in mente ascoltando quei due».

«Cosa ne pensi? Troppo bello per essere vero?»

«Se fosse stata mia sorella o la mia fidanzata ad essere uccisa, sarei stato molto più arrabbiato di quei due».

«Un modo encomiabile di affrontare il lutto, però».

«Sarebbe più facile spostare un corpo sui binari del treno se si è in due».

«Ecco un pensiero allegro».

CAPITOLO 11

Kay spinse la portiera dell'auto e attese Barnes mentre osservava la casa di fronte a lei.

Un sentiero attraversava direttamente un prato dal marciapiede fino alla porta d'ingresso di quella che una volta era stata la casa di Stephen Taylor. Sulla sinistra della casa era stato eretto un recinto con un cancello chiuso a chiave che Kay presumeva portasse al giardino, mentre all'esterno c'era un bidone della spazzatura, con un mucchio di mosche che ronzavano intorno al coperchio. Sotto la finestra anteriore, una varietà di grandi vasi conteneva un tentativo svogliato di fare giardinaggio. Una singola lampada ornamentale pendeva sopra la porta d'ingresso, riparata dagli agenti atmosferici da un portico sporgente.

Suonò il campanello, poi si voltò e guardò la strada mentre aspettava che la porta venisse aperta.

Oltre il muro del giardino c'erano due file strette di case a schiera. Ogni proprietà aveva lo stesso aspetto: una facciata in mattoni rossi, una porta d'ingresso dello stesso stile, a parte uno o due vicini ribelli che avevano installato design personalizzati, e una finestra anteriore, con due finestre superiori che si affacciavano sulla strada sottostante.

Alcune proprietà, Kay supponeva, di proprietà di persone più anziane, erano curate con attenzione. Le altre sembravano un po' più malandate; tre porte più in su sul lato opposto, c'era un'auto su dei mattoni, con la vernice arrugginita e ragnatele sul parabrezza. Suppose che non fosse stata toccata da almeno sei mesi.

«Bel quartiere», disse Barnes. «Sono tutte di proprietà comunale?»

Kay arricciò il naso. «In realtà, credo che siano tutte di proprietà privata», disse. Si voltò al rumore di qualcuno che si avvicinava alla porta.

Si aprì, e una donna che secondo Kay era sulla cinquantina guardò fuori.

«Cosa volete?»

Kay si presentò. «Le dispiacerebbe se entrassimo, signora Taylor?»

Il labbro superiore della donna si arricciò, ma si fece da parte e tenne aperta la porta.

I suoi occhi scrutarono Kay e poi Barnes mentre entravano, prima di strofinarsi gli occhi assonnati.

«Di cosa si tratta? David non è di nuovo nei guai, vero?»

Kay attese che la porta si chiudesse e lanciò un'occhiata a Barnes prima di parlare. «Chi è David?»

«È mio figlio. Cos'ha combinato questa volta?»

Kay scosse la testa. «Non siamo qui per David», disse. «Vorremmo parlare con lei di Stephen.»

La donna fece un passo indietro e aggrottò la fronte. «Stephen?»

«Possiamo sederci da qualche parte?»

La donna annuì, la fronte ancora corrugata, e li condusse oltre una rampa di scale, lungo uno stretto corridoio e in una cucina che sembrava rimasta ferma agli anni '80.

«Volete una tazza di tè?»

Kay diede un'occhiata alle superfici unte e al bidone a pedale traboccante, e pensò che fosse meglio di no. «No, grazie, non le ruberemo molto tempo.»

«Va bene.» La donna indicò il tavolo spoglio della cucina e le quattro sedie raccolte intorno. «Accomodatevi. Cosa volete sapere?»

«Prima di tutto, devo chiederle che questa conversazione non venga riferita a nessuno in questo momento», disse Kay. «Stiamo attualmente indagando su una morte sospetta sulla linea ferroviaria tra East Malling e Barming.»

La donna si piegò all'indietro sulla sedia, le sopracciglia alzate. «Un altro suicidio?»

«È quello che stiamo cercando di stabilire», disse Kay. «Mi dispiace, so che Stephen è morto sette mesi fa, ma aiuterebbe la nostra indagine se potesse dirmi cosa è successo e quale fosse il suo stato d'animo prima di morire.»

«Stato d'animo? Le dirò qual era il suo stato d'animo. Era tutto sottosopra. Non lavorava da mesi, non dopo aver perso il lavoro. È stata la goccia che ha fatto traboccare il vaso dopo essere stato beccato a guidare ubriaco. Abbiamo quasi perso la casa perché non poteva pagare l'affitto. Ho smesso di chiedergli quando avrebbe trovato un altro lavoro, così ho finito per lasciarlo a casa in modo che ci fosse qualcuno qui quando i bambini tornavano da scuola nel pomeriggio, e io sono andata a lavorare al supermercato locale riempiendo gli scaffali dalle tre del pomeriggio alle nove di sera.»

«Come ha perso il lavoro?»

La donna scrollò le spalle. «Soffriva di depressione», disse. «E, come al solito, i suoi capi non capivano. Era davvero difficile per lui spiegare che a volte semplicemente non riusciva ad alzarsi dal letto. Non era pigro. Aveva solo questa malinconia che lo risucchiava e si perdeva per giorni.»

Si alzò dalla sedia e vagò verso il lavandino prima di guardare fuori dalla finestra il giardino semplice. «Se devo essere onesta, ho sempre saputo che si sarebbe suicidato.» Si voltò di nuovo verso Kay, le lacrime che brillavano agli angoli degli occhi. «Non sapevo come fermarlo, però. Ci ha provato, ci ha provato davvero, è anche andato dal dottore e gli hanno prescritto delle pillole da prendere, ma era troppo tardi. Non hanno fatto in tempo a funzionare. Dopo, durante l'inchiesta, il dottore ha detto che gli antidepressivi avrebbero fatto effetto nel giro di un paio di settimane.» Tirò su col naso. «Stephen forse sarebbe stato bene dopo.»

«Ho capito che ha frequentato un programma di riabilitazione dopo un'accusa di guida in stato di ebbrezza. Può dirmi qualcosa a riguardo?»

«Beh, non gli ha fatto alcun bene, no?» Scosse la testa. «Ha peggiorato le cose, a dire il vero. Si sentiva così male per essere stato beccato a guidare ubriaco, anche se penso che fosse più imbarazzo che altro. Non vedeva l'ora di completare il programma e riavere la patente.»

Kay si sporse in avanti. «Riesce a ricordare qualche amico con cui potrebbe aver parlato nei giorni precedenti alla sua morte?»

La donna sbuffò. «Tutti i suoi amici sono spariti. Riceveva una chiamata occasionale, o un messaggio, immagino che uno di loro cercasse di farlo uscire per bere qualcosa o altro, farlo uscire di casa, ma rifiutava sempre. Alla fine, hanno smesso di chiamarlo.»

«Ha qualche idea di cosa possa aver causato il peggioramento della sua depressione?»

«Perdere quell'ultimo lavoro è stata la goccia che ha fatto traboccare il vaso. Era stato disoccupato per due mesi prima di iniziare lì, ma come ho detto, non capivano i suoi umori e dopo un avvertimento scritto, l'hanno licenziato.»

Si asciugò gli occhi, e Kay fece cenno a Barnes che se ne sarebbero andati.

«Signora Taylor, grazie per aver parlato con noi oggi», disse, e le porse uno dei suoi biglietti da visita. «Se le viene in mente qualcosa di insolito che potrebbe essere successo nei giorni precedenti alla morte di Stephen, o se ricorda qualcuno che l'ha chiamato prima di quel giorno, me lo farebbe sapere?»

«Pensa che qualcuno l'abbia spinto al suicidio?»

Kay strinse le labbra. «No, no, non lo penso. Non in questo momento», disse. «Stiamo semplicemente cercando di non trascurare nulla in relazione alla nostra indagine attuale.»

CAPITOLO 12

La casa di Cameron Abbott si presentava con un aspetto completamente diverso dalla prima che avevano visitato.

Due auto occupavano lo spazio limitato dello stretto vialetto di cemento sotto la casa, e un muro di pietra a secco dava sulla strada con due pilastri di mattoni rossi posti ai lati di una breve rampa di scale che conduceva alla porta d'ingresso. La casa a schiera era stata intonacata per nascondere la sua finitura originale in ghiaia, anche se la superficie irregolare rimaneva, mentre il piccolo giardino anteriore conteneva una varietà di arbusti; qua e là, alcuni narcisi precoci spuntavano da sotto le altre piante, sovrastati da una grande finestra a bovindo.

Barnes suonò il campanello e un dolce scampanellio risuonò dall'interno.

Pochi istanti dopo, un'ombra apparve oltre il pannello di vetro smerigliato sulla parte superiore della porta. Si aprì, e una donna li scrutò, spingendo indietro i corti capelli biondi dagli occhi. Indossava leggings neri e una camicia di seta color crema, e il suo aspetto fu preceduto da un alone di profumo al muschio.

«Buongiorno. Denise Abbott?» disse Kay. Si presentò insieme a Barnes. «Possiamo entrare, per favore?»

La donna sbatté le palpebre e poi si fece da parte.

«Certo» disse.

Chiuse la porta d'ingresso e si voltò verso di loro. Incrociò le braccia sul petto. «È per il suicidio avvenuto l'altro giorno?»

«Sì» disse Kay, «Esatto.»

La donna scrollò le spalle. «Non so come posso aiutarvi. Ovviamente siete qui perché mio marito si è suicidato sullo stesso tratto di binari due mesi fa. Non sembra che la ferrovia abbia fatto nulla per impedire alle persone di farlo da allora.»

Da vicino, la donna sembrava più anziana, e Kay notò ciocche di grigio tra i capelli biondi. Grandi anelli coprivano la maggior parte delle sue dita, e gesticolava costantemente con le mani.

Kay sospettava che fosse un tentativo di mettere in mostra i gioielli.

Si rese conto che la donna era ansiosa di liberarsi di loro. «Se non le dispiace, potrebbe dirmi quale fosse lo stato d'animo di suo marito prima del suicidio? Ha avuto qualche segnale che potesse fare qualcosa di così drastico?»

«Era sempre depresso. Anche prima di perdere il lavoro. Era semplicemente una di quelle persone che non sembravano mai felici. Potevamo essere in vacanza da qualche parte come la Costa Azzurra, e lui avrebbe comunque trovato qualcosa per cui essere infelice.»

Kay contò fino a cinque nella sua testa prima di procedere. «Nelle settimane precedenti alla sua morte, sembrava preoccupato per qualcosa in particolare?»

«Non proprio. Non che io ricordi.»

Un'asse del pavimento scricchiolò sopra le loro teste.

Kay inarcò un sopracciglio ma non disse nulla.

La donna sembrò infastidita. «Il mio compagno, Vince. Spero che non mi guarderete dall'alto in basso dicendomi che dovrei comportarmi come una vedova in lutto.»

«Non sono affari miei» disse Kay. «Stava dicendo dello stato d'animo di suo marito?»

La donna sospirò. «Il dottore gli ha dato degli antidepressivi. All'inizio hanno provato con una dose bassa, ma non funzionava. Bisogna aspettare alcune settimane perché facciano effetto. Quando non ha funzionato, il dottore ha prescritto un dosaggio più forte. Non aveva lavoro all'epoca, e i farmaci lo rendevano letargico. Se ne stava seduto in casa tutto il giorno, guardando la televisione o fissando il vuoto.»

«Ho capito che era stato ammesso a un programma di riabilitazione per chi guida in stato di ebbrezza?»

«Una cosa stupida da fare. Stava guidando l'auto di suo fratello all'epoca, e lui non ne fu contento, posso assicurarvelo. Una perdita di tempo, inoltre. Non lo ha aiutato, vero?»

«E i suoi amici?»

«Cosa c'entrano? Hanno provato a chiamare, ovviamente, quando la sua depressione ha iniziato a peggiorare, ma dopo un po' si sono stancati di cercare di farlo uscire di casa. Se andavano a bere qualcosa o andavano a pescare, lui avrebbe solo peggiorato l'umore di tutti loro.» Scrollò le spalle. «Alla fine hanno smesso di chiamarlo.»

«Sa se ha incontrato qualcuno quel giorno?»

La vedova di Abbott scosse la testa. «Come ho detto, molti dei suoi vecchi colleghi di lavoro e amici si sono allontanati una volta che la depressione è peggiorata.» Le sue mani tremavano mentre si tamponava ancora una volta gli occhi. «C'era a malapena qualcuno al suo funerale.»

«Sarebbe in grado di fornirci una nota con i nomi dei suoi amici e colleghi di lavoro, e i numeri di telefono, se li ha ancora?»

«Certo. Ho una rubrica da qualche parte. Aspetti.»

Lasciò la cucina, e Kay la sentì muoversi lungo il corridoio, verso dove presumeva fosse tenuta una rubrica accanto al telefono fisso che aveva notato su un piccolo mobile accanto alla porta d'ingresso.

Tornò dopo qualche minuto e tese un libro di pelle nera a Kay. «Probabilmente è più facile se lo prende e lo fotocopia, no?»

«Sì, se non è un problema»

La donna annuì. «Ho messo un asterisco accanto ai nomi delle persone con cui potrebbe voler parlare.»

Kay prese il libro. «Grazie. Farò annotare i dettagli non appena torneremo in stazione, e glielo restituirò il prima possibile.»

Mentre Kay e Barnes tornavano alla macchina, lei si fermò sul marciapiede a fissare la casa.

«A cosa stai pensando?»

«Sia Stephen Taylor che Cameron Abbott avevano perso tutti i contatti con i loro amici prima di morire. In effetti, erano isolati. E se questo li avesse resi più vulnerabili agli occhi di un assassino?»

«Non saltiamo a conclusioni, Kay. L'isolamento è un fattore importante nella depressione, le persone non la capiscono; quindi, non sanno come gestirla se un amico ne soffre.»

Sospirò. «Lo so. È solo un pensiero.»

«Lo terrò a mente.»

CAPITOLO 13

Passò la mano sulla pagina davanti a sé, si chinò e soffiò delicatamente sulla superficie.

La gomma si muoveva avanti e indietro, la morbida grafite grigia scompariva sotto la sua pressione fino a che le linee che aveva tracciato nell'ultima ora furono completamente sparite.

Un piatto di formaggio e biscotti era posato vicino al suo gomito. Una mosca si posò su un angolo del piatto, piegò le ali, poi volò via di nuovo.

Agitò la mano vicino all'orecchio quando si avvicinò troppo e cercò di concentrarsi.

Nell'angolo della stanza, un vecchio modello di televisore a schermo piatto lampeggiava mentre una serie di pubblicità terminava e un programma tornava sullo schermo. Il presentatore camminava davanti a una grande fabbrica, gesticolando verso la telecamera mentre cercava di apparire informativo e disinvolto allo stesso tempo. La scena cambiò mostrando l'interno della fabbrica, enormi braccia robotiche che trasformavano pannelli di lamiera in automobili.

Sbuffò con derisione al modo di esprimersi del presentatore, poi allungò la mano verso il telecomando accanto a lui e premette il pulsante "muto".

Non poteva permettersi distrazioni, non dopo l'ultima volta.

Inoltre, conosceva l'episodio; li aveva guardati tutti più e più volte.

Una volta aveva aiutato a far passare il tempo.

Si appoggiò allo schienale e si guardò intorno nella stanza.

Tende velate coprivano la finestra, mentre particelle di polvere fluttuavano nell'aria, danzando nella luce fioca.

Cercò di ricordare l'ultima volta che aveva pulito il posto.

Aggrottò le sopracciglia, i suoi occhi notarono il sottile strato di polvere che copriva tutto, e si chiese se dovesse fare uno sforzo per fare qualcosa al riguardo.

Preferiva lavorare in giardino, a dire il vero. Certo, questo significava dover scambiare convenevoli con il vicino ficcanaso o con la giovane coppia che viveva nella casa adiacente, ma se il giardino era in ordine, lo lasciavano in pace. Nessuno sapeva che l'interno dell'edificio avesse ben poca somiglianza con l'ordine e la pulizia dell'esterno.

Dopotutto, non era solita invitare gente per una tazza di tè.

No, le pulizie potevano aspettare. Aveva cose più importanti da fare.

I suoi occhi tornarono al tavolo davanti a lui. Un

telefono cellulare giaceva silenzioso all'estremità, un cavo che si snodava da esso alla presa di corrente sulla parete lontana.

Non squillava molto; tutti avevano smesso di chiamarlo dopo i primi mesi, e lui non aveva intenzione di chiamare nessuno.

Gli piacevano i giochi, però. Quelli semplici, come il solitario o il Sudoku. Giochi in cui poteva perdere ore giocando, mentre pensava a tutto e niente.

Lasciò cadere la gomma, spinse via i pennarelli evidenziatori e la calcolatrice, poi prese di nuovo la mappa. Si agitò, cercando di allentare la tensione nella schiena. Era rimasto curvo troppo a lungo, inghiottito dal tempo, troppo occupato a concentrarsi sul lavoro da svolgere.

Perché di questo si trattava.

Un lavoro.

Un progetto. Definito come un ambito di lavoro con una fine definita.

Tutto era stato in programma fino a due notti fa.

Represse la rabbia.

Non aveva mai visto prima la donna che portava a spasso il cane; quindi, non era stata considerata nei suoi piani.

Fortunatamente, si trovava dall'altro lato dei binari rispetto a lui, e il fascio della sua torcia era troppo debole per individuarlo mentre era accovacciato accanto alla sua vittima, in ascolto.

Il cane però lo aveva visto, ne era sicuro.

La donna era troppo occupata a cercare un modo per abbattere la recinzione metallica, ma il cane lo aveva sentito mentre cominciava ad allontanarsi furtivamente dalla sua posizione e verso le ombre, e aveva ricominciato ad abbaiare.

Aveva fatto solo pochi passi.

Questa volta era stato diverso.

Gli altri non erano coscienti quando erano morti. In qualche modo, al momento, aveva pensato che sarebbe stato più facile da affrontare, ma mancava qualcosa, non provava nulla dopo.

Nessun senso di realizzazione.

Nessuna sensazione di aver contribuito a rimettere tutto al suo posto.

Quando questo si era svegliato dal suo sonno e si era ritrovato con le mani e i piedi legati ai binari, il suo terrore era stato palpabile.

Inizialmente intontito, si era dimenato e aveva scalciato mentre un treno espresso gli sfrecciava accanto sul binario opposto.

Ed è stato allora che aveva deciso di rimanere.

Voleva vedere, voleva sentire il terrore dell'uomo mentre il treno gli si avvicinava inesorabilmente.

Aveva funzionato.

Nel momento in cui il treno si era fermato stridendo a poca distanza da dove si trovava, aveva sospirato e la tensione che aveva trattenuto tra il collo e le spalle si era dissipata un po'.

I mal di testa erano tornati nel giro di poche ore, come sempre, ma la sensazione di equilibrio era rimasta.

I suoi occhi caddero sul taccuino.

Doveva concentrarsi.

C'era ancora molto lavoro da fare e ora che la polizia era coinvolta, il suo programma era cambiato.

Accelerato.

Ma questa era il punto con i progetti, no? Una volta che il lavoro era finito, si faceva il punto della situazione, si conduceva una valutazione e ci si assicurava che tutti quei rischi che avevano quasi mandato in fumo i piani accuratamente elaborati fossero considerati la volta successiva.

Mitigati, in modo che il prossimo tentativo fosse perfezionato.

I suoi occhi scorsero i calcoli che aveva scritto sul suo taccuino e poi sorrise, si sporse in avanti e prese di nuovo la matita, la punta aleggiava sulla mappa stesa davanti a lui.

Aveva un altro progetto da consegnare nel tempo previsto.

CAPITOLO 14

Il cuore di Kay si strinse un po' quando svoltò nella sua strada e notò le due auto aggiuntive parcheggiate sul marciapiede.

Sapeva che presto avrebbe dovuto aspettarsi la visita della sua famiglia, e sospettava che il fatto che sua madre avesse suggerito di passare sulla via del ritorno da una vacanza in Francia con sua sorella e la sua giovane famiglia significasse che lo stava facendo solo per un malriposto senso del dovere.

Non erano mai state vicine, e man mano che Kay saliva di grado nella polizia, si erano allontanate ancora di più.

A parte l'occasionale telefonata da una delle due, preferiva mantenere le distanze; sua madre era troppo invadente e sua sorella la faceva impazzire.

Sapere che si stessero presentando con poco preavviso le fece digrignare i denti, ancora prima di spegnere il motore.

Abbassò lo sguardo quando il suo telefono iniziò a vibrare e riconobbe il numero di cellulare di Adam.

«Pronto?»

«Non puoi restare seduta lì fuori per sempre, lo sai.» Il suo tono scherzoso alleviò un po' di nervosismo.

«Potrei andarmene e lasciarti lì tutto solo con loro.»

«Ohh, che cattiva.» Ridacchiò. «Non è poi così male. C'è anche tuo padre.»

«Non preoccuparti, sto arrivando.»

Kay terminò la chiamata e infilò il telefono nella borsa prima di scendere dall'auto e chiuderla, poi fece un respiro profondo e si trascinò verso casa.

Non aveva mai raccontato ai suoi genitori o a sua sorella dell'aborto spontaneo che aveva subito l'anno precedente.

Non voleva la loro compassione, e avrebbe fornito a sua madre un'altra scusa per rimproverarla di aver messo la carriera al primo posto, invece di sposare Adam e formare una famiglia.

Sua madre aveva poco tatto e non aveva alcuna considerazione per ciò che la figlia maggiore potesse volere dalla vita, figuriamoci per quello che pensava Adam. Invece, passava ogni momento delle loro irregolari conversazioni telefoniche a dire a Kay cosa avrebbe dovuto fare della sua vita.

Nulla era cambiato da quando Kay era un'adolescente, e dal momento in cui era riuscita a lasciare casa per andare all'università, aveva continuato a mettere quanta più distanza possibile tra lei e la sua famiglia.

Fece un respiro profondo e inserì la chiave nella

serratura della porta d'ingresso, cercando di aprirla il più silenziosamente possibile.

Nel momento in cui varcò la soglia, il tono stridulo della voce di sua sorella la raggiunse, e lei espirò.

Controllò l'orologio e fece un rapido calcolo. Dagli aromi nell'aria, Adam aveva già preparato la cena, quindi con un po' di fortuna se ne sarebbero andati entro un paio d'ore dato che suo padre non amava guidare tardi di notte, e c'era ancora un lungo viaggio per tornare a casa.

Le voci provenivano dal soggiorno, quella di sua madre compensava la mancanza di interazione da parte di chiunque altro, già rimproverava il figlio più grande per non aver completato correttamente un libro da colorare.

Kay alzò gli occhi al cielo e corse di sopra, togliendosi i vestiti da lavoro e indossando jeans e una camicia pulita prima di controllarsi il trucco allo specchio e passarsi una spazzola tra i capelli.

Non c'era motivo di offrire a sua madre un pretesto facile.

Sospirò e scese le scale, entrando nel soggiorno e interrompendo i toni duri di sua madre a metà frase.

«Eccola qui.»

Quelle parole colpirono Kay nel plesso solare, tutti i suoi ricordi d'infanzia riaffiorarono. Strinse i pugni ai fianchi, le unghie affondarono nei palmi, e forzò un sorriso.

«Ciao a tutti.»

«Ciao, tesoro», disse suo padre, alzandosi dalla poltrona preferita di Adam e tirandola in un abbraccio.

Lei ricambiò l'abbraccio e notò che nonostante l'età

avanzata, lui aveva ancora una folta capigliatura argentata e l'entusiasmo di un adolescente.

«Com'è andata in Francia?»

«Benissimo, grazie. Hai un bell'aspetto.»

«Sembra magra», sbottò sua madre. Si alzò regalmente dal divano e passò il bambino alla sorella di Kay con un unico movimento fluido, poi attraversò la stanza a grandi passi e le porse la guancia.

A differenza di suo marito, il suo viso appariva tirato, il trucco troppo pesante e il colore dei capelli tre tonalità più scure della sua carnagione.

Kay le diede un rapido bacio e resistette all'impulso di pulirsi la bocca dopo.

Si girò al movimento alle sue spalle quando apparve Adam, con un sorriso dispiaciuto sul viso. «Ciao.»

«Ciao. La cena è quasi pronta, se volete venire di là?»

Dopo un rapido saluto a sua sorella e un giocoso strattone alla coda di cavallo della nipote più grande, Kay seguì la sua famiglia in cucina e aspettò mentre sua madre si dava da fare per far sedere tutti intorno al bancone centrale.

«Non capisco perché voi due non possiate comprare un tavolo da pranzo come tutti gli altri», disse, facendo un *tss* abbastanza forte da far alzare la testa a Holly dalla cuccia. «È impossibile sedersi comodamente su questi sgabelli da bar.»

Kay trattenne la risposta che le si era formata sulle labbra e invece si tenne occupata prendendo i piatti dalle credenze, distribuendo le posate e riempiendo i bicchieri di vino di sua madre e sua sorella.

Suo padre si unì a lei, servendosi una bevanda analcolica dal frigorifero, e le fece l'occhiolino.

«Silas non è venuto con voi in Francia?» chiese a sua sorella.

«Troppo impegnato.» Abby strinse le spalle. «C'è una grande fusione in corso al lavoro in questo momento. Sperava di volare giù per raggiungerci, ma all'ultimo minuto hanno voluto che andasse ad Aberdeen.»

«Che peccato.»

Sua sorella forzò un sorriso. «Va bene così. Faremo una vera vacanza di famiglia in estate.» Si sporse in avanti e prese la bambina dalle braccia di sua madre, mettendosela in grembo per darle da mangiare. «Almeno ha dato a mamma e papà la possibilità di passare del tempo con queste due.»

«Stanno crescendo così in fretta.»

«È perché non le vedi mai», disse sua madre. «Guarda a che ora sei tornata a casa stasera.»

«Siamo nel bel mezzo di un'indagine per omicidio...»

«Non davanti ai bambini», sibilò sua sorella, fulminandola con lo sguardo.

«Perché non ti trovi qualcosa di bello da fare?» continuò sua madre. «Hai una buona laurea. Potresti scegliere qualsiasi lavoro là fuori. Uno che ti permetta di avere anche una vita al di fuori del lavoro.»

Kay posò la forchetta e bevve un lungo sorso di vino, contando fino a dieci nel mentre.

Un'ora e mezza dopo, la prova era quasi finita. Sua sorella era seduta in salotto, i due bambini cominciavano ad assopirsi, e sua madre li informò che sarebbero partiti a breve per iniziare l'ultima tappa del loro viaggio di ritorno a casa.

Kay riuscì a trattenersi dal sospirare ad alta voce per il sollievo, e poi quasi si strozzò con l'ultimo sorso di vino quando Adam fece un gesto di esultanza dietro la schiena di sua madre.

Suo padre aveva le mani nel lavandino della cucina, occupato con il lavaggio dei piatti, e Kay afferrò uno strofinaccio e iniziò ad asciugare le pentole e le padelle mentre Adam portava un vassoio carico di tazze di caffè agli altri.

«Che c'è che non va, tesoro?» disse suo padre.

«Che vuoi dire?»

Lui la guardò di sbieco. «Sei sempre stata pessima nel mantenere i segreti.»

Lei sospirò. «Non è niente, papà, davvero.»

«So che tua madre continua a insistere sul fatto che tu debba avere una carriera invece dei figli» disse lui, «ma è la tua vita. Tu e Adam fate ciò che è meglio per voi. Non darle retta.»

Si fermò, si sporse e prese l'altro strofinaccio prima di asciugarsi le mani, i suoi occhi non lasciavano mai quelli di lei. «So che qualcosa ti preoccupa, e non intendo tua madre che ti assilla tutto il tempo. Se mai avrai bisogno di parlare, chiamami, d'accordo?» Un leggero sorriso gli increspò le labbra. «Meglio se lo fai di martedì, però. È quando tua madre va a giocare a tombola.»

Kay trattenne le lacrime e colmò la distanza tra loro.

«Grazie, papà.»

CAPITOLO 15

Peter Bailey tirò su il colletto della giacca e infilò le mani in tasca.

Il suo turno era finito venti minuti prima, e di solito impiegava cinquanta minuti a piedi tra il supermercato e l'appartamento in affitto. L'aria frizzante della sera gli pungeva la pelle, e accelerò il passo per cercare di scaldarsi.

Le cose al lavoro stavano migliorando. Era lì solo da sei settimane, ma il direttore del negozio lo aveva preso da parte quel giorno e gli aveva chiesto se fosse interessato a lavorare un paio d'ore in più ogni giorno.

Aveva accettato senza esitazione. Il denaro extra significava che poteva iniziare a risparmiare e, entro la fine dell'anno, avrebbe potuto persino averne abbastanza per concedersi una vacanza economica.

Questo pensiero gli diede maggiore carica.

Su ordine del medico, aveva iniziato a ridurre il dosaggio dei suoi farmaci prescritti. Il dottore era stato cauto all'inizio e lo aveva avvertito degli effetti collaterali.

Scosse un po' la testa. Avevano avuto una conversazione simile quando gli erano stati prescritti per la prima volta gli antidepressivi. Eccetto che ora, con un po' di fortuna, avrebbe potuto iniziare a perdere peso. Si era sempre preso cura della sua salute prima, ma dopo l'incidente, una cosa aveva tirato l'altra, ed era diventato più facile affidarsi al cibo da asporto e alle bibite. Poteva incolpare solo sé stesso, e si rendeva conto che in quel periodo aveva cercato conforto nel cibo. Con i soldi extra che avrebbe guadagnato la settimana successiva, avrebbe potuto iscriversi alla palestra locale.

Tirò fuori la mano destra dalla tasca e premette il pulsante per l'attraversamento pedonale. Mentre guardava le auto e gli autobus sfrecciare, la sua mente vagava, e si ritrovò a pianificare come sarebbe cambiata la sua routine quotidiana una volta che i suoi nuovi turni fossero iniziati la settimana successiva.

Un camion frenò davanti a lui, e l'autista suonò il clacson.

Sbatté le palpebre e si rese conto che l'icona dell'omino verde brillava dal lato opposto della strada. Alzò una mano verso il camionista e attraversò in fretta le strisce bianche e nere del passaggio pedonale, raggiungendo l'altro lato mentre le luci iniziavano a lampeggiare.

Una brezza fresca gli scompigliò i capelli mentre attraversava il ponte sul fiume. Sembrava passata un'eternità dall'ultima volta che era uscito la sera, e un paio di birre veloci in un pub che una volta era uno dei suoi preferiti avevano rappresentato un cambiamento rinfrescante sulla via del ritorno dal lavoro. Sicuramente aveva una gran voglia di birra da quando aveva iniziato a prendere gli antidepressivi, e nel momento in cui il suo medico aveva cautamente concesso che potesse bere occasionalmente, aveva fatto piani per soddisfare quel desiderio il prima possibile.

Non c'era molto movimento nel pub quando era arrivato, cosa di cui era grato. Faceva ancora fatica a interagire socialmente, qualcosa che il suo terapeuta aveva detto essere perfettamente normale e che non avrebbe dovuto forzarsi in situazioni sociali, ma piuttosto procedere lentamente. Invece, aveva sorseggiato la sua birra, tenendo d'occhio il punteggio della partita di calcio sulla televisione nell'angolo in fondo, lasciando che le voci intorno a lui avvolgessero il suo corpo stanco.

Si sporse oltre il parapetto per guardare le acque scure del fiume Medway sottostante, i suoi occhi tracciarono il profilo in controluce delle chiatte e delle altre imbarcazioni ormeggiate da un lato. Invidiava la libertà che lui immaginava avessero i loro proprietari; essere in grado di slegare una corda e lasciarsi trasportare dalle correnti dell'acqua fino a quando un altro luogo non avesse attirato la loro fantasia. Annusò l'aria umida prima di accelerare il passo e seguire la direzione di Tonbridge Road.

Si guardò alle spalle. La strada dietro di lui era vuota e non c'era nessun altro in vista. Alla fine della strada, il traffico proveniente dal centro città sfrecciava oltre l'incrocio, ma nessun veicolo rallentava per entrare nel quartiere.

Girando a destra nella strada che alla fine lo avrebbe portato dove viveva, i peli sulla nuca gli si rizzarono, e si fermò.

Il rumore sordo e il clangore di un treno di passaggio

raggiunsero le sue orecchie, e gli venne la pelle d'oca. Si sforzò di fischiettare, per distrarsi dai suoni lontani. Il suo fischio era stonato, ma il battito cardiaco iniziò a diminuire mentre il rumore del treno svaniva.

Girò a sinistra prima della stazione ferroviaria di Barracks e accelerò il passo.

Aggrottò le sopracciglia. Aveva ridotto la dose delle sue pillole una settimana prima, e a parte una leggera vertigine quando si alzava troppo in fretta, non aveva notato gli effetti collaterali di cui il medico lo aveva avvertito. Si chiese se la paranoia fosse uno degli effetti che il dottore aveva trascurato.

Si girò sui tacchi e, mentre passava sotto il successivo lampione, si tirò indietro la manica della giacca e controllò l'orologio. Erano le nove e quindici, e la maggior parte delle case che superava erano al buio, gli abitanti nascosti dietro tende e persiane chiuse.

La strada era deserta.

O no?

Si guardò ancora una volta alle spalle e poi inciampò. Deciso a guardare dove metteva i piedi, raggiunse un incrocio a T e attraversò la strada di corsa.

La sensazione di essere osservato non lo abbandonava, però. Strinse i pugni ai fianchi, i sensi all'erta. Non riusciva a sentire passi oltre il rumore del traffico lontano; eppure, non riusciva a liberarsi della sensazione di essere sotto sorveglianza. Invece, accelerò il passo e corse per gli ultimi metri fino alle porte principali del blocco di appartamenti.

L'ampio e screpolato marciapiede lasciava il posto a una ripida e stretta scarpata erbosa che scendeva verso il piano terra degli appartamenti. Un ponte di cemento con ringhiere su entrambi i lati attraversava la distanza tra il marciapiede e l'edificio e terminava con un'ampia porta d'ingresso utilizzata da tutti i residenti.

Gli appartamenti al piano inferiore erano accessibili da una rampa di scale discendenti dall'atrio d'ingresso. Peter ignorò queste e salì di corsa le scale fino al suo appartamento al terzo piano.

Salì i gradini due alla volta e, non curandosi di cosa potessero pensare i vicini se avessero aperto la porta, corse per tutta la lunghezza del corridoio fino alla sua porta d'ingresso.

Quando la raggiunse, il sudore gli colava dal viso. Si asciugò la fronte con la manica ed estrasse le chiavi dalla tasca dei jeans. La mano gli tremava mentre inseriva la chiave, e imprecò sottovoce mentre cercava di girarla. Finalmente la porta si aprì, e lui scivolò dentro, sbattendola dietro di sé e assicurandosi che il meccanismo di chiusura scattasse in posizione.

Si appoggiò alla porta, ansimando, poi si girò di scatto e mise la catena di sicurezza per maggiore precauzione.

Dopo qualche istante, si tolse la giacca e la appese al gancio accanto alla porta, poi si incamminò lungo il corridoio verso la zona giorno. Ignorò gli interruttori della luce. La luce ambientale che filtrava dal pannello di vetro sopra la porta d'ingresso era sufficiente per illuminare il soggiorno e permettergli di muoversi tra i mobili senza inciampare o sbattere un dito del piede. Si abbassò sulle mani e sulle ginocchia e strisciò verso la finestra anteriore, poi si sollevò fino a poter sbirciare oltre il davanzale. La strada fuori era deserta, eccetto per un gatto solitario che si spostava furtivamente tra due auto parcheggiate.

Rimase seduto per un momento prima di rimettersi in piedi e tirare le tende. Allungò la mano e accese la piccola lampada sul tavolino accanto a lui, poi si diresse verso la cucina.

Mentre accendeva il bollitore, allungò la mano sul piano di lavoro verso la bottiglia di plastica accanto ai coltelli da cucina, la aprì e versò la sua dose giornaliera.

Il suo sguardo si posò sulla collezione di pillole nel palmo della mano.

I pensieri di Peter tornarono alla paranoia che lo aveva colto mentre tornava a casa dalla città, e rimise due delle compresse nel contenitore.

«Prima me ne libero, meglio è».

CAPITOLO 16

Camminava a grandi passi lungo la strada di accesso consumata, la cui superficie era stata sconvolta dal numero di veicoli da lavoro che l'avevano percorsa su e giù nelle ultime due settimane.

Aveva parcheggiato a quattrocento metri di distanza. Avrebbe potuto avvicinarsi di più con l'auto se avesse voluto, ma era più semplice così. Non voleva che il suo veicolo fosse visto così vicino ai binari ferroviari.

L'aria aveva un pizzico di freschezza, a pochi gradi dalla brina mattutina. Inspirò l'odore terroso della strada fangosa accanto a lui, attento a rimanere sul bordo erboso per non lasciare impronte.

Il suo avanzare era nascosto da un'alta siepe di rovi che separava il sentiero da un campo incolto intersecato da un sentiero pubblico. Durante il fine settimana, il percorso sarebbe stato affollato da vari gruppi di escursionisti diretti al pub nel vicino villaggio.

Aveva osservato il gruppo di lavoro durante l'ultima settimana. Sapeva che arrivavano prima delle otto, in tempo per il briefing giornaliero sulla sicurezza. Sapeva che erano in sei, un mix di età, tutti uomini.

Aveva persino preso il treno da Maidstone a Kemsing per poter viaggiare lungo la sezione di binari su cui si stavano svolgendo i lavori di manutenzione.

Aveva visto allora come raggiungere il luogo prescelto.

Era perfetto.

Presto raggiunse i cancelli temporanei e le recinzioni che erano stati posizionati sulla strada di accesso. Si avvicinò e allungò la mano per toccare la spessa catena avvolta intorno ai cancelli per tenerli al sicuro, con un grande lucchetto che la teneva insieme.

Un lieve sorriso gli attraversò le labbra.

Estrasse dalla tasca una chiave dall'aspetto strambo e la inserì nel lucchetto.

Girò senza intoppi.

Il cantiere era deserto, mancava almeno un'ora prima che qualcun altro arrivasse. Il vento gli sollevò i capelli mentre osservava i tre uffici temporanei del progetto che erano stati allestiti ad uso della squadra. Verso il retro del piccolo cantiere, erano stati installati due bagni temporanei, le strutture azzurre simili a cabine telefoniche un po' contrastanti rispetto al paesaggio brullo.

I macchinari abbandonati erano stati parcheggiati su un lato appena dentro la recinzione, abbastanza lontano da evitare che i ragazzi entrassero nel recinto per raggiungerli. Un'enorme piramide di pietrisco grigio era stata scaricata alla sua destra, e accanto ad essa erano impilate rotaie d'acciaio.

Una piccola salita verso il retro del cantiere portava ai binari ferroviari.

Si trattenne, le sue orecchie rilevarono il suono rivelatore di un treno in avvicinamento.

Si spostò per nascondersi dietro uno degli uffici temporanei del progetto, qualche istante prima che il treno sfrecciasse, il clacson risuonò nella scia.

Attese qualche istante per assicurarsi che nessun altro treno stesse per passare.

Sebbene conoscesse a memoria gli orari dei treni, c'era sempre il rischio che una locomotiva potesse essere in manovra tra le stazioni in mezzo ai treni passeggeri.

Soddisfatto che non sarebbe stato osservato fino al passaggio del prossimo treno previsto dopo venti minuti, si diresse verso la recinzione che separava il cantiere dai binari. Era stata tagliata e spostata di lato dai lavoratori della manutenzione. La recinzione temporanea che aveva sbloccato era progettata per impedire l'accesso alla linea ferroviaria al pubblico.

Attraversò i binari verso un perimetro erboso irregolare che costeggiava il ciglio della strada e portava a un boschetto di alberi che riparava il sito dalla vista.

Si lamentò, e le sue spalle si rilassarono un po'. Era meglio di quanto avesse sperato.

Oltre il campo, le case più vicine erano a un altro chilometro di distanza. Lo sapeva perché aveva guidato lungo la strada osservando i giardini perfetti e il paesaggio ondulato intorno ad essi.

Sapeva anche dalle sue osservazioni che gli occupanti delle tre case più vicine al campo che si affacciava sulla ferrovia sarebbero stati al lavoro quando sarebbe tornato.

C'era solo un problema nell'avere una casa in una posizione così idilliaca. Le implicazioni di un tipico mutuo erano un pendolarismo mattutino verso un lavoro in città e un ritorno a casa tardi la sera.

Non ci sarebbe stato nessuno a osservarlo.

Si allontanò dalle case e tornò sui binari. Si fermò tra le due serie di rotaie, i suoi stivali con la punta d'acciaio affondavano leggermente nella superficie irregolare.

Alzò la testa e guardò verso l'orizzonte, i binari scomparivano sotto un cavalcavia pedonale a circa mezzo chilometro di distanza. Il cavalcavia era deserto, il richiamo di un merlo era l'unico suono che rompeva il silenzio. Un brivido gli percorse la schiena.

Sarebbe stato così facile aspettare il prossimo treno. Mancavano solo pochi minuti al suo arrivo, e non avrebbe rallentato. Avrebbe potuto semplicemente camminargli davanti all'ultimo minuto, e il macchinista non avrebbe potuto fare nulla.

Oppure, se si fosse spostato un po' verso destra, il suo stivale avrebbe toccato la rotaia elettrificata e sarebbe stato fulminato all'istante.

Sbatté le palpebre e scacciò la tentazione dalla mente.

Non l'avrebbe fatta finita, non fino a quando il progetto non fosse stato completato.

Aveva un obiettivo, e intendeva raggiungerlo.

CAPITOLO 17

Il telefono sulla scrivania accanto al gomito di Kay squillò, e lei allungò la mano per rispondere mentre spostava di lato una pila di scartoffie.

«Pronto?»

«Sono arrivati i risultati delle impronte degli pneumatici», disse Harriet. «Non ti piaceranno».

«Spara».

«Sono di una marca economica, la stessa usata da una catena di riparazione e sostituzione pneumatici in tutto il paese. Di solito montati su uno dei modelli di auto più piccoli. Nessun segno distintivo, usura normale».

«Merda».

«Ti capisco».

«Scusa, Harriet, so che stai facendo del tuo meglio con quello che hai».

«Non preoccuparti. Anch'io odio i misteri. Ho però qualcosa di interessante per te. Quando stavamo analizzando ciò che restava della corda intorno alla caviglia della vittima, abbiamo trovato un'unghia incastrata nelle fibre. All'inizio pensavamo appartenesse alla nostra vittima, ma non corrisponde al suo DNA. Quindi...»

«Appartiene al suo assassino».

«Esatto. Ti invierò il mio rapporto completo via email entro i prossimi venti minuti, ma ho pensato che avresti voluto saperlo subito per darti un vantaggio».

«Grazie, lo apprezzo».

Kay terminò la chiamata e si precipitò nell'ufficio di Sharp.

«Ovviamente, controlleremo gli archivi per vedere se c'è qualcuno che corrisponde a quel DNA», disse dopo averlo aggiornato sulla sua conversazione con l'investigatrice forense.

«Bene», disse Sharp. «Fammi sapere se troviamo una corrispondenza...»

Si interruppe quando Debbie West bussò alla porta ed entrò senza aspettare una risposta.

«Dovete vedere questo, capo».

Gli consegnò una copia del giornale locale aperto alla terza pagina, e indicò l'articolo con il dito.

Sharp imprecò.

«Cosa c'è?» disse Kay.

Sharp girò il giornale nelle sue mani in modo che Kay potesse vedere il titolo. «Denise Abbott ha parlato».

Kay si alzò dalla sedia e prese il giornale, scorrendo il testo con gli occhi. Gemette.

La vedova di Cameron Abbott aveva messo a rischio l'intera indagine da sola. Parlando con un giornalista e dicendogli che la polizia l'aveva contattata per discutere di un caso aperto, aveva allertato l'assassino sui loro progressi.

«Quanto danno pensi che abbia fatto?» disse Debbie.

«È per lo più una congettura», disse Kay. «Non abbiamo mai menzionato che stavamo indagando su un omicidio, solo che c'era stato un altro decesso sullo stesso tratto ferroviario di suo marito».

«Sospettavi che potesse andare dai giornalisti?» disse Sharp.

«Per niente. Sembrava essersi ripresa molto velocemente dopo la morte del marito. Stava frequentando qualcun altro, che era in casa quando eravamo lì. Non si è presentato ed è rimasto al piano di sopra».

«Pensi che sia stato lui a contattare il giornale?»

«Forse. Senti, chiederò a Barnes e Carys di andare a trovare entrambi e ribadire che non devono più parlare con la stampa di questa indagine».

«Fallo. Chiederò al nostro addetto stampa di chiamare il direttore del giornale e di scambiarci due parole. Speriamo di poter recuperare la situazione». Sharp guardò oltre la sua spalla, e Kay seguì il suo sguardo.

Il suo cuore sprofondò.

L'ispettore capo Larch stava attraversando la sala operativa verso di loro, con il viso color barbabietola.

«Debbie, torna alla tua scrivania. Non è necessaria la tua presenza qui», disse Sharp.

Debbie sgusciò fuori dall'ufficio, con sollievo sul viso.

Larch sbatté la porta e Kay si preparò all'assalto.

«Che diavolo ha fatto, Hunter?» La indicò con il dito, con la saliva sulle labbra. Strappò il giornale dalla sua presa e glielo mise davanti al viso, con le mani tremanti. «È stata una sua idea? Abbiamo politiche sui media per un motivo, sergente detective».

«Capo, questo non ha nulla a che fare con Kay», disse Sharp, con voce calma. Allungò la mano e abbassò il giornale, ignorando lo sguardo furioso dell'ispettore capo. «Denise Abbott ha scelto di andare dalla stampa di sua spontanea volontà. Possiamo solo supporre che volesse attirare l'attenzione, ma abbiamo incaricato Barnes e Miles di andare immediatamente a casa sua per spiegare la natura della nostra indagine e chiedere che si astenga dal parlare con chiunque altro dei media».

«Non è abbastanza, Sharp. Ovunque vada Hunter, ci sono problemi. Sistemate questa faccenda, per l'amor del cielo».

Si girò sui tacchi, spalancò la porta e uscì a grandi passi dalla sala operativa.

Kay espirò rumorosamente. «Grazie, capo».

«Non c'è problema. Guarda, so che ce l'ha con te, ma non dargli soddisfazione. Abbiamo la pressione di risolvere questo caso rapidamente. Larch sta effettuando tagli al budget e obiettivi di performance, e non ha fatto mistero del fatto che siamo sotto esame. Mettiamoci al lavoro prima che qualcos'altro lo faccia agitare».

Kay non poté trattenersi. «Altrimenti qualcuno la pagherà cara?»

Gli occhi di Sharp si strinsero e cercò di reprimere un sorrisetto. «Sei stata di nuovo con Barnes, vero? Dovrei…»

Si interruppe a metà frase quando Carys entrò di corsa nella stanza. «Capo? Ho ricevuto una chiamata da Lucas, ha detto che deve controllare le sue email. È riuscito a trovare una corrispondenza con la cartella clinica odontoiatrica della nostra vittima».

«Riunisci la squadra, Carys. Vi raggiungerò tra un secondo».

Si precipitò al suo computer, e Kay corse alla sua scrivania per prendere il suo taccuino.

Un mormorio eccitato riempì la stanza mentre la squadra lasciava le scrivanie e si dirigeva verso Sharp, che stava in piedi con le spalle alla lavagna. Non aspettò che si sistemassero. «Abbiamo un'identificazione positiva per la nostra vittima».

La stanza cadde nel silenzio.

«Lawrence Whiting. Quarantaquattro anni. Attualmente disoccupato, aveva affittato un appartamento a Larkfield nell'ultimo anno». Passò il rapporto completo a Kay. «Sapete tutti cosa fare. Rintracciate e informate i parenti più vicini. I dettagli del suo medico di base sono nel rapporto, quindi iniziate da lì. Interrogate la sua famiglia e gli amici, organizzate l'accesso all'appartamento. Qualcuno potrebbe avere un mazzo di chiavi di scorta, altrimenti fate venire il fabbro il prima possibile».

CAPITOLO 18

Kay aggrottò le sopracciglia mentre Barnes si spostava nella corsia interna della tangenziale e imboccava l'autostrada.

«Pensavo avessi detto che la madre di Lawrence vivesse ad Allington».

«Ci viveva. Quando ho parlato con la receptionist dello studio del suo medico di base, è emerso che sua madre ha ricevuto una diagnosi che indica i primi sintomi di demenza. La receptionist mi ha dato il numero di telefono della sorella. Lei e Lawrence hanno organizzato il trasferimento della madre in una casa di cura dall'altra parte di Aylesford. La sorella, Grace, ci incontrerà lì. Ho chiesto anche a Hazel di raggiungerci».

Hazel Aldridge era uno degli agenti di coordinamento con la famiglia della squadra, il cui ruolo consisteva nel fornire supporto alle famiglie in lutto durante lo svolgimento di un'indagine. Membro prezioso della squadra, Hazel possedeva competenze che la rendevano la persona più adatta a fornire alla famiglia aggiornamenti regolari sull'indagine e a gestire qualsiasi domanda potessero avere sul processo.

Kay aveva molta ammirazione per chiunque assumesse quel ruolo, poiché spesso poteva essere molto difficile affrontare la frustrazione e il dolore altrui.

Raggiunsero la struttura per anziani in venti minuti, con un volume di traffico costante tra l'andirivieni quotidiano delle scuole e il pendolarismo. Barnes parcheggiò l'auto in uno spazio accanto al veicolo di Hazel e li guidò verso l'area della reception.

Kay fu colpita dalla sensazione di falsa allegria creata dalle piante colorate nei vasi su entrambi i lati della porta d'ingresso e dai colori vivaci applicati alle pareti dell'area di accoglienza. Il tappeto spesso attutiva i loro passi mentre un debole odore di disinfettante riempiva l'aria.

Hazel si alzò da una delle poltrone dall'aspetto confortevole nella reception al loro ingresso e strinse la mano a entrambi. «Mi sono già registrata, si sono organizzati per farci usare la sala giorno mentre gli altri residenti fanno merenda nella mensa».

Le spalle di Kay si rilassarono un po'. Era tipico di Hazel prendere il controllo della situazione, cosa di cui era grata. Firmò il registro dopo Barnes e la receptionist fornì indicazioni per raggiungere la sala giorno.

«La signora Whiting e sua figlia sono già lì», disse. «La stanza è tutta vostra per i prossimi quaranta minuti».

Kay seguì Barnes e Hazel lungo un corridoio con moquette che sembrava utilizzare una quantità eccessiva di beige rispetto all'allegra area di accoglienza. Sebbene fosse ben illuminato, un'atmosfera tetra si aggrappava alle pareti, e una sensazione di rallentamento del tempo la avvolse.

Il corridoio terminava con una serie di porte doppie, entrambe tenute aperte, che conducevano alla sala giorno. Una selezione di poltrone era stata sparsa nello spazio in piccoli gruppi, e Kay fu sorpresa di trovare l'arredamento moderno e vivace rispetto al corridoio. Si chiese se il budget per l'arredamento interno si estendesse solo fino a un certo punto, e ai luoghi più probabilmente utilizzati dalle famiglie in visita, poi si rimproverò per il suo cinismo.

Grandi finestre a vetrata davano su una terrazza pavimentata che conduceva a giardini ben curati con un filare di abeti al perimetro. Un televisore era stato fissato alla parete di sinistra della stanza, mentre vari quadri colorati riempivano l'intonaco intorno ad esso.

Una donna si alzò da un divano a due posti contro la parete di destra e si diresse verso di loro. I suoi capelli castani corti presentavano un taglio a caschetto severo, i cui lati aveva infilato dietro le orecchie, rivelando due orecchini a bottone su un lobo. Una donna dall'aspetto comune sembrava essere invecchiata prematuramente come se la salute di sua madre e di suo fratello avesse avuto un effetto negativo sulla sua.

«Grace Whiting?»

La donna annuì.

«Sono il sergente detective Kay Hunter. Mi dispiace per la sua perdita».

La donna le strinse la mano e trattenne le lacrime prima di tamponarsi le guance con un fazzoletto di carta appallottolato che teneva nell'altra mano. «Grazie, detective. Ho informato nostra madre, ma come può vedere, non sono sicura che abbia capito».

Indicò la donna seduta sulla poltrona accanto al divano con una coperta tirata sulle ginocchia. La donna sorrise e fece un piccolo cenno prima che la confusione le attraversasse il viso e lasciasse ricadere la mano in grembo.

Kay presentò Barnes e Hazel.

«Hazel sarà il vostro agente di coordinamento con la famiglia mentre continuiamo le nostre indagini. Sarà in grado di rispondere a qualsiasi domanda possiate avere sui progressi e sul processo. Le dispiacerebbe se le facessimo alcune domande su suo fratello?»

«Va bene. Ci sediamo qui, così posso tenere compagnia a mia madre allo stesso tempo?»

Si voltò e si sistemò su una seconda poltrona, sistemando la sua gonna grigia di lana a metà polpaccio sotto di sé prima di avvolgere il cardigan giallo pallido intorno alle spalle. Lasciò cadere le mani in grembo e iniziò a giocare con la fede nuziale al dito.

Barnes estrasse il suo taccuino e Kay annuì in segno di ringraziamento. Dato che uno di loro prendeva appunti, poteva concentrarsi sull'ascoltare Grace.

«Non eravamo molto vicini», iniziò. «Lui aveva i suoi problemi di salute da affrontare, e quando a nostra madre è stata diagnosticata la demenza sei mesi fa, è toccato a me prendermi cura di lei».

Kay notò il retrogusto di amarezza nella voce della donna. «Veniva mai a trovare sua madre qui?»

«Non che io sappia. Credo fosse imbarazzato. Faticava a gestire la sua depressione ed era riuscito a iniziare a ricostruire la sua vita. Non credo ne volesse la responsabilità in aggiunta a tutto il resto».

«Quando ha visto suo fratello l'ultima volta?»

«Circa quattro settimane fa. Dobbiamo mettere in vendita la casa di mamma per pagare la sua sistemazione qui; quindi, stavo iniziando a sgomberare le sue cose. Ho trovato alcuni oggetti suoi tra le cose di lei in soffitta e gli ho suggerito di dare un'occhiata per vedere se voleva tenerne qualcuno. È passato, ma non si è trattenuto. Sarà stato lì un'ora al massimo, non di più».

«Riesce a pensare a qualcuno che avrebbe voluto far del male a suo fratello?»

«No. Quando la depressione di Lawrence è peggiorata, ha perso i contatti con molti dei suoi vecchi amici. È la solita storia con le malattie mentali, no? La gente non sa come reagire o come aiutare, e così si allontana. Il problema è che, quando Lawrence si sentiva giù, non riusciva controllare il suo comportamento. La gente lo interpretava come maleducazione, ma era semplicemente il fatto che non riusciva a gestire la presenza di altre persone, lo rendeva troppo ansioso. Quindi, per rispondere alla sua domanda, non riesco a pensare a nessuno che vorrebbe fargli del male, perché non socializzava con nessuno».

«Come le è sembrato l'ultima volta che l'ha visto?»

Un sorriso triste attraversò il volto della donna. «Sembrava più in salute, come se mangiasse correttamente e facesse un po' di esercizio, finalmente. Mentre era senza lavoro, aveva messo su molto peso, e gli antidepressivi probabilmente non hanno aiutato in questo senso. Ma quando l'ho visto quel giorno, sembrava più ottimista. Stava persino parlando di candidarsi per un lavoro che aveva visto sul giornale quella settimana. Era un tale cambiamento di comportamento per lui perché, quando stava male, sembrava perdere la voglia di vivere».

CAPITOLO 19

Kay seguì Gavin attraverso la strada verso il palazzo di tre piani.

Dopo aver rintracciato e parlato con la sorella di Whiting, Kay e Barnes avevano trascorso del tempo con lei fornendole i loro contatti e rimanendo presenti mentre Hazel spiegava il suo ruolo e la sua disponibilità, prima di andarsene con una copia delle chiavi dell'appartamento di suo fratello che lei conservava.

Non aveva voluto accompagnarli.

«Potete prendere quello che vi serve», aveva detto. «Non credo di poter affrontare l'idea di andare lì in questo momento».

Kay aveva lasciato Barnes alla stazione di polizia in modo che potesse aggiornare il database delle indagini con i suoi appunti, e si era diretta a Larkfield con Gavin al seguito, con grande dispiacere di Carys.

«Posso aiutarti a perquisire l'appartamento», aveva detto, dopo aver preso Kay da parte mentre il suo collega prendeva la giacca.

«Me ne rendo conto», aveva risposto Kay, «ma sto portando Gavin. Tu hai già molta esperienza in questo».

Abbattuta, Carys si era voltata e si era data da fare chiacchierando con Barnes sugli eventi della mattinata.

Ora, Kay inserì la prima delle tre chiavi in una porta chiusa a chiave che conduceva a un ampio corridoio fiancheggiato dal primo dei quattro appartamenti al piano terra.

Gavin si assicurò che le porte fossero chiuse dietro di loro e che il meccanismo di sicurezza fosse bloccato prima di guidarli su due rampe di scale e lungo il pianerottolo. Si fermò alla seconda porta sulla destra e diede un'occhiata ai numeri in alluminio avvitati sulla superficie.

«È questa».

Si fermarono per indossare i guanti protettivi sulle mani, e poi entrarono nell'appartamento.

A parte un leggero odore di chiuso, l'appartamento sembrava pulito e ordinato. Un corridoio stretto conduceva a una camera da letto sulla destra con un bagno accanto. La cucina e il soggiorno erano stati recentemente ristrutturati e formavano un unico grande spazio abitativo.

Una luce soffusa filtrava attraverso una finestra frontale con le veneziane abbassate per la privacy. Un televisore era posizionato su un mobile basso sotto la finestra, con il telecomando a lato. Qua e là sulle pareti, era stata appesa una selezione di stampe fotografiche economiche. Kay le riconobbe da un negozio che spesso vedeva nel centro commerciale Fremlin Walk.

Superò la soglia ed entrò in cucina, osservando i piani di lavoro ordinati, una bottiglia di olio d'oliva era posizionata accanto al piano cottura, e una selezione di condimenti era allineata ordinatamente contro le piastrelle che rivestivano la parete. Si voltò e aprì la porta del frigorifero, e fu sorpresa di vedere una varietà di frutta e verdura fresca tra i vasetti di sugo per pasta usati a metà, senapi e contenitori di plastica.

«Si stava certamente prendendo cura di sé», disse Gavin.

«Sua sorella ci ha detto che recentemente si era interessato di più a un'alimentazione sana. Ha detto che aveva messo su molto peso a causa della depressione e dei farmaci che prendeva».

Gavin indicò un set di pesi nell'angolo. «Di tutte le vittime che stiamo investigando, sembra essere l'unico che stava iniziando a cambiare la sua vita con un certo successo».

Kay sbatté la porta del frigorifero. «Motivo in più per scoprire chi l'ha ucciso. Bene, tu prendi la camera da letto mentre io continuo qui. Vediamo se c'è qualcosa che possa aiutarci».

Mentre Gavin passava, lei iniziò a tirare fuori i cassetti sotto il piano di lavoro. Il cassetto superiore era occupato da un set di posate, mentre i successivi tre contenevano un mix di pacchetti di batterie usati a metà, un set di cacciaviti, un mazzo di carte e varie scatole di plastica che, ad un esame più attento, contenevano un piccolo kit da cucito e articoli per lucidare le scarpe.

Rivolse la sua attenzione alle credenze sopra il piano cottura e spostò la collezione di piatti, tazze da caffè e bicchieri.

Non trovando nulla, si voltò e poi si accovacciò per

aprire l'armadietto sotto il lavandino, e chiuse l'alimentazione dell'acqua.

Dopo aver esaminato gli ampi armadietti del cibo, si spostò nella zona giorno.

Borbottò tra sé e sé per lo stato delle librerie e della collezione di DVD. Le custodie di plastica erano ammucchiate l'una sull'altra in modo disordinato, e un pacchetto di sigarette accartocciato giaceva accanto a una pila di libri.

Iniziò dall'angolo in alto a sinistra delle librerie e cominciò a sfogliare le pagine dei romanzi uno per uno, nella speranza di scoprire uno scontrino o un appunto.

Non c'era nulla.

Andò nella camera da letto dove Gavin era accovacciato sulle mani e sulle ginocchia, con la testa nell'armadio.

«Hai trovato qualcosa?»

Lui si tirò fuori e scosse la testa. «Ci sono alcune scatole e cose sul fondo qui, ma niente di interessante. Solo vecchi album fotografici e riviste. Alcuni vecchi vestiti sembrano essere stati usati per il giardinaggio o qualcosa del genere». Si raddrizzò e fece un gesto intorno alla stanza. «Il letto era fatto. Niente sotto. Controllerò il comodino tra un minuto».

«Va bene, io vado a vedere cosa c'è in bagno».

Dopo aver aperto la cassetta del water per assicurarsi che non ci fosse nulla di sospetto all'interno, Kay si spostò nel bagno indipendente.

Un soffione della doccia pendeva sopra la vasca, i comandi per una pompa elettrica erano fissati alla parete sotto di esso, mentre un'unità bianca semplice con un'ampia bacinella sopra aveva sostituito il lavandino originale durante le ristrutturazioni del proprietario.

Kay aprì ogni cassetto dell'unità del bagno, setacciando vari pacchetti di compresse per il mal di testa e accessori per il rasoio, poi sbatté l'ultimo con frustrazione.

Nonostante sapessero chi fosse la loro vittima, non avevano ulteriori indizi per scoprire perché fosse morto o chi l'avesse ucciso.

«Sergente?»

Gavin apparve sulla porta, con un'agenda in mano. «Ho trovato qualcosa. Il pomeriggio in cui Whiting è stato ucciso, aveva un appuntamento con qualcuno di nome Simon Ancaster nel pomeriggio. C'è anche un numero di telefono».

«Bene», disse Kay. «Vediamo cosa ha da dire il signor Ancaster, no?»

CAPITOLO 20

Un'energia rinnovata riempì la sala operativa quando Kay e Gavin tornarono; la squadra era galvanizzata ora che avevano un nome per la loro vittima e potevano iniziare a ricostruire il suo background.

L'atmosfera soffocante era piena dell'aroma di toner e caffè bruciato mentre la squadra investigativa esaminava rapporti e altra documentazione, cercando di ricostruire il caso.

Kay si tolse la giacca dalle spalle. L'unico problema era il sistema di riscaldamento centralizzato difettoso. Alcuni giorni poteva essere gelido al piano di sopra e in altri come questo, quando era pieno fino all'orlo con una squadra investigativa al completo, l'aria era stagnante.

Barnes si lamentava spesso di quanto fossero fredde le sale interrogatori in confronto, e Kay gli aveva detto che l'aria calda saliva. La sua risposta era stata fare una battuta su tutti i manager e i capi al piano superiore. Sorridendo al ricordo, Kay posò la giacca sullo schienale della sedia, sapendo che entro un'ora il termostato avrebbe potuto resettarsi su una raffica artica e sarebbero stati tutti rannicchiati nelle loro giacche cercando di tenersi al caldo.

Carys aveva superato il suo sgomento per essere stata esclusa dalla ricerca dopo aver scoperto che non era stato trovato nulla per far avanzare l'indagine, e sembrava contenta di ridere e scherzare con Gavin mentre preparavano un giro di tè in vista del briefing pomeridiano.

Kay sorrise, digitando i suoi appunti nel database del caso e gestendo un paio di email urgenti mentre ascoltava il loro battibecco bonario.

Gestire un'indagine per omicidio era già abbastanza stressante, senza che la squadra diventasse litigiosa.

Controllò l'orologio. Tra un'ora, la sala operativa si sarebbe svuotata per il pomeriggio.

Un pensiero le era venuto in mente prima quel giorno, e faceva fatica a concentrarsi sull'indagine. La sua conversazione con Adam all'inizio della settimana continuava a girarle per la testa. Aveva ragione; sarebbe stato rischioso usare uno dei computer della sala operativa per condurre le sue ricerche personali, ma non riusciva a pensare a un altro modo.

Si appoggiò allo schienale della sedia e gettò uno sguardo ai suoi colleghi nella stanza. Per quanto le piacesse lavorare con loro, la spaventava che uno di loro potesse essere responsabile di averla incolpata per le prove mancanti che avevano portato all'indagine degli Standard Professionali. Era stata attenta a non lasciare nulla di personale nel suo cassetto a lavoro. Non c'era nulla neanche nel suo armadietto. Odiava non potersi fidare di nessuno, ma prima di tutto doveva assicurarsi di scoprire la verità, e che nulla potesse essere usato per compromettere di nuovo la sua carriera.

Almeno l'ispettore capo Larch si era tenuto a distanza per il resto della giornata. Meno interazioni doveva affrontare, meno si sentiva costantemente giudicata. Ogni volta che lui era nei paraggi, era come se stesse aspettando che lei commettesse un errore per poter inveire contro di lei.

Ora che aveva preso la sua decisione però, l'impazienza minacciava il buon senso. Era così tentata di usare il database adesso per ricercare il vecchio caso, ma c'erano troppe persone intorno. Non era sicura di potersi spiegare se uno di loro avesse visto cosa stava facendo. Sì, aveva detto a Adam che era naturale per lei voler sapere perché era stata incastrata, e cosa fosse successo alle prove mancanti, ma non voleva comunque dover dare spiegazioni a nessuno dei suoi colleghi.

«Un penny per i tuoi pensieri?»

Sussultò al suono della voce di Barnes alle sue spalle. «Scusa, non ti ho sentito.»

«Sì, sembravi assorta nei tuoi pensieri. Cosa c'è che non va?»

«Va tutto bene. Niente. Stavo solo cercando di mettere in ordine i miei pensieri per scrivere il rapporto di oggi.»

«Hai scoperto qualcosa nell'appartamento di Whiting?»

«Niente di che in realtà. Ho avuto l'impressione che sua sorella avesse ragione, e che stesse cercando di rimettere in sesto la sua vita. Il frigo era pieno di cibo sano, e aveva un set di pesi in salotto. Non abbiamo trovato nulla che suggerisse che conoscesse il suo assassino, o perché sia stato ucciso. Non c'erano droghe nell'appartamento. Solo delle pillole per il mal di testa, quindi non sembra un affare di droga andato a male o qualcosa del genere.»

«E non era nel programma di riabilitazione.» Barnes si sedette sulla sua sedia con un sospiro mentre Carys e Gavin si avvicinavano. «Quindi, non sembra che i due che abbiamo interrogato sul programma siano coinvolti allora.»

«Ha qualcosa a che fare con gli antidepressivi però,» disse Kay. «Sento che è la pista giusta, in qualche modo.»

«Ma a parte il corso per guida in stato di ebbrezza, non abbiamo trovato nulla che colleghi Lawrence agli altri due,» disse Carys.

«E non abbiamo trovato antidepressivi nell'appartamento di Whiting,» aggiunse Gavin. «Potrebbe esserseli fatti prescrivere una volta, ma non ora.»

«Ci ho pensato, e non ha senso. Lucas è riuscito a prelevare alcuni campioni di sangue e il suo rapporto afferma che ci sono tracce di antidepressivi nel sistema di Whiting, quindi dov'è la sua scorta?»

«Pensi che il suo assassino li abbia rimossi dall'appartamento?» disse Carys.

«Forse. Sto aspettando di parlare con il medico di Lawrence,» disse Kay. «Vediamo se riusciamo a scoprire perché gli sono stati prescritti antidepressivi, in primo luogo, e quando è stata la sua prescrizione più recente. Deve esserci un collegamento da qualche parte.»

«Quando andrai a vederlo?»

«La sua segretaria ha detto che lavora solo tre giorni alla settimana. Se ne era appena andato questo pomeriggio, quindi mi aspetto che richiami dopodomani.»

«E per quanto riguarda la storia lavorativa di Whiting, o qualcosa del genere?»

«È disoccupato da un paio di mesi. Prima aveva lavorato per circa sei mesi come addetto al rifornimento degli scaffali in un negozio di materiali edili, ma secondo sua sorella, quando la depressione e l'ansia di Lawrence sono peggiorate, non ce l'ha più fatta. Sembra che i suoi datori di lavoro abbiano cercato di fare il possibile, ma alla fine hanno dovuto lasciarlo andare. Forse questo gli ha dato la spinta per cercare di convivere con la sua malattia e migliorare la sua vita? Sarà interessante vedere cosa avrà da dire il suo medico di base, questo è certo».

Barnes puntò la penna verso Carys e Gavin. «Sarebbe una buona idea se voi due andaste a parlare con il suo responsabile al negozio di materiali edili domani. Scoprite che tipo di problemi ha causato la sua depressione e se è successo qualcosa lì che ha portato al suo omicidio».

«Lo faremo», disse Carys. «Ci sono degli amici suoi con cui possiamo parlare?»

Kay scosse la testa. «Secondo sua sorella, molti dei suoi amici si sono allontanati man mano che la sua depressione peggiorava. Non è stata in grado di darci una lista di persone con cui potremmo parlare, ma Gavin sta cercando di mettersi in contatto con un certo Simon Ancaster, i cui dati abbiamo trovato nell'agenda di Whiting. Nel frattempo, se il datore di lavoro di Lawrence ha altri contatti con cui possiamo parlare, prendete nota mentre siete lì. Abbiamo bisogno di tutto l'aiuto possibile al momento per ottenere una svolta».

Diede un'occhiata alle sue spalle mentre Sharp usciva dal suo ufficio. «Va bene, aggiorniamo il capo durante questo briefing, e poi speriamo che domani avremo più fortuna».

CAPITOLO 21

Infilò le mani nelle tasche della giacca a vento leggera e rallentò il passo in quella che sperava fosse una passeggiata disinvolta.

L'uomo era diversi metri davanti a lui, completamente ignaro di essere osservato e che ogni sua mossa nell'ultimo mese era stata attentamente osservata e registrata.

Ora era il momento di mettere alla prova tutta la sua attenta pianificazione.

La notte precedente era rimasto sveglio fino a tardi, controllando e ricontrollando i suoi calcoli. Una volta che il sole era tramontato dietro gli alberi in fondo al giardino, aveva tirato le tende in modo che il vicino non potesse vedere attraverso la finestra e chiedersi perché stesse lavorando così tardi in garage.

Una calma lo avvolse mentre camminava, la sagoma del suo obiettivo che si muoveva tra gli altri pedoni.

Aveva fatto la telefonata quella mattina presto. Aveva aspettato che la strada fuori si fosse tranquillizzata, i suoi vicini scomparsi per andare al lavoro o per le solite spese.

Sapeva che l'uomo non usciva molto dal suo appartamento e che la sua vita quotidiana probabilmente ruotava intorno all'osservare il mondo passare dalla sua finestra. Una telefonata a metà mattina sarebbe stata inaspettata.

Le sue supposizioni si erano rivelate corrette. L'uomo aveva risposto al telefono, con voce cauta.

Gli aveva spiegato che voleva incontrarlo, che era passato troppo tempo dall'ultima volta che si erano sentiti.

L'uomo era sembrato diffidente all'inizio, ma alla fine aveva accettato di incontrarsi più tardi quel giorno dopo che gli aveva spiegato perché dovevano parlare.

Ora, accelerò il passo per tenere l'uomo nel suo campo visivo.

La sua spalla urtò contro una donna carica di borse della spesa, e si scusò a bassa voce.

Lei borbottò sottovoce ma si affrettò a superarlo dopo aver incrociato il suo sguardo, e lui si chiese cosa avesse visto.

Aveva l'aspetto di un assassino?

Sospettava di no. Questo era ciò che giocava a suo vantaggio.

Era rimasto scioccato dal suo aspetto riflesso nella vetrina del supermercato che aveva superato prima. Riconosceva che il suo progetto era diventato un'ossessione, ma non aveva considerato l'effetto che avrebbe avuto sul suo corpo.

Cercò di ricordare l'ultima volta che aveva mangiato adeguatamente. Ultimamente, sembrava sostenersi con una dieta a base di caffè e occasionali pasti al drive-in. Aveva perso peso, di questo era sicuro. Non possedeva una bilancia da bagno, ma aveva dovuto stringere la cintura di un buco in più negli ultimi due mesi, e le sue camicie sembravano più larghe.

I calcoli e i piani su cui aveva lavorato per settimane si agitavano nei suoi pensieri. Quando aveva iniziato, portava con sé i suoi appunti. Era così preoccupato di aver sbagliato i calcoli. Non avrebbe dovuto preoccuparsi. La sua mente era ancora acuta e tutto era andato secondo i piani.

La sua fiducia era cresciuta ad ogni progetto completato.

Fino all'ultima volta.

La vecchia paranoia era tornata. Si rimproverò che i suoi piani fossero stati compromessi. Voleva rimanere in controllo tutto il tempo; tuttavia, la polizia era ora coinvolta, e questo cambiava le cose.

L'uomo davanti a lui raggiunse l'attraversamento pedonale, e lui si trattenne, non volendo essere visto. Non ancora. Non poteva rivelarsi fino al momento giusto. Si voltò, come per leggere un annuncio esposto nella vicina pensilina dell'autobus, e attese finché non sentì il familiare *bip* delle luci dell'attraversamento.

Lasciò che l'uomo attraversasse davanti a lui e poi lo seguì lungo la strada trafficata. Mentre passavano davanti all'ufficio postale, l'uomo rivolse la sua attenzione alla folla brulicante su Wheeler Street, poi decise di continuare oltre.

Sorrise. L'uomo era prevedibile.

Prima della telefonata di quella mattina, aveva seguito l'uomo nelle ultime settimane. Non era mai stato visto; era stato troppo attento. Non poteva permettersi che l'uomo lo notasse, non ancora, altrimenti l'intero piano sarebbe potuto crollare.

Non gli aveva mentito quando gli aveva parlato quella mattina. Era passato molto tempo da quando aveva parlato con uno di loro. Dopo tutto quello che era successo, si erano tutti allontanati. I suoi pugni si strinsero nelle tasche.

Dopo qualche passo, la sua preda girò a destra e continuò a camminare lungo uno stretto vicolo pedonale che spuntò fuori accanto al piccolo teatro. L'uomo controllò la strada a sinistra e a destra e poi attraversò di corsa ed entrò attraverso le porte di un pub.

Soddisfatto che il suo obiettivo fosse nel luogo d'incontro designato, attese un momento e si appoggiò al muro del teatro. Alzò lo sguardo al cielo. La cittadina di provincia non si era ancora liberata del freddo pungente dell'inverno, e pesanti nuvole rendevano il cielo grigio. Era ora di entrare, prima che iniziasse a piovere.

Spinse attraverso le strette porte doppie nel pub e si diresse verso il bancone. Sapeva dove l'uomo si era seduto, ma distolse lo sguardo. Voleva controllare la situazione e far sì che l'uomo venisse da lui.

Era importante.

«Cosa prendi?»

«Mezza pinta di bitter.»

Mise la mano in tasca per cercare della moneta spicciola e poi sentì una sedia che veniva spinta indietro sul pavimento di parquet.

Sorrise.

Sarebbe stato ancora più facile di quanto pensasse.

CAPITOLO 22

Kay si guardò alle spalle al suono di voci, poi si rilassò quando si rese conto che gli addetti alle pulizie stavano lavorando stanza per stanza.

Non avrebbero toccato nulla nella sala operativa; ogni persona era responsabile di mettere il proprio cestino della carta fuori dalla porta per essere svuotato, e qualsiasi cosa di natura confidenziale che non fosse necessaria per il fascicolo del caso sarebbe finita in un contenitore per rifiuti riservati situato fuori dall'ufficio di Sharp.

Allungò la mano verso la tazza di caffè accanto a lei, poi si ritrasse quando si rese conto che la porcellana era gelida.

Allontanò il caffè e si collegò al database HOLMES2, aspettando che il server si sincronizzasse con i suoi rapidi colpi di tastiera. I suoi occhi caddero sull'orologio visualizzato nell'angolo in basso a destra dello schermo. Non voleva fare tardi; era raro che lei e Adam passassero del tempo insieme durante la settimana, ma erano settimane che non aveva l'ufficio tutto per sé, e non poteva accedere al database da casa.

E non poteva rischiare durante il giorno, non con così tante persone intorno.

Si morse il labbro. Non dubitava di potersi fidare degli altri membri della squadra, ma dopo le conseguenze dell'indagine degli Standard Professionali sulle prove scomparse che aveva bloccato la sua promozione a ispettore, e le insinuazioni non dette che fosse stata lei a perdere quelle prove di proposito, non era disposta a rischiare la carriera di nessun altro.

Soprattutto quando non era sicura di chi potesse fidarsi.

Non ancora.

La sua innocenza era stata provata, ma le voci rimanevano, e molti dei suoi colleghi la accoglievano con un'aria di sfiducia.

Alla fine, il computer si sincronizzò con i suoi colpi di tastiera e aprì il file del caso in cui era stata coinvolta.

Jozef "Joe" Demiri era uno dei personaggi più sgradevoli della contea. La polizia del Kent stava monitorando le sue attività negli ultimi due anni, ma fino ad ora non era riuscita a raccogliere abbastanza informazioni per incriminarlo.

Originario dell'Albania, gestiva una rete di lacchè e uomini di fiducia che svolgevano il suo lavoro, assicurandosi che nessuna delle loro attività criminali potesse essere usata contro di lui. Kay e i suoi colleghi, compreso l'ispettore capo Larch, erano convinti che Demiri fosse coinvolto sia nel traffico di droga che in quello di esseri umani, ma le persone che impiegava erano troppo terrorizzate per parlare, tale era la sua reputazione di violenza contro coloro che cercavano di contrastarlo.

La costa meridionale del Kent stava iniziando ad acquisire una certa reputazione per il traffico di persone a causa della mancanza di risorse disponibili per pattugliare le acque del canale della Manica. Il territorio pianeggiante e le spiagge intorno agli antichi offrivano ampie opportunità alle barche di entrare nelle acque con il loro prezioso carico.

Era stata pura fortuna quella che aveva portato alla svolta che cercavano. Una pattuglia in uniforme aveva fermato un furgone appartenente a uno degli uomini di Demiri e durante una perquisizione del veicolo, era stata scoperta una pistola calibro 9 mm avvolta in una vecchia felpa e nascosta sotto il sedile del passeggero.

L'autista era stato arrestato e a Kay era stato affidato il compito di guidare l'indagine. Doveva essere quella che l'avrebbe portata alla promozione a ispettore.

Il sospettato si era rifiutato di parlare, ma erano state prelevate tre serie di impronte digitali dall'arma. Una serie apparteneva al loro sospettato, mentre le altre due rimanevano sconosciute, e Kay era determinata a collegare la pistola a Demiri.

Avrebbe dovuto essere la svolta di cui avevano bisogno, ma non riuscivano ad arrivare a lui. Al momento dell'arresto dell'autista, Demiri era fuori dal paese. Le indagini presso i suoi uffici nell'azienda di software che possedeva ad Ashford avevano portato Kay e i suoi colleghi a sentirsi dire che stava partecipando a riunioni nel continente e non sarebbe tornato in aereo per tutta la settimana.

Kay si era preparata a un'attesa impaziente, determinata ad arrestare Demiri al suo ritorno.

E poi la pistola era scomparsa dal deposito delle prove e il suo mondo era crollato.

Ora, lavorava attraverso i diversi moduli del database, i suoi occhi scorrevano le numerose note e registrazioni che lei e i suoi colleghi avevano inserito nel sistema.

Ogni singola conversazione telefonica, intervista, registrazione di prove e altre linee di indagine erano state registrate dalla squadra che lavorava al caso. Un ufficiale addetto ai reperti era stato incaricato di registrare i vari oggetti che avevano sequestrato nel corso dell'indagine, inclusi telefoni cellulari, chiavi di proprietà che erano state perquisite, e la pistola.

Il dito di Kay si bloccò sopra il mouse e poi aggrottò la fronte e tornò indietro di due schermate per assicurarsi di non sbagliarsi.

Non si sbagliava.

Imprecò sottovoce.

La registrazione che descriveva la pistola che era stata depositata come prova era scomparsa.

Fece scorrere il cursore del mouse su e giù per la pagina, ma non servì a nulla. Qualcuno aveva cancellato la registrazione.

Il panico minacciò di sopraffarla, e si asciugò il pizzicore di sudore all'attaccatura dei capelli.

Doveva esserci una spiegazione.

Si sforzò di ricordare. Ricordava che c'era un modo per consultare la cronologia del file online; un modo per scoprire chi aveva inserito ogni aggiornamento, ma non era sicura di avere ancora i diritti di amministratore, il login secondario necessario per esaminare quei registri, non dopo il suo ritorno al servizio attivo.

«C'è solo un modo per scoprirlo» mormorò.

Mosse il mouse mentre lo schermo iniziava a oscurarsi, e il display si illuminò immediatamente. Posizionò il cursore su una diversa opzione del menu, fece clic con il mouse e incrociò mentalmente le dita.

Un messaggio pop-up apparve al centro dello schermo.

Password accettata. Attendere prego.

Kay espirò.

Si sporse in avanti, contando i secondi nella sua testa mentre aspettava che le informazioni si scaricassero.

E poi, dopo alcuni secondi, un singolo nome lampeggiò sullo schermo.

Kay si appoggiò allo schienale della sedia e sbatté le palpebre.

«Non è possibile» sussurrò.

CAPITOLO 23

Kay varcò la porta di casa ed entrò in un corridoio pieno di aroma di arrosto.

Il suo stomaco brontolò prima ancora che avesse messo la catenella alla serratura e chiuso il chiavistello.

«Profumo divino», disse entrando in cucina, sforzandosi di far suonare allegra la sua voce.

Adam sorrise, con un pezzo di manzo in una teglia tra le mani coperte da guanti da forno. «Lo dici di tutto quello che stai per mangiare».

«Ho fame».

«L'avevo immaginato. Vai a toglierti i vestiti da lavoro. Ho tutto sotto controllo».

Si tolse la borsa dalla spalla e lasciò la stanza mentre lui apriva lo sportello del forno, lasciando che il dolce aroma di patate arrosto la seguisse.

Spinse il pensiero del registro delle prove mancanti in fondo alla mente. Non poteva permettersi di soffermarsi su quello; Adam si sarebbe preoccupato e lei aveva ancora un omicidio da risolvere.

La sua mente si volse alla morte dell'uomo sulla ferrovia, e tirò fuori il suo taccuino per segnarsi alcuni promemoria per il giorno successivo. Le piaceva la sfida, e più lavorava con Sharp, più lui sembrava fidarsi del suo giudizio. Si rese conto che era la spinta fiduciosa di cui aveva bisogno in quel momento, e la sensazione che la sua vita stesse tornando in equilibrio la rese più determinata a rinnovare la sua ambizione di diventare ispettore.

Si spogliò rapidamente, gettò i vestiti da lavoro nel cesto della biancheria e indossò una felpa e dei jeans. Camminando a piedi nudi lungo il corridoio, si fermò alla porta dell'ufficio di casa.

Rimase sulla soglia, valutando brevemente se accendere il computer e lavorare per mezz'ora prima che Adam servisse la cena, e poi scartò l'idea. Aveva bisogno di tempo per riorganizzarsi, per mettere in ordine i suoi pensieri prima di tentare di continuare la sua indagine. Era consapevole del fatto che altrimenti avrebbe potuto finire per perdere tempo.

Aveva bisogno di una svolta, e non l'avrebbe trovata sul suo computer di casa.

Invece, chiuse la porta e scese le scale.

«C'è qualcosa che posso fare per aiutare?» disse, adocchiando le verdure fresche che Adam aveva disposto sul tagliere.

«Ho tutto sotto controllo. Potresti dar da mangiare a Holly, se vuoi».

Al suono del suo nome, il grosso cane si alzò dalla sua cuccia e si avvicinò alla sua ciotola, con la lingua penzoloni e un sorriso negli occhi. La sua coda sbatteva contro il lato del banco da lavoro mentre aspettava.

Kay versò due porzioni di cibo nella ciotola di Holly e la posò sul pavimento accanto alla porta sul retro.

L'alano si avvicinò lentamente, annusò il cibo una volta, poi si mise a mangiare.

«Mmmm. Cibo per cani di nuovo».

«È felice. Non prenderla in giro». Kay rimise il misurino di plastica nel sacco del cibo per cani e ne sigillò la cima, poi si lavò le mani e guardò oltre la spalla. «Cosa hai fatto oggi?»

Adam la raggiunse al lavandino e la avvolse con le braccia, il mento sulla sua spalla mentre guardava fuori dalla finestra della cucina. La luna era sorta sopra la fila di alberi oltre la recinzione del giardino, e ora il cielo cominciava a punteggiarsi con le stelle più vicine della sera.

Indicò il fondo del giardino. «Hai una nuova serratura nel capannone del giardino, ho cambiato le lame del tosaerba e ho riorganizzato la tua collezione di CD per colore della copertina dell'album».

Lei si girò per guardarlo in faccia. «Non l'hai fatto».

La sua bocca si incurvò. «Ti ho fregata».

«Bastardo».

Lui sorrise e la baciò. «Sì, ma mi ami».

«Per fortuna». Lei prese lo strofinaccio e lo colpì leggermente.

Lui rise e attraversò la stanza verso il forno prima di estrarre la pirofila di vetro, il cui contenuto crepitava e sfrigolava. Si girò e la posò sul tagliere, poi prese il coltello da carne che Kay gli porgeva.

Il cane camminava impaziente sul pavimento, e Kay aprì la porta sul retro per farlo uscire.

Una brezza le sollevò la frangia dalla fronte e lei fece un respiro profondo, assaporando la freschezza mentre stava in piedi sulla soglia della porta sul retro. Incrociò le braccia sul petto e cercò di rilassarsi. Nonostante tutto, aveva ancora Adam, un tetto sopra la testa e un lavoro che amava.

Si fece da parte per far rientrare Holly e chiuse a chiave la porta.

«Giusto in tempo», disse Adam. «La cena è servita».

Dopo che i piatti furono impilati nella lavastoviglie, Kay seguì Adam in salotto, con Holly che li seguiva a passi felpati.

Il cane si acciambellò sul tappeto davanti alle librerie contro la parete in fondo, e loro si lasciarono cadere sul divano.

Kay sospirò e si diede una pacca sulla pancia. «Sono piena zeppa».

Adam riempì il suo bicchiere di vino con la bottiglia che aveva portato dalla cucina e glielo porse.

«Solo un po', grazie».

«Sei in turno stanotte?»

«No, ma Sharp ci vuole presto. Non voglio avere la testa annebbiata domattina».

Si sistemarono tra i cuscini, e Adam scorse i canali della televisione finché non trovò un quiz musicale che piaceva a entrambi.

Presto, stavano urlando le loro risposte allo schermo e ridendo dei tentativi dell'altro di superarsi a vicenda.

Due ore dopo, Kay aveva deciso di andare a dormire.

Tranne che non riusciva a prendere sonno.

Il respiro leggero di Adam le solleticava l'orecchio; si

era addormentato con il braccio intorno a lei e lei cercava di non agitarsi per non svegliarlo, altrimenti sarebbe stata tentata di accendere la lampada sul comodino e leggere per un po'.

La casa scricchiolava mentre cominciava a raffreddarsi; il riscaldamento centralizzato si era spento tre ore prima e non si sarebbe riacceso fino alle prime ore del mattino.

Al piano di sotto della camera da letto, Holly si agitava nella sua cuccia in cucina; Kay poteva sentirla attraverso il baby monitor e trattenne il respiro nel caso avesse dovuto svegliare Adam perché i cuccioli stavano per arrivare. Espirò quando il cane si calmò e attraverso il monitor si sentirono dei leggeri russamenti, e sorrise.

Una macchina passò fuori, i fari illuminarono il soffitto attraverso le fessure della tenda. Rallentò passando davanti alla casa, e Kay aggrottò la fronte, chiedendosi chi potesse essere a quell'ora tarda della notte. Alla fine, riprese velocità mentre affrontava la curva a sinistra della casa, il rumore del motore che svaniva in lontananza.

Kay chiuse gli occhi e cercò di rilassarsi.

Fu svegliata di soprassalto dal suo cellulare che squillava sul comodino accanto a lei.

Sbirciò con occhi assonnati il numero visualizzato e gemette.

Adam tolse il braccio dalla sua spalla. «Problemi?»

«Sharp.» Fece un respiro profondo prima di rispondere. «Capo?»

Ascoltò la voce di Sharp, il suo tono secco e teso, poi mormorò di aver capito e terminò la chiamata.

Adam corrugò la fronte. «Che succede?» disse, mentre

lei scivolava fuori dal calore delle coperte e iniziava a vestirsi.

«Devo andare. Ce n'è stato un altro.»

CAPITOLO 24

Kay diede un'occhiata al viso pallido di Barnes e fu contenta del fatto che, quando era intervenuta sulla scena la sera precedente, Sharp l'avesse incaricata di intervistare il macchinista del treno insieme a Dave Walker.

«Se avessi saputo quanto sarebbe stato terribile», disse lui, «avrei evitato la cena ieri sera».

Kay si strofinò gli occhi stanchi e cercò di scacciare dalla mente il ricordo dell'ultima vittima, tornando al computer per leggere gli appunti che erano stati aggiornati quella mattina presto. «Nessun testimone questa volta. Anche il macchinista del treno ha dichiarato di non aver visto nulla che indicasse la presenza di qualcun altro nei paraggi. La prima volta che ha visto il corpo sui binari è stato quando i fari lo hanno illuminato. Non ha avuto il tempo di fermarsi».

Barnes fissava il suo caffè senza dire nulla.

«C'è stato qualcosa che indichi che si tratti di un altro omicidio, piuttosto che di un suicidio?» chiese Sharp.

«Non è rimasto molto su cui lavorare, capo», disse

Kay. «Penso che il nostro assassino abbia imparato dopo l'ultima volta. Qualunque cosa abbia usato per tenere la vittima su quei binari, non l'ha legata. Non c'è traccia di corde o fascette di plastica».

«Droghe?»

«Se ha usato una droga da stupro, sarà maledettamente difficile per Lucas trovarla nelle parti del corpo su cui può lavorare».

«Quindi, forse è un suicidio».

«Non ne sono convinta. Non così presto dopo l'ultimo».

Il telefono accanto al gomito di Carys squillò, e Sharp le fece cenno di rispondere.

«Dovremo seguire due linee d'indagine, una sull'ipotesi del suicidio e una sull'omicidio, finché una delle due non verrà esclusa», disse. «E non sarà facile, dato che non sappiamo nemmeno chi sia questo tizio».

«E se non si fosse fermato?» disse Barnes. «Se questo fosse solo l'inizio?»

«E perché iniziare adesso? Perché ha iniziato a uccidere solo negli ultimi sette mesi? Qual è stata la causa scatenante?» disse Gavin.

Sharp prese uno dei pennarelli e aggiunse le loro domande alla lavagna. «Chiunque sia, conosce bene la rete ferroviaria. Ha troppa familiarità con le vie d'accesso e d'uscita dalle scene del crimine».

«Che ne dici di un appassionato di treni?» disse Gavin.

«Vale la pena tenerlo a mente, ma di solito si aggirano intorno alle stazioni ferroviarie. Sono più interessati alle locomotive che ai percorsi».

«Dimenticate il suicidio. È un omicidio», disse Carys.

Mise giù il telefono e si girò sulla sedia per affrontare la squadra. «Era Harriet al telefono. La sua squadra della Scientifica ha appena confermato che, sebbene non siano state trovate tracce di corda o cose simili sulla vittima, hanno scoperto che una sostanza trovata sul retro delle caviglie è adesivo resistente. Di quelli che si usano al posto dei chiodi per appendere cose al muro».

«Gesù», disse Barnes, rompendo il silenzio scioccato. «È un mostro».

Sharp camminava avanti e indietro sul tappeto di fronte alla lavagna. «Harriet ha confermato se sono state trovate altre impronte digitali sui vestiti appartenenti alla vittima?»

Carys scosse la testa. «Deve aver indossato i guanti. Chiunque sia, è ben preparato».

«Non solo sa come accedere alle aree dei binari senza essere visto, non lascia nemmeno prove», disse Kay. «Sta imparando dai suoi errori. Siamo stati fortunati quando Lawrence Whiting è stato ucciso, si è mosso in modo che il treno gli tagliasse la gamba sopra la caviglia e abbiamo la corda come prova. Se fosse rimasto incosciente e non si fosse mosso, le ruote del treno avrebbero distrutto le prove, come il nostro assassino aveva originariamente pianificato».

«Le impronte trovate dalla squadra di Harriet accanto ai binari», disse Kay, ruotando avanti e indietro sulla sedia mentre fissava la lavagna. «Abbiamo tutti supposto che fossero state lasciate dal nostro sospettato mentre lasciava la scena prima dell'arrivo del treno. E se non se ne fosse andato? Se fosse rimasto?»

«Intendi per guardare?» Barnes arricciò il naso. «È malato».

«Vero. Ma lo è anche legare un uomo indifeso a un binario ferroviario».

«Non ha senso», disse Barnes. «Perché aspettare così tanto tra un omicidio e l'altro se si tratta della stessa persona? Ha lasciato passare circa un mese tra il primo e il secondo, due mesi tra il secondo e il terzo, e altri due mesi prima che Whiting fosse ucciso».

«Potrebbe essere perché se lo facesse troppo spesso, desterebbe sospetti».

«Qual è il diavolo di movente?» disse Sharp.

«Non è frenetico; non sembra avere una sete insaziabile di uccidere», disse Kay. «Tutto ciò che ha fatto finora è stato meticolosamente pianificato, anche i luoghi sono noti punti di suicidio, e fino a poco tempo fa non c'era nessun altro in giro per verificare che si trattasse di omicidio. Se Elsa Flanagan non avesse portato a spasso il suo cane l'altra sera, non ne sapremmo nulla».

«Quindi, è meno probabile che commetta un errore», disse Barnes. «Il che non ci aiuta».

Kay indicò la mappa appesa al muro. «E, data la lunghezza dei binari e le diverse rotte che coprono quest'area, non abbiamo idea di dove potrebbe andare la prossima volta. Secondo Dave Walker, hanno telecamere di sorveglianza in tutte le stazioni e su alcuni dei ponti che sono stati usati come punti di lancio, il resto della rete non è monitorato».

«Che tipo di persona farebbe una cosa del genere?» disse Carys. «È orribile».

«Qualcuno che vuole vendetta». Kay gettò la penna. «Ma, per cosa? E perché il secondo così in fretta?»

«Forse perché l'ultimo non è andato a buon fine, la vittima è riuscita a gridare aiuto», disse Carys. «E probabilmente ha intuito che qualcuno l'ha sentito, se era ancora nella zona, potrebbe aver visto arrivare i primi soccorritori».

«Una specie di piromane, intendi?» disse Barnes.

Carys annuì. «Esattamente».

«Non ha senso», disse Gavin. «Se sa che noi sappiamo, sicuramente aspetterebbe, temporeggerebbe per così dire, e si nasconderebbe».

Kay si ritrasse come se fosse stata schiaffeggiata. «Merda, è così», disse, e guardò i suoi colleghi.

«Ha una lista. Qualunque sia il movente per ucciderli, sa che siamo sulle sue tracce, quindi ha cambiato il suo schema. Vuole assicurarsi di ucciderli tutti».

CAPITOLO 25

Aprì gli occhi incrostati di sonno e strizzò la vista alla luce intensa che filtrava attraverso una fessura delle tapparelle.

Granelli di polvere danzavano nell'aria mentre fissava il soffitto e cercava di combattere la spossatezza che minacciava di sopraffarlo. Girò il collo e guardò la sveglia sul comodino.

Le dieci.

Si spinse in posizione eretta, allungò la mano verso il flacone di pillole accanto alla lampada da lettura e ne inghiottì due con l'aiuto del contenuto del bicchiere d'acqua che aveva lasciato la sera prima.

Poteva sentire la sua vicina fuori che fischiettava mentre stendeva il bucato. La melodia eccessivamente allegra gli oscurò ulteriormente l'umore. Gettò via il piumone e si diresse a passo pesante verso il bagno.

Mentre stava sotto i getti caldi della doccia, la sua mente si volse al programma del progetto.

La notte precedente era andata bene. Questa volta,

aveva eseguito una corretta valutazione dei rischi. Non c'era stata alcuna possibilità che fosse scoperto, nemmeno la sua vittima, prima che il treno avesse avuto la possibilità di togliergli la vita.

Era stato perfetto. L'uomo aveva iniziato a riprendere i sensi solo pochi istanti prima dell'arrivo del treno.

Allungò la mano verso il sapone e si insaponò il corpo, mentre ricordava la confusione negli occhi dell'uomo quando aveva cercato di sollevare la testa solo per scoprire che non ci riusciva. Poteva essere intontito, ma era abbastanza cosciente da urlare quando il treno gli era piombato addosso.

Si asciugò, si vestì e scese al piano di sotto nel soggiorno. Sbirciò attraverso le tende di pizzo, ma la strada era silenziosa. Tutti gli altri erano andati al lavoro o, come la sua vicina, erano occupati nelle faccende domestiche.

Per lui era diverso. Era un uomo sfaccendato, che non aveva bisogno di lavorare.

Quei giorni erano finiti.

Attraversò silenziosamente il corridoio e uscì dalla porta sul retro, si sfilò una chiave dalla tasca e vagò intorno all'angolo fino al garage sul lato della casa.

Aveva ampliato la struttura per crearsi un laboratorio diversi anni fa. Quando lavorava, si era dedicato alla tornitura del legno e aveva trascorso ore a intagliare pezzi di alberi invecchiati per realizzare regali per i suoi amici e colleghi di lavoro.

Tutto ciò era cambiato.

Diede un'occhiata al giardino oltre la spalla, poi

socchiuse gli occhi verso il cielo azzurro, prima di tenere a mente di tagliare il prato prima di tornare in casa.

Non era giusto lasciare che il posto andasse in rovina, anche se la sua mente sembrava disintegrarsi.

Inoltre, lo avrebbe tenuto fuori di casa un po' più a lungo.

Si voltò e inserì la chiave nella serratura e la girò, la porta si aprì facilmente su cardini ben oleati.

Chiuse la porta e la bloccò dietro di sé, la sua mano trovò automaticamente il cordoncino per le luci alla sua destra.

Quattro tubi fluorescenti si accesero tremolanti tra le gronde del garage, illuminando le ragnatele tra le travi del tetto. Aveva insistito per installare un tetto a spiovente dopo aver visto i danni che una tempesta invernale aveva causato al garage dal tetto piatto del suo vicino, quando la pioggia si era accumulata così tanto in poco tempo che l'intera struttura era crollata all'interno dell'edificio.

Passò la mano lungo il bordo della piattaforma di compensato che occupava l'intera metà posteriore del suo garage.

Non poteva permettersi che una tale distruzione si verificasse.

Non ancora.

Quando tutto questo sarebbe finito, allora sarebbe stato smantellato.

Da altri, forse. Non da lui.

Si abbassò sul pavimento di cemento e strisciò verso il centro del cerchio di compensato, alzandosi in piedi quando raggiunse il grande spazio vuoto al centro, e gettò lo sguardo sul paesaggio davanti a lui.

Nonostante i problemi causati dal testimone dell'omicidio di Whiting, non aveva potuto trattenersi. Ieri, aveva guidato fino al negozio specializzato di Canterbury e aveva acquistato una nuova locomotiva. Il modello in scala era perfetto in ogni dettaglio. L'aveva vista su una rivista due mesi fa e non era riuscito a giustificare la spesa a sé stesso fino ad ora. La livrea era una copia esatta del materiale rotabile della compagnia ferroviaria e mentre l'aveva scartata con cura una volta arrivato a casa, aveva salivato mentre gettava via l'imballaggio per rivelare la sua nuova acquisizione.

Aveva ricontrollato i suoi calcoli usando la nuova locomotiva, non perché dubitasse delle sue capacità ma perché sembrava giusto usare il treno corretto questa volta. Forse gli avrebbe portato un po' di fortuna in più, per compensare l'altra notte.

Non era del tutto perfetto, aveva dovuto accontentarsi dei materiali che poteva acquistare dal negozio specializzato di Canterbury, e poi fare il resto da solo.

Non gli dispiaceva; trovava il processo creativo un modo per rilassarsi, un modo per calmare la sua mente irrequieta, e spesso scopriva che le sue migliori soluzioni si evolvevano quando si concentrava sulla realizzazione degli oggetti di scena che aiutavano a dare vita a ogni progetto.

Il suo sguardo cadde sulle carte sparse su un'estremità dell'ovale interno. Allungò la mano e raccolse i suoi appunti, piegandoli attentamente prima di metterli sul banco di lavoro accanto a lui. Li avrebbe gettati nel braciere fuori più tardi, dopo aver sentito la sua vicina andare al supermercato. Non poteva permettersi che lei notasse il fumo, altrimenti l'avrebbe usato come scusa per venire a rimproverarlo per aver impuzzolito il suo bucato.

Rivolse la sua attenzione all'insieme di attrezzature di fronte a lui. Un pannello rialzato conteneva una serie di interruttori e quadranti.

Le sue dita trovarono automaticamente il pulsante di accensione, che premette con un tocco leggero. Un ronzio iniziò da dietro dove si trovava, e un brivido di eccitazione gli percorse la schiena.

Con la bocca asciutta, sentì il suono avvicinarsi mentre i suoi occhi osservavano i campi in miniatura, il bestiame e le minuscole case.

Dopo pochi secondi, il trenino modello apparve all'angolo del suo campo visivo. Mentre girava la curva, la sua velocità aumentò e cominciò a sfrecciare lungo il binario verso la minuscola figurina che giaceva attraverso le rotaie d'acciaio.

Trattenne il respiro e si sporse in avanti, i fianchi sfioravano il piano di lavoro in compensato. Il treno gli passò davanti e nella sua mente immaginò le azioni frenetiche del macchinista mentre suonava il clacson alla vista dell'uomo disteso sui binari. Nel momento preciso, il suo pollice regolò leggermente la potenza in modo che il treno cominciasse a perdere velocità.

Era troppo tardi.

Il trenino modello si schiantò contro la minuscola figurina e la fece volare sull'erba di plastica finta accanto al binario.

Espirò mentre il treno scompariva dietro la curva successiva e allungò una mano tremante verso la figurina.

La sollevò, esaminando attentamente i punti in cui le

ruote del treno avevano graffiato e lacerato la superficie un tempo liscia e modellata.

La lasciò cadere sul piano di lavoro, prese una copia consumata dell'orario dei treni Londra-Maidstone e il suo taccuino, e si mise a fare i calcoli per il suo prossimo progetto.

CAPITOLO 26

«Dobbiamo concentrarci sulla localizzazione.» Sharp si diresse verso la mappa della zona appesa al muro e indicò la linea ferroviaria che partiva da Maidstone East e si estendeva attraverso la contea e oltre fino a London Victoria. «Sia Lawrence Whiting che Nathan Cox sono stati uccisi su questa linea qui. Stephen Taylor no, il suo corpo è stato trovato sulla linea Strood. Anche Cameron Abbott è stato ucciso sulla linea Maidstone East-Londra. Dobbiamo cambiare i parametri della nostra ricerca. Solo perché Stephen Taylor e Cameron Abbott hanno frequentato lo stesso programma di riabilitazione, non significa che le loro morti siano collegate.»

«Vuoi dire che Stephen Taylor non è stato assassinato?»

«Potrebbe essere. Finora abbiamo supposto che lui e Cameron fossero stati assassinati perché entrambi compaiono nell'elenco dei partecipanti a quel programma. Ma il luogo della sua morte non corrisponde affatto agli altri. Dobbiamo considerare il fatto che ci sia un'altra connessione. Una che elimina Stephen Taylor ma collega Nathan Cox, Cameron Abbott e Lawrence Whiting.»

«E la nostra ultima vittima. Chiunque egli sia.»

«Niente con cui possiamo identificarlo?»

Barnes scosse la testa. «Come l'ultimo. Nessun portafoglio, nessuna fede nuziale, niente. Chiunque sia il nostro assassino, è intelligente.»

«Ha idea Lucas di quando farà l'autopsia?»

«Un paio di giorni. C'è un po' di arretrato. Ci ha inviato per email alcune fotografie però. Chiederò a uno degli amministratori di ripulire una foto in modo che possiamo usarla per scopi identificativi quando parliamo con le persone.»

«Ottimo,» disse Sharp. «Porta una copia ai due tizi che gestiscono quel programma di riabilitazione e vedi se è uno dei loro, così possiamo escludere quella pista.»

«Lo farò.»

«Capo, se il nostro assassino ha tanta familiarità con il sentiero e i passaggi a livello su questo tratto ferroviario, forse dovremmo verificare se ha mai lavorato nelle ferrovie, o se ha un'altra connessione con esse?» disse Carys.

«Hai ragione. Il problema è che dovremo anche ampliare l'indagine per includere le associazioni di escursionisti, i residenti le cui case sono vicine alla linea ferroviaria. Vorrei che fossimo in grado di restringere quella ricerca prima di farlo. Semplicemente non abbiamo sufficiente personale.»

Sharp si passò una mano sui capelli corti e camminò avanti e indietro sul tappeto davanti a loro. «Perché sta uccidendo ora? Penso che tu abbia ragione, Hunter, che abbia una lista, ma cosa ha scatenato gli omicidi? Nonostante ora pensiamo che la morte di Stephen Taylor sia stata un suicidio, abbiamo ancora quattro morti strettamente collegate in un arco temporale di quattro mesi. Cosa stava aspettando? O cosa è successo che lo ha spinto a uccidere?»

«Sei sicuro che il nostro assassino sia un uomo?» disse Gavin.

«È una buona domanda,» disse Sharp. «Tuttavia, devi considerare che chiunque sia l'assassino, lui o lei ha dovuto spostare un corpo da un'auto a una linea ferroviaria. Questo ha comportato un terreno ripido, e dato che presumiamo che stia drogando prima le sue vittime, quei corpi saranno pesanti. Date le circostanze, non credo che stiamo cercando una donna.»

«È anche un modo particolarmente brutale di uccidere qualcuno,» disse Carys. «Per me, è il tipo di cosa che farebbe un uomo, non una donna.»

«Sono tendenzialmente d'accordo. Il nostro assassino sta facendo particolare attenzione a garantire che le sue vittime siano uccise da un treno che le investe, e non dalla corrente elettrica che scorre attraverso la terza rotaia. Sia il corpo di Lawrence Whiting che quello della nostra ultima vittima sono stati posizionati contro la rotaia interna. Chiunque sia il nostro assassino, sta facendo un'osservazione importante. Non sta dando alle sue vittime l'opportunità di uccidersi; sta mantenendo il controllo per tutto il tempo. Chiunque sia, sta esercitando molta autodisciplina.»

«Abbiamo avuto notizie da Simon Ancaster?»

«Ho ricevuto una telefonata da lui prima, capo,» disse

Barnes. «Era al lavoro questa mattina, ma ho preso accordi per parlare con lui dopo che avremo finito qui. Ho avuto l'impressione che fosse genuinamente scioccato dalla morte di Whiting; quindi, potrebbe non essere il nostro assassino.»

«C'è un'altra cosa,» disse Kay. «Tutte le altre morti sono avvenute durante l'ora di punta dei pendolari nel tardo pomeriggio e nella prima serata. La morte di ieri sera è stata causata da un treno vuoto che tornava al deposito. Non trasportava passeggeri. Nessuna delle altre morti era avvenuta così tardi prima.»

«Perché pensi che lo schema sia cambiato?»

«Primo, ovviamente meno possibilità di essere visto. Secondo, quel treno vuoto avrebbe viaggiato a una velocità considerevole. Ok, il macchinista non stava infrangendo alcun limite di velocità, ma nemmeno doveva preoccuparsi di rallentare per fermarsi alle stazioni.»

«Quindi non sarebbe stato in grado di fermarsi anche se avesse voluto.»

Le labbra di Sharp si assottigliarono. «Sta imparando dai suoi errori. Chiunque sia, e nonostante quello che pensiamo sulla frequenza in aumento, deve aver pianificato questo per mesi. Conosce le linee ferroviarie come il palmo della sua mano, conosce gli orari, e sa esattamente quando gli ultimi treni vengono riportati al deposito.»

«Forse è il momento di chiedere a Dave Walker e alla sua squadra di iniziare a interrogare i dipendenti della compagnia ferroviaria. Chiedere un elenco di chiunque abbia perso il lavoro prima di quel primo presunto omicidio sette mesi fa,» disse Kay. Alzò la mano per impedirgli di interromperla. «Lo so, ci vorrà tempo. Ma non possiamo escluderlo.»

«Ma qual è il movente?»

«Forse qualcuno è stato licenziato e serba rancore contro di loro. Forse il nostro assassino incolpa la compagnia ferroviaria per qualcosa.»

«Forse il nostro assassino è un passeggero che si è incazzato per il numero di scioperi ferroviari su questa linea,» borbottò Barnes.

CAPITOLO 27

Kay si fece da parte e lasciò che Barnes guidasse attraverso l'apertura nel muro fatiscente del giardino.

Alla sua sinistra, un bidone stracolmo minacciava di ribaltarsi, emanando il caratteristico odore di cartoni di pizza scartati. Evitò una pila di vecchi giornali che erano stati legati insieme e gettati sul sentiero vicino al bidone, e arricciò il naso alla vista del giardino incolto.

Rivolse la sua attenzione alla casa. Aveva sopportato il peso che fosse stata affittata nel corso degli anni; la vernice si staccava dalla semplice porta d'ingresso e l'intero edificio emanava un'aria di abbandono.

Barnes suonò il campanello e si voltò verso di lei. «Bel posto.»

Kay alzò gli occhi al cielo prima che la porta si aprisse.

«Simon Ancaster?»

«Sì?»

Kay mostrò il suo distintivo e presentò sé stessa e Barnes.

«Vorremmo parlare con lei di Lawrence Whiting.»

«Certamente. Mi dispiace, non ho ancora realizzato che se n'è andato.»

Li condusse in un soggiorno ingombro e iniziò a raccogliere riviste, contenitori di cibo d'asporto e un posacenere. Ebbe la decenza di sembrare imbarazzato.

«Non ricevo spesso visite.»

Sembrava non sapere cosa fare con gli oggetti che ora aveva in mano. Alla fine, si diresse verso un tavolino basso e li lasciò cadere sopra. Si voltò verso di loro. «Prego, accomodatevi.»

Kay diede un'occhiata al divano macchiato, alzò un sopracciglio verso Barnes e si rassegnò a fare un carico extra di bucato quella sera. Si sedette sui cuscini e attese mentre Ancaster si sistemava su una poltrona accanto al televisore.

«Simon, ho capito che lei conosceva Lawrence Whiting?»

«È corretto.»

«Eravate intimi?»

«C'è stata subito intesa. Ci siamo conosciuti al liceo classico e uscivamo insieme quando entrambi abbiamo preso le moto. Solo quelle piccole, sia chiaro, ma impressionavano le ragazze.» La sua bocca si increspò al ricordo. «Era davvero divertente. Non lo vedevo molto spesso, specialmente quando ha iniziato a soffrire di depressione, ma cercavo di lasciargli un messaggio sul telefono una volta al mese, sa, per fargli sapere che ero preoccupato per lui. È venuto qui l'altra settimana finalmente, e sono rimasto sorpreso di trovarlo così bene dopo tutto quello che ha passato.»

Kay annuì alla correlazione tra la storia di Ancaster e l'annotazione nel diario di Whiting.

«Qual era il suo stato d'animo quando l'ha visto?»

«Sembrava stare bene. Nulla che indicasse che stesse contemplando il suicidio. Non riesco ancora a crederci.»

«Può descrivere i Suoi movimenti il giorno in cui Lawrence è morto?»

Le sue sopracciglia si alzarono di scatto. «Perché vuole saperlo?»

«Per favore, risponda alla domanda.»

«Sono andato al lavoro come al solito. Lawrence ha bussato alla porta circa un'ora dopo che ero tornato a casa, abbiamo chiacchierato davanti a un caffè e stavo per suggerire di andare al pub a bere qualcosa quando il suo telefono ha squillato. Mi sono fatto da parte, era piuttosto ovvio che fosse una chiamata privata, ma quando sono tornato in cucina, lui aveva già il cappotto addosso e ha detto che doveva andare. Sono rimasto sorpreso, perché pensavo che stesse ancora lottando con la socialità. Ero felice di vedere che stava facendo progressi, ma un po' seccato che se ne andasse così presto dopo essere arrivato, soprattutto perché non ci vedevamo da settimane; quindi, gli ho chiesto chi doveva incontrare. Non ha voluto dirlo, ha detto solo che era qualcuno che aveva conosciuto in passato. Era molto evasivo quando gliel'ho chiesto. Mi ha detto di lasciar perdere e che la persona aveva chiesto di incontrarlo in privato.»

«Di solito era così riservato su chi incontrava? Ha detto prima che eravate molto intimi.»

«Ho pensato che fosse un po' strano, ma guardi, non erano affari miei, quindi non ho insistito. Ho pensato che forse avesse a che fare con il suo trattamento o qualcosa del genere.»

«Cosa fa nella vita?»

«Insegno nella scuola elementare locale.»

«A che ora è tornato a casa dal lavoro?»

«Verso le tre e un quarto. C'è stato un guasto all'impianto idrico nei bagni dei ragazzi; quindi, il preside ha deciso di chiudere la scuola durante il giorno.» Sorrise. «Ricordo di aver pensato in quel momento che almeno avrei avuto la possibilità di tornare a casa e cambiarmi gli abiti da lavoro prima che Lawrence arrivasse.»

«E a che ora se n'è andato Lawrence?»

«Era andato via verso le cinque. Me lo ricordo perché ho guardato l'orologio del forno. Era tutto un po' strano, a dire il vero.»

«In che senso?»

«Beh, non è mai stato il tipo di persona che va fuori per socializzare, e se andava al pub di solito era perché ce lo trascinavo io, e sarebbe stato più tardi durante la giornata.»

«E non ha avuto contatti con lui dopo che ha lasciato la casa?»

Scosse la testa.

«Va bene,» disse Kay. «Apprezziamo il suo tempo, grazie.» Gli consegnò uno dei suoi biglietti da visita. «Per favore, se le viene in mente qualcos'altro, mi chiami.»

Mentre tornavano alla macchina, la sua mente ripercorse la conversazione. Barnes camminava accanto a lei in silenzio, sapendo bene di non dover interrompere i suoi pensieri. Infine, si fermò e gli posò una mano sul braccio.

«Se Lawrence ha lasciato la casa alle cinque, ed Elsa Flanagan non l'ha visto sui binari fino alle sei e quarantacinque, dove è andato?»

«E dov'è il suo telefono cellulare?»

«Harriet e la sua squadra non hanno trovato nulla sulla scena, ecco perché ci è voluto così tanto tempo per identificarlo.»

«Quindi, l'assassino l'ha attirato fuori di casa e hanno concordato di incontrarsi da qualche parte. Ovunque fosse, l'assassino di Whiting l'ha aggredito e l'ha legato ai binari del treno, e poi ha preso tutti i suoi effetti personali?»

«O ha incontrato qualcun altro, e poi l'assassino l'ha seguito da lì?» Kay scosse la testa e ricominciò a camminare. «Troppe domande, Ian. Abbiamo ancora molta strada da fare con questo caso.»

CAPITOLO 28

Kay provava sempre una forte sensazione di consapevolezza quando parlava con i genitori di una vittima di omicidio.

Sebbene il loro figlio fosse morto quattro mesi prima e qualcun altro avesse dato loro la notizia, all'epoca i genitori di Nathan Cox erano convinti che si fosse suicidato. Non riusciva a immaginare cosa potesse significare per loro scoprire che, con ogni probabilità, era stato assassinato.

«Qual è il background dei genitori?»

Carys diede un'occhiata al foglio che aveva in mano, che aveva estratto dal database HOLMES2. «Derek Cox è un ex camionista di lunghe tratte in pensione. Sua moglie, Rose, lavorava come addetta ai sinistri per una delle compagnie assicurative in città; non è tornata al lavoro da quando è morto suo figlio. Secondo il rapporto dell'indagine del medico legale sulla morte di Nathan, viveva con loro da tre mesi prima della sua morte».

«Quanti anni aveva quando è morto?»

«Ventotto».

«Sposato o fidanzato?»

«Non c'è nessuno annotato qui. Nessuno si è fatto avanti quando la sua morte è stata annunciata sul giornale».

«E i fratelli?»

«No, era figlio unico».

«Cristo». Kay sospirò. «Ok, andiamo avanti».

Il padre di Nathan aprì la porta, strinse la mano a entrambe e le accompagnò in cucina.

Un ampio spazio, le pareti erano state dipinte di un allegro giallo brillante mentre i piani di lavoro avevano una lucentezza intensa. Kay notò il profumo di limone di un popolare detergente per la casa e si rese conto che la coppia si era impegnata appositamente per lei e Carys. Il suo cuore si strinse per loro, e sperava che avessero una solida rete di amici per sostenerli nel loro dolore.

Sia Derek che sua moglie si affaccendarono intorno a loro per un momento, e così passarono diversi minuti prima che fossero prese le ordinazioni per il tè, il bollitore fosse messo sul fuoco e tutti e quattro si fossero sistemati intorno a un tavolo rotondo di pino.

«Grazie per aver trovato il tempo di vederci», disse Kay. «Capisco che questo deve essere difficile per voi e so che la mia collega qui vi ha già telefonato per aggiornarvi sulla nostra indagine e su come potrebbe influire sull'inchiesta originale del medico legale sulla morte di Nathan».

Derek allungò la mano verso quella di sua moglie e la

strinse tra le sue dita. «In realtà, ci siamo sentiti sollevati. Negli ultimi quattro mesi ho cercato di capire perché nostro figlio si sarebbe tolto la vita. Ovviamente, siamo turbati dal fatto che un altro uomo abbia perso la vita, ma se significa che la polizia sta ora indagando di nuovo sulla morte di Nathan, almeno potremmo ottenere delle risposte».

«Com'era il vostro rapporto con Nathan?»

«Oh, abbiamo avuto i nostri alti e bassi, come ogni famiglia, suppongo. Tutti si aspettano che diciamo che siccome era depresso, era difficile vivere con lui. Non potrebbe essere più falso. Gli era stato prescritto un nuovo farmaco circa sei settimane prima di essere ucciso da quel treno. Naturalmente, ci sono volute circa quattro settimane prima che il farmaco iniziasse a fare effetto, ma aveva avuto una svolta e avevamo davvero notato una differenza nel suo comportamento. Aveva iniziato a dire di trovare di nuovo lavoro, forse come autista di autobus perché all'epoca stavano cercando personale occasionale».

«So che probabilmente è doloroso rivisitare questi eventi, ma riuscite ripercorrere agli eventi di quel giorno?»

Rose si sporse in avanti e avvolse le dita intorno alla tazza di tè, nonostante la superficie calda dovesse bruciarle la pelle.

«Derek era in viaggio notturno in Polonia e non sarebbe dovuto tornare fino a quella sera. Io ero uscita per andare al lavoro come al solito. Grazie al cielo ci eravamo salutati come si deve», disse, e usò il palmo della mano per asciugarsi gli occhi. «Mentre uscivo, Nathan mi disse che aveva intenzione di camminare fino all'edicola per prendere una copia del giornale di quella settimana, ci sono sempre le offerte di lavoro il venerdì, e voleva vedere se c'erano annunci diversi da quelli che aveva trovato cercando online. A volte devo lavorare fino a tardi, soprattutto se abbiamo un processo in arrivo. C'è sempre così tanto da fare, organizzare tutte le scartoffie e assicurarsi che gli esperti abbiano tutto ciò di cui hanno bisogno prima della data».

Kay attese pazientemente, lasciando che la donna raccontasse la sua storia con i suoi tempi.

«Suppongo fossero le cinque e quarantacinque del pomeriggio. Avevo saputo dalla nostra receptionist che i treni erano in ritardo. Il suo fidanzato lavora in città e l'aveva chiamata per dirle che sarebbe tornato a casa tardi. Non ci ho pensato più di tanto. Eravamo in quattro a lavorare in ufficio in quel momento, e ricordo di essere in piedi vicino alla fotocopiatrice quando uno di loro si è avvicinato e mi ha detto che la polizia era alla reception e voleva vedermi. Mi hanno portato nella piccola sala riunioni in un angolo dell'ufficio e mi hanno detto che Nathan si era sdraiato sui binari. Il macchinista non l'ha visto in tempo...»

Si interruppe mentre le lacrime le scorrevano sulle guance.

Kay cercò nella sua borsa per tirare fuori un pacchetto di fazzoletti di carta e glieli passò attraverso il tavolo della cucina. «Mi dispiace, signora Cox. Devo fare queste domande».

«Lo so». Rose tirò su col naso, si asciugò gli occhi e poi tenne il fazzoletto appallottolato nel pugno.

«Continuavo a chiedermi se mi fosse sfuggito qualcosa. Come ho detto, non avevamo idea che stesse ancora lottando per far fronte alla situazione».

Derek posò la mano sul braccio di sua moglie prima di voltarsi verso Kay. «Al momento mi sono chiesto se avesse smesso di prendere gli antidepressivi per qualche motivo. So che non ha senso, ma ho pensato che credesse di potercela fare senza».

«Sa se *aveva* smesso di prenderli?»

«Non ne sono sicuro», disse Derek. «Li prendeva a colazione la mattina e spesso noi eravamo già fuori casa a quell'ora. Erano molto forti. Doveva prenderli solo una volta al giorno».

«Il fatto è», disse Rose, «che Nathan non ci ha mai dato alcun segnale che la sua depressione fosse così grave da aver considerato il suicidio. I suoi farmaci stavano funzionando e stava iniziando a uscire e socializzare di nuovo con alcuni dei suoi vecchi amici».

«Avete un elenco di questi amici?» chiese Kay. «Vorremmo parlare anche con loro, per vedere se possono aiutarci con le nostre indagini».

«Certamente. Un attimo».

Kay attese mentre Rose si alzava e si spostava verso un set di cassetti sotto il microonde. Li aprì uno ad uno e frugò tra il contenuto, finché non trovò ciò che stava cercando.

«Ecco qui. Questo era il cellulare di Nathan. Per qualche motivo non ho avuto il coraggio di buttarlo via. Le servirà questo caricabatterie. Credo che tutti i suoi contatti siano ancora salvati lì dentro.»

Kay prese il caricabatterie e il telefono da lei. «È

fantastico, la ringrazio molto. Mi assicurerò che le venga restituito il prima possibile.»

Rose annuì e si sedette di nuovo prima di tamponarsi ancora una volta gli occhi. «La cosa triste è che alcuni giorni sono così arrabbiata per il modo in cui ci ha lasciato, e in altri non riesco a ricordare com'era il suo viso.»

CAPITOLO 29

Kay scoprì che poteva cantare insieme alla radio in macchina solo se non c'era nessun altro nel veicolo con lei, motivo per cui stava cantando a squarciagola il ritornello di un vecchio successo degli anni Ottanta dei The Cult quando svoltò nella sua strada.

Le parole le morirono in gola quando arrivò all'altezza della sua casa, con l'anziano vicino che la fissava nel fascio di luce dei fari dell'auto. Abbassò il volume e fece un cenno all'uomo prima di far entrare l'auto oltre i pilastri del cancello e nel vialetto. Spegnendo il motore, aggrottò la fronte.

Holly stava abbaiando dall'interno della casa e l'auto di Adam non si vedeva da nessuna parte.

Scese da dietro il volante mentre il vicino si avvicinava.

«Ciao, Kevin».

«Quel maledetto cane non ha smesso di abbaiare negli ultimi quindici minuti», sbottò. «Non riesco a sentire la televisione!»

Kay si girò di scatto verso la casa. Le luci brillavano dalle finestre del piano terra, ma le tende erano state tirate.

Dalla direzione e dal timbro dell'abbaiare, Holly era stata chiusa in cucina.

Poi vide uno spiraglio di luce che brillava intorno alla porta d'ingresso. Era stata lasciata aperta, con il chiavistello che pendeva in una posizione insolita.

Allungò la mano in macchina e prese il manganello telescopico che teneva sotto il sedile del conducente.

«Torna a casa tua, Kevin. E chiama il 112».

«Cosa?»

«Fallo. Adesso».

Chiuse la portiera dell'auto e attraversò pesantemente il vialetto verso la porta d'ingresso, estendendo il manganello e sollevandolo all'altezza della spalla.

Si fermò sulla soglia, cercando di calmare il respiro, poi valutò di nuovo la situazione.

L'auto di Adam non c'era; era probabile che avesse chiuso Holly in cucina prima di uscire, come avevano fatto le ultime tre notti prima di andare a letto. In quelle occasioni, Holly non aveva mai abbaiato, Adam si era assicurato che si fosse sistemata nella sua cuccia, le aveva dato una pacca sulla sua enorme testa e aveva chiuso la porta dietro di sé, sicuro che il piccolo monitor che aveva sistemato accanto a lei l'avrebbe avvertito se i cuccioli fossero stati in arrivo.

Il cane non aveva mai abbaiato per tutto il tempo in cui era stato con loro.

E il chiavistello era stato sicuramente strappato via dalla porta d'ingresso con un pesante oggetto contundente.

Schegge di legno erano sparse sulla soglia e il corrispondente supporto in ottone pendeva dallo stipite.

Kay tese le orecchie cercando di ascoltare tra gli abbai di Holly, ma non riusciva a capire se l'intruso fosse ancora in casa.

Si mosse lungo il corridoio verso la zona giorno e sbirciò oltre la porta. La stanza era vuota, ma il suo cuore sprofondò alla vista di tutti i loro libri, CD e film sparsi sul tappeto. Il tavolino da caffè era stato rovesciato e giaceva su un fianco davanti al televisore, che aveva ricevuto un colpo pesante al centro dello schermo. Emise un respiro tremante e poi si diresse al piano di sopra.

Sebbene il pianerottolo fosse ben illuminato, tutte le luci delle camere da letto erano spente. Fece scivolare la mano intorno allo stipite della porta della camera principale finché non trovò l'interruttore della luce e trattenne il respiro, chiedendosi quale danno fosse stato fatto.

Gli armadi erano stati svuotati, il pavimento coperto di vestiti che sembravano essere stati calpestati. Il suo portagioie era stato scoperto, ma a prima vista non poteva dire se fosse stato portato via qualcosa di valore. Il contenuto era stato gettato per la stanza e sparso in tutte le direzioni.

Deglutì alla vista della sua biancheria intima lanciata sul letto e decise di buttarla via tutta il prima possibile. Il bagno adiacente alla stanza era vuoto e, mentre si faceva strada attraverso le stanze, divenne evidente che chiunque avesse fatto questo alla loro casa non c'era più.

Al suono delle sirene che si avvicinavano, tornò al piano terra e incontrò due agenti in uniforme alla porta.

Riconobbe il più anziano dei due, il cui volto fece un'espressione di sollievo quando la vide.

«Ciao, Norris. Chiunque fosse, siamo arrivati troppo tardi».

«Avresti dovuto aspettarci, Kay. Dov'è Adam?»

«Non lo so. Vuoi dare un'occhiata in giro mentre vado a sistemare il cane?»

Senza aspettare la sua risposta, si diresse verso la cucina, aprendo la porta mentre chiamava Holly per nome.

Il grosso cane si lanciò su Kay e le coprì le mani di grandi leccate bagnate. Kay le passò le mani addosso, ma non vide che stesse peggio del solito. Avrebbe lasciato che Adam conducesse un esame approfondito al suo ritorno.

Il suono di un'altra auto che frenava improvvisamente fuori attirò la sua attenzione, e persuase Holly a tornare nella sua cuccia.

«Kay? Stai bene?»

Carys apparve sulla porta della cucina, con il volto segnato dalla preoccupazione.

«Sto bene. Se n'erano già andati quando sono arrivata».

«Stavo tornando a casa quando ho sentito la chiamata alla radio. Ho riconosciuto il tuo indirizzo». L'agente investigativo guardò oltre la sua spalla i due agenti in uniforme che avevano indossato guanti protettivi e stavano iniziando a cercare impronte digitali sulla serratura rotta dello stipite della porta. «Cosa hanno preso?»

«Non ho ancora avuto il tempo di dare un'occhiata. Stavo cercando di far smettere il cane di abbaiare».

«L'ultimo progetto di Adam?»

«Sì. I cuccioli dovrebbero nascere da un giorno all'altro».

Entrambe si voltarono quando voci alte filtrarono dal corridoio, e Kay si diresse verso la porta d'ingresso.

Adam era sulla soglia accanto a uno degli agenti in uniforme, il viso pallido.

«Cosa è successo?»

«Ci hanno derubato».

«Holly?»

«Sta bene, l'hanno lasciata in cucina. Le ho fatto un sacco di coccole e ora è calma. Abbaiava come una matta quando sono arrivata».

«Sono uscito solo mezz'ora fa», disse, con il volto sconvolto. «Avevamo bisogno di cose dal supermercato. Pensavo di aver chiuso bene la porta».

«L'hai fatto. Chiunque fosse ha rotto la serratura della porta d'ingresso e si è fatto strada con la forza».

Un'altra auto si fermò al bordo della strada, il conducente spense il motore prima di lanciarsi fuori dal veicolo.

Sharp si protesse gli occhi dal bagliore dei fari dell'auto della polizia e si affrettò attraverso la porta. «State bene tutti e due?»

«Ciao, sì. Eravamo entrambi fuori quando è successo». Kay aggrottò la fronte. «Non li ho beccati per pochi minuti, però».

Sharp allungò il collo finché non riuscì a vedere oltre la testa di Kay e dentro la cucina, come se solo in quel momento si fosse accorto della presenza di Carys. «Miles, immagino che l'abbia sentito anche tu alla radio, vero?»

«Sì, capo».

«Va bene, se hai intenzione di rimanere qui un po', io me ne vado. Voi due avete bisogno di qualcosa?»

«Non credo», disse Kay. Allungò la mano per prendere quella di Adam. Il colore stava tornando sul suo viso, e aveva finito di controllare Holly.

«È solo un po' uno shock, a dire il vero, Devon», disse lui.

«Lo è sempre. Bene, lascerò che questi qui procedano con la ricerca delle impronte digitali. Fate venire un fabbro. Potrete fare richiesta all'assicurazione, immagino?»

«Credo di sì».

«D'accordo, Carys qui potrà aiutarvi a fare un elenco di tutto ciò che è stato rubato». Si voltò, poi si fermò e guardò Kay da sopra la spalla. «Senti, perché non vieni un po' più tardi domani? Sistema prima le cose qui».

«Grazie, capo. Lo apprezzo».

Annuì, prima di affrettarsi verso la sua auto.

Carys si voltò verso Kay al suono del motore che si avviava. «Se vuoi, posso darti una mano di sopra mentre Adam tiene compagnia a Holly e sistema di sotto».

«Sei sicura?» disse Adam. Si passò una mano tra i capelli. «Voglio dire, sarebbe fantastico, ma se devi andare da qualche parte...»

Carys sorrise. «Non devo, e faremo più in fretta se ci dividiamo così, no? Altrimenti voi due starete ancora sistemando tutto alle prime ore del mattino. A casa ho solo un gerbillo decrepito che è agli sgoccioli e odora di pipì; quindi, non mi dispiace passare un po' di tempo qui ad aiutarvi a mettere in ordine».

Adam sorrise. «È gentile da parte tua. In cambio, porta il vecchietto a trovarmi alla fine della prossima settimana quando sarò tornato al lavoro. Gli darò un'occhiata».

«Affare fatto».

CAPITOLO 30

«Va bene, vediamo cosa hanno preso», disse Kay, e guidò Carys attraverso il corridoio e su per le scale.

Controllarono prima la camera da letto principale e il bagno. Il piumone era stato squarciato con uno strumento affilato, Kay sospettava fosse lo stesso usato per forzare la serratura della porta d'ingresso, e piume d'oca ricoprivano il tappeto.

«Sembra che siano fuggiti di fretta», disse Carys, facendo scorrere lo sguardo sul disordine.

«Devo averli disturbati quando sono entrata nel vialetto».

Kay si spostò sulla soglia della camera degli ospiti che stava usando come ufficio e trattenne il fiato.

Si portò una mano tremante alla bocca.

Il computer era stato fatto a pezzi, con un enorme buco al centro del monitor dove lo schermo era stato frantumato dall'impatto di qualcosa di pesante. Non rimaneva nulla del disco rigido, giaceva in minuscoli pezzi, i cui bordi riflettevano la luce dei faretti incassati nel soffitto.

Peggio ancora, le scatole di vestiti per bambini che lei e Adam avevano così meticolosamente imballato e riposto dietro la porta per occuparsene quando avrebbero avuto la forza di farlo, erano state rovesciate, gli indumenti rosa gettati negli angoli della stanza mentre un coniglietto di peluche blu giaceva in mezzo al pavimento, con le interiora che fuoriuscivano dalla pancia e pezzi di ovatta che ricoprivano il tappetino di plastica sotto la sedia dell'ufficio.

Un sussulto raggiunse le sue orecchie e si voltò per vedere Carys appoggiata allo stipite della porta, con le lacrime agli occhi mentre osservava il danno.

«Che tipo di persona farebbe una cosa del genere?»

«Non lo so. Immagino che potrebbe succedere a chiunque, no?»

Si voltò in tempo per vedere gli occhi della donna più giovane posarsi sui giocattoli e i vestiti per bambini.

«Oh, quando?»

«Mai, non ora. Ascolta, Carys. Nessuno lo sa, okay? Nemmeno la mia famiglia. Adam ed io non l'abbiamo detto a nessuno».

La fronte di Carys si corrugò prima che appoggiasse una mano sul braccio di Kay. «Non faccio pettegolezzi d'ufficio», disse. «Non l'ho mai fatto. Li odio, in realtà».

«Lo so, scusa. Non intendevo…»

«Sì, lo intendevi. Va bene. Se mai avrai bisogno di qualcuno con cui parlare, dimmelo».

«Grazie».

«Bene». Carys si girò in mezzo alla stanza. «Da dove vuoi che inizi?»

«Penso che vorrei sistemare tutto questo. Ti dispiace iniziare dalla camera degli ospiti?»

«Ci penso io».

Un'ora dopo, Kay aveva rimesso in scatola tutti i vestiti per bambini e aveva posato il coniglietto e la sua imbottitura sulla scrivania. Non era mai stata brava a cucire, ma giurò che avrebbe fatto uno sforzo in più per riportare il giocattolo al suo antico splendore.

Si era spostata dall'ufficio non finito alla camera da letto principale e aveva colto l'occasione per mettere da parte i vestiti che avrebbe dovuto portare al negozio di beneficenza mesi prima, dividendo il resto in pile di bucato di cui Adam si sarebbe occupato nei giorni successivi.

Adam le incontrò in fondo alle scale due ore dopo, con una bottiglia di vino in mano.

«Questo è per te», disse a Carys. «E quando Kay mi dirà che questa ultima indagine è finita e avrai tempo, vieni a cena da noi».

«Oh, non dovete farlo».

«Insistiamo», disse Kay. «E non dimenticare di portare il gerbillo da Adam per il suo controllo medico».

Carys sorrise. «Sarà fatto. Anche se ormai è quasi un fossile, sai».

Kay attese con Adam sulla porta d'ingresso mentre Carys saliva in macchina, e la salutò con la mano mentre un furgone si fermava, con il logo di un fabbro in bella vista sul fianco.

«Lascio che te ne occupi tu. Io vado a finire di sistemare di sopra», disse.

Si fermò ancora una volta sulla soglia dell'ufficio e si abbracciò lo stomaco, i pensieri che turbinavano. Sentì un movimento in cima alle scale, e poi le braccia di Adam le circondarono la vita e lui appoggiò il mento sulla sua spalla.

«Possiamo salvare qualcosa?»

Lei agitò la mano verso le scatole di vestiti per bambini. «Penso di sì. Non hanno fatto nulla a questo lotto se non gettarlo per la stanza. Posso ricucire il coniglietto». Tirò su col naso. «Potrebbe essere un po' storto però».

Lui le annusò i capelli. «Fai sempre una battuta su tutto. Va bene essere turbati».

«Non posso permettermelo. Se non tengo insieme tutto questo, probabilmente crollerò».

La baciò. «Cosa hanno preso?»

Lei si asciugò gli occhi e raggiunse la tasca dei pantaloni della tuta, estraendo una chiavetta USB verde brillante. «Niente. Tutto è qui sopra».

Si girò tra le sue braccia.

«Ti aspettavi che succedesse qualcosa del genere, vero?»

«Non così, no. Ma io…»

«Cosa diavolo hai fatto?»

«Ieri mi sono connessa al database dopo che tutti erano andati a casa dopo il briefing».

Gli occhi di Adam si spostarono sopra la sua testa verso l'ufficio devastato. Deglutì. «Cosa hai trovato?»

«Non ne sono sicura ancora». Alzò la mano per impedirgli di interrompere. «Solo un nome. Potrebbe non essere nulla».

«Potrebbe non essere nulla? Hai visto cosa hanno fatto alla nostra casa?»

Un sospiro tremante le sfuggì dalle labbra.

«Vieni qui», disse lui, attirandola a sé. Le accarezzò i capelli. «Mi dispiace. So che è stata una mia idea. Solo che non pensavo, non sapevo che sarebbe stato così».

«Nemmeno io», mormorò lei contro il suo petto.

«Di chi era il nome?»

Lei scosse la testa. «Lascia che lo escluda prima. Non voglio gettare sospetti su nessuno finché non l'avrò verificato». Alzò la testa e fece scorrere le mani lungo le sue braccia. «Come sta Holly?»

«Più calma. Sono andato a scusarmi con Kevin. Sta bene, un po' dispiaciuto di avertene dette quattro, date le circostanze».

«Sono solo contenta che non sia entrato in casa mentre c'erano ancora loro».

La pelle d'oca apparve sotto la punta delle sue dita e lui rabbrividì.

«Devono aver osservato, aspettando l'occasione di intrufolarsi».

«Sono stati fortunati che tu abbia messo Holly in cucina».

«Anche lei lo è stata, credo». Le strinse le spalle. «Ho quasi finito di sotto. Qui sopra te la cavi?»

«Sì. Ordinerò del cibo da asporto tra circa un'ora».

«Ottimo».

Le diede un bacio sulla testa, poi si girò e tornò di sotto. Presto, si poteva sentire il ronzio dell'aspirapolvere e il martellare e trapanare del fabbro, intervallati da un allegro fischiettio.

Sospirò, scosse il sacco della spazzatura finché non si aprì e iniziò a spazzare i pezzi frantumati del suo computer dentro di esso.

CAPITOLO 31

Kay gettò la sua borsa sotto la scrivania, controllò che non ci fossero messaggi in attesa e poi si diresse verso Debbie. «Puoi registrare in uscita dalle prove quel telefono di Nathan Cox per me? Voglio portarlo a Grey al quartier generale.»

«Certo. Lo lasci a lui?»

«Per un po'.» Attese che Debbie completasse la documentazione prima di correre fuori dalla stanza.

Venti minuti dopo, attraversò le porte a battente del quartier generale della polizia del Kent e salì le scale due gradini alla volta, prima di bussare con forza a una porta che le bloccava il passaggio.

Il suo accesso di sicurezza non le permetteva di entrare nella tana dell'esperto di informatica forense senza essere accompagnata.

Un movimento dall'altro lato della porta precedette un volto che la scrutava attraverso il pannello di vetro, un paio di intensi occhi verdi incorniciati da una pelle olivastra.

Lei sollevò il sacchetto di plastica e lo agitò davanti al vetro.

La pelle intorno agli occhi si increspò prima che il volto scomparisse e la porta si aprisse.

«Hunter, cosa ti porta qui?»

«Abbiamo un caso brutto, Grey. Ho sentito che stavi lavorando qui per un po' invece che nel tuo solito covo. Spero che questo possa aiutarci.»

«Entra e spiegati.»

Fece cenno verso un paio di sedie in finta pelle accanto a una serie di schermi di computer, che spense abilmente con un solo tasto.

Kay cercò di non mostrare la sua delusione; era sempre stata affascinata da ciò che Grey e la sua squadra erano capaci di fare, ed era uno dei pochi che l'aveva sostenuta dopo l'indagine degli Standard Professionali.

«Sai che qui è visto di buon occhio saltare la fila», disse lui, tendendo la mano.

«Sì, lo so.» Gli passò il sacchetto di plastica. «Ma credo che il numero del nostro assassino sia lì dentro.»

Lui aggrottò la fronte, si chinò sulla scrivania e aprì il cassetto prima di estrarre un paio di guanti. «Spiegati.»

«Quel telefono apparteneva a un uomo che si credeva si fosse suicidato, ma ora sembra che sia stato assassinato, da qualcuno che sta ancora uccidendo uomini della stessa fascia d'età. I nostri possono eseguire ricerche sui registri delle chiamate fatte e ricevute dal telefono, ma non possiamo rintracciare quel numero anonimo. L'assassino droga le sue vittime e le lega sui binari ferroviari, Grey, e l'ha fatta franca finora.»

Lui inarcò un sopracciglio. «Fino ad ora?»

«Esatto.» Gli raccontò dell'omicidio di Lawrence Whiting e del testimone.

In risposta, lui tolse il sacchetto di plastica dal telefono e premette il pulsante di accensione. «Scarico.»

«Era agli ultimi colpi quando l'ho acceso prima.»

Lui tirò fuori il caricabatterie e collegò il telefono, appoggiandolo contro uno dei computer.

«Ci vorranno solo cinque o dieci minuti», disse, e si accomodò nell'altra sedia per aspettare. «Da dove l'hai preso?»

«Dalla madre di una delle nostre vittime, Nathan Cox. Sua madre ha detto che non sopportava di buttare via le sue cose. All'inizio, quando ero lì con Carys, pensavo sarebbe stato utile esaminarlo per poter parlare con le persone salvate nella sua lista contatti, ma poi tornando qui ho notato che c'era un numero anonimo, qualcuno lo aveva chiamato poche ore prima che morisse.»

«E pensi che fosse il tuo assassino?»

Lei annuì. «Quando abbiamo parlato con un amico di Lawrence Whiting, ha fatto una dichiarazione simile, Whiting aveva ricevuto una telefonata nel tardo pomeriggio. Non voleva dire al suo amico chi fosse, ed è uscito per incontrare quella persona quasi immediatamente. Dopo poche ore, era morto.»

«Pensi che entrambi conoscessero l'assassino?»

«O l'assassino sapeva qualcosa su di loro e li minacciava con quell'informazione. In ogni caso, era sufficiente per farli andare da lui.»

Grey si sporse in avanti e premette lo schermo del telefono. Si illuminò, l'icona della batteria nell'angolo in alto a destra ancora rossa.

«Cosa è successo al telefono di Whiting?»

«Non lo sappiamo. Non è stato recuperato sulla scena del crimine e non era nel suo appartamento.»

«Pensi che l'assassino l'abbia preso?»

«Forse. Il numero di Whiting non appare nel registro delle chiamate di quel telefono di Nathan, quindi non stavano parlando tra loro.»

«Va bene. Cosa vuoi da me?»

«Puoi rintracciare quel numero anonimo?»

«Sì, dovrei essere in grado di farlo.» Indicò gli sguardi vuoti degli schermi dei computer intorno a lui. «Dovrò inserirlo tra tutto questo però.»

«Di cosa si tratta?»

La sua bocca ebbe un fremito. «Andiamo, Hunter, sai che non posso dirtelo.»

Lei sorrise. «Valeva la pena provare. Ok, se puoi trovare un numero, e poi farmi sapere a chi appartiene e dove potremmo trovarlo, sarebbe un buon inizio.»

«Nessun problema.»

«E se c'è qualsiasi altra attività su di esso, puoi chiamarmi? Non importa che ora sia.»

«Lo farò.»

Lui la seguì alla porta e la sbloccò, ma poi posò la mano sulla superficie di legno e la guardò dall'alto.

«C'era qualcos'altro che volevi chiedermi?»

I suoi occhi verdi la fissavano, un leggero odore di caffè nel suo respiro.

Kay si morse il labbro, i suoi pensieri tornarono alla ricerca che aveva condotto nel database la notte precedente.

Lo sapeva?

Ci si poteva fidare di Grey?

Si sforzò di sorridere. «No, grazie. È tutto.»

Lui abbassò la mano. «Ok, sei sicura?»

«Sì. Grazie.»

Si precipitò nel corridoio e si affrettò verso le scale, non fermandosi finché non raggiunse il pianerottolo tra i piani.

Qualcosa nel comportamento di Grey era cambiato durante la loro conversazione.

Non aveva dubbi che l'avrebbe aiutata riguardo al telefono di Nathan Cox, ma cosa intendeva chiedendole se voleva aiuto per qualcos'altro?

Stava forse implicando che sapeva della sua indagine segreta?

Dopotutto, aveva lavorato su abbastanza indagini dietro le quinte da sapere se qualcuno stava cercando di accedere a informazioni che non avrebbe dovuto.

Diede un'occhiata all'orologio e sospirò. Erano solo le otto, e già si sentiva esausta.

«Non c'è da stupirsi che tu stia iniziando a diventare paranoica, Hunter.»

CAPITOLO 32

Sharp smise di parlare quando Kay entrò nella sala operativa e gettò la sua borsa sotto la scrivania prima di unirsi al gruppo riunito intorno alla lavagna.

«Tutto a posto?»

«Sì, grazie». Gli fece cenno di continuare.

«Bene, come stavo dicendo, ora abbiamo meno supporto amministrativo per questa indagine, a causa di una rapina a mano armata in un pub sulla Sittingbourne Road ieri sera, quindi sarete responsabili della vostra documentazione per la maggior parte del tempo».

Un lamento collettivo riempì la stanza. Il supporto amministrativo era un lusso e la sua mancanza si faceva sentire amaramente.

«Ciononostante, manteniamo lo stesso livello di integrità con cui abbiamo iniziato. Il sovrintendente non ha approvato gli straordinari, ma so che volete che sia fatta giustizia a chiunque abbia fatto questo alle nostre vittime. Andiamo avanti comunque».

Concluse il briefing e posò il pennarello della lavagna

sulla scrivania accanto a lui prima di prendere una pila di rapporti che Debbie West gli consegnò e scomparire nel suo ufficio.

Kay si strofinò l'occhio destro e cercò di concentrarsi.

La sua mente continuava a tornare alla scoperta che era stata eliminata qualsiasi menzione delle prove mancanti che avevano quasi posto fine alla sua carriera.

Alzò la testa e guardò i suoi colleghi nella stanza.

Qualcuno di loro era responsabile della manomissione del sistema?

E se sì, perché?

Uno di loro era in qualche modo coinvolto con il sospettato che stavano indagando per l'arresto? Lo avevano in qualche modo protetto?

Si spremette le meningi, cercando di ricordare se qualcuno di loro avesse menzionato qualcosa di sospetto durante quell'indagine, ma non riusciva a ricordare.

Sospirò e abbassò lo sguardo sul suo lavoro. Odiava l'idea di sospettare di uno di loro. Detestava il fatto che qualcuno fosse determinato a impedirle di condurre la propria indagine.

Il suo pugno si strinse al pensiero che il suo lavoro avesse invaso la sua vita privata. Aveva sempre protetto Adam dagli aspetti più sgradevoli del suo lavoro, e percepiva un cambiamento nel loro rapporto dopo l'irruzione della notte scorsa, cosa che la spaventava. Sì, era stata scioccata e inorridita per quello che era successo, ma non si sarebbe fatta intimidire. Adam, d'altra parte, godeva di una vita relativamente protetta. Non era stato esposto ad alcune delle esperienze che lei aveva avuto, e doveva proteggerlo.

Si sforzò di cercare di rilassarsi; non poteva permettersi di perdere la concentrazione su questo caso. Indipendentemente da ciò che stava accadendo a casa, era responsabile di aiutare Sharp a gestire un'indagine per omicidio.

«Merda». Lesse di nuovo il paragrafo di testo davanti a lei, e poi chiamò Barnes. «Ian, puoi dare un'occhiata a questo?»

Lui spinse indietro la sedia e si avvicinò a dove era seduta. «Cosa c'è che non va?»

«Dai un'occhiata». Kay gli porse la pagina. «L'ho trovato tra la documentazione che abbiamo ricevuto dalla polizia dei trasporti. Non l'avevamo guardato prima perché stavamo cercando suicidi. Controlla i due nomi sull'ultima pagina del rapporto».

Le sopracciglia di Barnes si sollevarono. «Sono gli stessi di due delle vittime di suicidio», disse.

«Questa è la connessione», disse Kay, «ne sono sicura. Non quel programma di riabilitazione».

Sharp apparve al suo fianco. «Cosa hai trovato?»

«Due anni fa, a un set di scambi appena fuori dalla stazione di Barming, una squadra di ingegneri stava lavorando all'aggiornamento della segnaletica. Alison Campbell era un'ingegnera neolaureata; all'epoca aveva ventisette anni. In totale c'erano sei persone coinvolte nell'aggiornamento della segnaletica che erano presenti sulla scena quando è avvenuto l'incidente. Secondo Cameron Abbott, quando gli era stato chiesto durante l'inchiesta, tutti avevano seguito un rigoroso addestramento sulla sicurezza e avevano già lavorato insieme sulle ferrovie. Alison non era esperta come il resto della squadra, ma tutti avevano un debole per lei e la tenevano d'occhio mentre camminavano su un binario attivo. Ciò significava che i treni erano ancora in funzione, anche se a velocità leggermente ridotta. Stavano lavorando dalle otto del mattino e facevano pause regolari in conformità con le norme di salute e sicurezza».

«Cosa è andato storto?» disse Sharp.

«Due treni erano passati durante l'ora precedente all'incidente», disse Kay. «La squadra aveva posizionato vedette a diversi metri lungo il binario dove la squadra stava lavorando e il contatto radio era mantenuto in ogni momento. Gli avvisi venivano forniti alla squadra quando un treno si stava avvicinando e sarebbe arrivato alla loro posizione entro due minuti. Quando il treno è apparso in vista, la squadra si è spostata sul lato del binario, per aspettare che il treno passasse. Anche se il binario su cui stavano lavorando era chiuso, quello accanto non lo era, faceva parte delle precauzioni lasciare abbastanza spazio tra loro e la locomotiva al suo passaggio. La nostra vittima, Lawrence Whiting, era una delle persone incaricate di fare da vedetta. Il suo ruolo era di comunicare con il controllo ferroviario via radio e avvertire gli altri membri della squadra quando il treno si avvicinava usando un fischietto e la sua voce. All'inchiesta, gli è stato chiesto ripetutamente se avesse trasmesso ogni singola istruzione dalla sala di controllo. Il medico legale ha chiesto a Whiting se fosse sicuro di non essersi perso un messaggio dell'ultimo minuto. Whiting ha sostenuto di aver trasmesso tutte le informazioni alla squadra come gli erano state riferite. Era abbastanza categorico sul fatto di aver seguito tutte le precauzioni di salute e sicurezza stabilite dalla compagnia ferroviaria, e quelle che la squadra aveva instaurato nella riunione preliminare di quella mattina. Abbott ha detto all'inchiesta che si era girato per allontanarsi dai binari, quando Lawrence gli ha gridato e indicato oltre la sua spalla. Non riusciva a sentire cosa stesse dicendo l'uomo, perché il treno era troppo vicino; quindi, si è girato e ha dichiarato che Alison era ancora in piedi sul binario dove stavano lavorando. Le ha gridato di allontanarsi ma ha detto che lei lo ha ignorato. Mentre il treno passava accanto a loro, lei è andata incontro al treno. Dice, senza nemmeno voltarsi indietro».

«E sia le nostre vittime di suicidio che la nostra vittima di omicidio erano presenti», aggiunse Barnes.

«È una coincidenza troppo grande per essere ignorata», disse Sharp.

«Esatto. È quello che penso anch'io».

«Gli altri membri della squadra sono elencati nel rapporto del medico legale?»

«Sì, Peter Bailey e Jason Evans».

«Bene, immagino che ora sappiamo chi potrebbe essere la nostra ultima vittima».

«Contatterò la compagnia ferroviaria e otterrò i dettagli per entrambi», disse Kay.

«Fallo», disse Sharp. «E se ti creano problemi, passali a me. Se abbiamo ragione su questo, c'è un altro uomo che gira là fuori che non ha idea di poter essere il bersaglio designato di un serial killer».

CAPITOLO 33

Mentre l'indagine avanzava di un altro livello, Kay aveva lasciato un messaggio alla compagnia ferroviaria e poi aveva preso i contanti che Sharp le aveva sventolato davanti ed era uscita dalla sala operativa alla ricerca di caffè per la squadra dei detective.

Si era incamminata su per Gabriel's Hill verso il bar che la squadra frequentava, assaporando per un momento la libertà dalla sua scrivania. Spesso trovava che le sue idee migliori si materializzassero mentre camminava.

Il suo telefono squillò, e frugò nella borsa prima di rispondere.

«Detective Hunter? Sono il Dottor Williams. Ha lasciato un messaggio alla mia segretaria l'altro giorno».

«Sì, è vero. Grazie per aver richiamato». Kay si mise sotto il portico di un negozio deserto per allontanarsi dalla strada pedonale affollata. «Volevamo parlarle di Lawrence Whiting».

«Certo. Una faccenda terribile. Sono rimasto scioccato quando ho ricevuto il suo messaggio».

«Può dirmi perché a Lawrence erano stati prescritti degli antidepressivi?»

«Stava lottando per far fronte alla situazione dopo che un suo collega era morto in un incidente ferroviario. Come molti uomini della sua età, non ha cercato aiuto per molto tempo dopo l'incidente e ha cercato di affrontare la sua ansia a modo suo. Penso che alla fine un suo amico gli abbia detto una parola gentile. Era in uno stato piuttosto critico quando è venuto a trovarmi».

«Si tratterebbe dell'incidente ferroviario in cui è stata uccisa Alison Campbell?»

«Sì, proprio quello. Lawrence è stato chiamato a testimoniare all'inchiesta del medico legale. Penso che sia stato quello a farlo crollare. Era più di quanto potesse sopportare, dover rivivere l'esperienza davanti a tutte quelle persone e ai suoi genitori».

«Abbiamo condotto una perquisizione nell'appartamento di Lawrence, ma non abbiamo trovato tracce di antidepressivi prescritti. Aveva smesso di prenderli?»

«L'ultima volta che è venuto a trovarmi, abbiamo parlato di ridurre il dosaggio. Era circa sei settimane fa. Lawrence sentiva di riuscire a gestire meglio la situazione e voleva smettere di prenderli immediatamente. L'ho messo in guardia contro questa decisione perché può essere uno shock per l'organismo, ed ero preoccupato per gli effetti collaterali che avrebbe potuto avere».

«Ma lo ha fatto comunque?»

«Sì, lo ha fatto. Ho avuto un appuntamento di follow-up con lui due settimane fa, e devo dire che sono rimasto stupito dal suo cambiamento. Mi ha detto che aveva iniziato a praticare yoga e meditazione dopo aver visto alcuni video online su quanto possono aiutare contro la depressione. Non sono così sicuro degli effetti, ma lo stava aiutando. Mangiava in modo più sano e parlava di iscriversi in palestra».

«Questa è certamente l'impressione che abbiamo avuto visitando il suo appartamento e parlando con sua sorella. La nostra indagine è andata avanti considerevolmente da quando ho lasciato il mio messaggio. Abbiamo prove che suggeriscono che Lawrence sia stato assassinato. Quando lo ha visto l'ultima volta, ha espresso qualche preoccupazione?»

«Assolutamente no. È terribile che qualcuno che stava riuscendo a riprendere in mano la propria vita così bene ci sia stato portato via così presto».

Kay ringraziò il dottore per il suo tempo e terminò la chiamata prima di continuare a percorrere la strada verso il bar. Mentre faceva il suo ordine e aspettava che i caffè fossero preparati, rimuginò sulle parole del dottore nella sua mente.

Prese il vassoio da asporto dal proprietario del bar, annuì in segno di ringraziamento e tirò fuori di nuovo il telefono mentre spingeva la porta.

«Lucas, sono Hunter. Le tracce di antidepressivi nei campioni di sangue di Whiting? Non gli erano stati prescritti sei settimane fa. Ho appena finito di parlare con il suo medico. Quanto tempo ci vuole perché i farmaci lascino l'organismo?»

Ascoltò la sua risposta e poi mise via il telefono e

accelerò il passo mentre tornava giù per Gabriel's Hill, tutti i tasselli andavano al loro posto.

Irruppe attraverso la porta della sala operativa, posò il vassoio sulla scrivania di Gavin e parlò brevemente con lui prima di affrettarsi nell'ufficio di Sharp.

«L'assassino ha accesso agli antidepressivi. È questo che sta usando per drogare le sue vittime».

Sharp si voltò dal suo computer e le fece cenno di sedersi. «Cosa te lo fa pensare?»

«Ho parlato con il medico di base di Whiting un momento fa. Whiting non aveva una prescrizione per antidepressivi da sei settimane».

«Potrebbe averli ottenuti da un altro medico».

«No, non ne abbiamo trovati nel suo appartamento, ricordi».

«Hai parlato con Lucas?»

«Sì, e conferma i rapporti tossicologici, e tutto indica che una grande dose di antidepressivi fosse nel corpo di Whiting al momento della sua morte, quindi il nostro assassino deve avere accesso in qualche modo».

«Ci sono registrazioni di furti recenti dalle farmacie della zona?»

«Gavin sta facendo una ricerca. Io...»

Si girò sulla sedia a un bussare alla porta, e Gavin entrò nella stanza.

«Nessun rapporto nel sistema per furti di farmaci antidepressivi dalle farmacie negli ultimi dodici mesi, sergente. Pensi che il nostro assassino abbia la sua scorta personale di farmaci?»

«Deve averla».

«Insieme a una buona parte del resto della popolazione che soffre di malattie mentali», disse Sharp e si passò una mano sugli occhi. «Non diventa più facile, questo caso, vero?»

CAPITOLO 34

Kay mise le mani sui fianchi, scrutò i dettagli che erano stati aggiunti alla lavagna negli ultimi giorni e sospirò.

«A cosa stai pensando?»

Attese che Sharp la raggiungesse. «Abbiamo una donna morta che si è gettata davanti a un treno, nonostante i suoi genitori e la sua migliore amica affermino che non avesse motivo di farlo. Qualcuno ha ucciso tre dei suoi colleghi, e non sappiamo perché. Secondo il vicino del fidanzato, erano una coppia felice e andavano d'accordo con tutti». Gettò le mani in aria. «Che diavolo mi sta sfuggendo, Devon?»

«Sei riuscita a rintracciare il fidanzato?»

«Non ancora. È stato un po' sfuggente; non ha risposto alle nostre chiamate».

«Pensi che possa avere qualcosa da nascondere?»

Kay si strofinò l'occhio destro. «Devo essere stanca. Non avevo nemmeno pensato che potesse essere un sospettato. Cristo…»

«Non darti troppe colpe. È per questo che lo facciamo.

Brainstorming. Ne parliamo, più e più volte finché non ci arriviamo. Non sarai tu quella che trova la svolta ogni volta».

«Me ne rendo conto, ma comunque...» Si girò sui tacchi e corse attraverso la stanza verso la sua scrivania, spostando documenti finché non trovò il rapporto che cercava. Tornò dove Sharp era rimasto accanto alla lavagna e glielo sventolò davanti. «L'inchiesta del medico legale. Quando abbiamo chiamato il numero di cellulare che ci ha dato la compagnia ferroviaria, non c'è stata risposta a quello di Jason Evans, ho fatto una richiesta per far rintracciare il numero per scoprire perché, ma guarda questo. Il quinto membro della squadra di lavoro, Peter Bailey. Per qualche motivo, non gli è stato chiesto di testimoniare all'udienza, mentre ai suoi quattro colleghi sì. Abbiamo lasciato un messaggio sul suo telefono. Se supponiamo che la nostra ultima vittima sia Jason Evans, allora ogni collega di Bailey che ha testimoniato è ora morto».

Sharp controllò l'orologio. «D'accordo, fai venire Bailey. Fai andare Barnes e Gavin a prenderlo. Interrogalo formalmente e vedi cosa ha da dire».

Quando Kay entrò nella sala interrogatori, un uomo si alzò da una delle dure sedie di plastica, con uno sguardo spaventato negli occhi. Indossava jeans e una camicia a maniche corte, con la parte inferiore di un tatuaggio visibile sotto l'orlo della manica sinistra.

«Di cosa si tratta?»

Kay alzò una mano. «Per favore, si sieda e faremo una chiacchierata una volta completate le formalità».

Lui si passò una mano tra i capelli neri tagliati alla moda, poi si sedette sulla sedia. Si chinò in avanti con i gomiti sulle ginocchia e attese mentre Kay e Barnes si accomodavano sui sedili di fronte.

Barnes premette il pulsante "registra" prima di avvertire formalmente Bailey in qualità di testimone, poi fece cenno a Kay di continuare l'interrogatorio.

«Signor Bailey, per iniziare potrebbe dirmi cosa è successo il giorno in cui Alison Campbell è stata uccisa?»

«Lo rivivo ogni notte», disse, afflosciandosi sulla sedia. «Continuo a chiedermi se avrei potuto fare qualcosa per impedirlo, ma ero troppo lontano da lei quando è successo. Stavamo lavorando su quel pezzo di binario da un paio di giorni. Era un progetto piuttosto breve, solo tre mesi in totale per sostituire alcuni cavi nella segnaletica. Alison si era unita all'azienda come ingegnere neolaureata sei mesi prima, e si era integrata molto rapidamente. Tutti i ragazzi della squadra si prendevano cura di lei. Siamo rimasti devastati».

«Non ho alcuna conoscenza di come funzioni un progetto del genere», disse Kay. «Potrebbe spiegarmi come iniziava la vostra giornata?»

Lui scrollò le spalle. «Arrivavamo tutti sul posto prima delle otto del mattino. Lawrence era responsabile della sicurezza del sito e insisteva sempre affinché il briefing sulla sicurezza si svolgesse puntualmente. Passavamo in rassegna i compiti della giornata, controllavamo due volte che tutti sapessero quale fosse il proprio ruolo. Se c'era una direttiva formale dalla sede centrale, in quel momento ci veniva comunicata. Quel giorno però non c'era nulla. Così, eravamo sui binari alle otto e mezza». Fece una pausa. «Sicuramente tutto questo è nel rapporto dell'inchiesta, no?»

«Lo è, ma se non le dispiace, vorrei sentirlo da lei perché posso apprendere solo fino a un certo punto leggendo un rapporto».

«Va bene». Prese un respiro tremante. «Beh, la prima parte della mattinata è stata come al solito. Il controllo ferroviario aveva chiuso la linea in salita, cioè il lato dei due binari su cui stavamo lavorando, e faceva passare i treni sull'altro lato dei binari. Ogni volta che un treno si avvicinava, il controllo ferroviario trasmetteva via radio un avvertimento, che veniva poi ritrasmesso alla squadra dall'osservatore. Questo ci dava il tempo di controllare due volte che nessun attrezzo o altro fosse caduto accidentalmente sul binario opposto, e di finire quello che stavamo facendo prima che venisse dato l'avvertimento dei due minuti per spostarci. Abbiamo fatto una pausa di venti minuti alle dieci e mezza, e siamo tornati nella sala del personale. Era tutto normale. Nathan ha messo su il bollitore, abbiamo preso il nostro cibo dal piccolo frigorifero che avevamo collegato lì, e ci siamo seduti a chiacchierare».

Si passò una mano sulla bocca. «Continuo a cercare di ricordare se Alison si comportava in modo diverso quella mattina. Ma non era così. Non c'era alcun segnale che qualcosa non andava. Lawrence ha dato il segnale, e siamo tornati sui binari poco prima delle undici. Tra le cinque e un quarto dopo, non ricordo esattamente, dovete controllare il rapporto dell'inchiesta, abbiamo ricevuto la chiamata dal controllo ferroviario che avvertiva che il prossimo treno si stava avvicinando. Avevamo le porte dell'unità elettrica aperte perché stavamo sostituendo una delle schede di circuito. Alison sembrava impegnata a inserire la scheda di circuito al suo posto. Le ho toccato la spalla per attirare la sua attenzione per assicurarmi che avesse sentito l'avvertimento. Mi ha fatto un cenno con la mano sopra la spalla e le ho detto di finire quello che stava facendo perché avevamo tutto il giorno per completare il lavoro. Non c'era fretta. Ho iniziato a controllare la rotaia elettrificata, e poi Cam ha gridato l'avvertimento dei due minuti. Alison stava ancora lavorando all'armadio. Mi sono avvicinato a lei e ho detto: "Dai, puoi finirlo tra un minuto, non ci sarà un altro treno qui fino a e mezza". Ha lasciato cadere quello che stava facendo all'interno, si è alzata e, non so, c'era solo uno sguardo nei suoi occhi, e se avessi saputo allora quello che so adesso...»

Si asciugò gli occhi. «Mi sono girato e ho iniziato a spostarmi nella zona sicura che avevamo delimitato. Pensavo che mi stesse seguendo. Stavo già pensando a come avremmo dovuto spostare l'attrezzatura alla prossima cabina di controllo dopo questo lavoro. Sai com'è quando si avvicina un treno, puoi sentire le rotaie cantare. Beh, questo ha iniziato a succedere e poi ho potuto sentire l'avvicinarsi del treno attraverso il terreno. Era un espresso, quindi non stava andando piano. Quelli locali più piccoli viaggiano un po' più lentamente, ma l'idea alla base del nostro modo di lavorare è di assicurarci che i treni siano disturbati il meno possibile. Il macchinista ha suonato il clacson, cosa un po' insolita perché gli era stato detto che stavamo lavorando lì e sapeva che il controllo ferroviario ci aveva già avvisato via radio di spostarci. Poi ho sentito Lawrence gridare e mentre mi giravo, ho visto Alison sollevare il piede sopra la rotaia elettrificata. Il macchinista non poteva fare nulla. Lei non si è fermata. Non si è voltata indietro. Si è solo girata e ha affrontato il treno di fronte».

Un silenzio scioccato riempì la stanza.

Bailey abbassò la testa e iniziò a singhiozzare.

Kay si alzò e si avvicinò a lui, si accovacciò e gli pose una mano sul ginocchio. «Mi dispiace, Peter. So che è stato difficile per lei, ma dovevo saperlo».

Lui annuì, tirò su col naso e tirò fuori un fazzoletto di cotone dalla tasca dei jeans, poi si soffiò il naso. «Lo so».

Kay tornò alla sua sedia, e riprese il suo taccuino e la penna mentre Barnes spingeva una fotografia attraverso il tavolo verso Bailey. «Peter, questa è la foto di qualcuno che stiamo cercando di identificare. Conosce quest'uomo?»

Gli occhi di Bailey percorsero la fotografia, e il suo viso impallidì. «È Jason Evans. Cosa gli è successo?»

«Jason è stato ucciso da un treno due notti fa», disse Barnes.

«Peter, può dirci dove si trovava quella notte tra le otto di sera e le due del mattino?»

Si ritrasse sulla sedia. «Ero a casa. N-non potete seriamente credere che io sia responsabile della sua morte?»

«Qualcuno può confermare la sua presenza?»

La sua fronte si corrugò. «Ho ordinato una pizza alle undici».

«Avremo bisogno del numero di telefono della pizzeria».

«E tra le undici e le due?» disse Barnes.

«I-io dormivo. Voglio dire, dopo aver mangiato la pizza, sono rimasto sveglio a guardare un po' la TV, poi sono crollato. Dovevo essere al lavoro per le sei perché è quando arrivano i camion di consegna con il cibo fresco».

«Tornando al giorno della morte di Alison. Ha menzionato che non c'era alcuna indicazione che qualcosa non andasse con Alison quella mattina. L'inchiesta del medico legale ha dichiarato che l'indagine si è concentrata sul fatto che fosse un incidente industriale, ma non sembra essere così da quello che ci ha raccontato», disse Kay.

Bailey scosse la testa. «Non mi hanno mai chiamato a testimoniare. Ero un ingegnere junior all'epoca e, non so, immagino che con tutti gli altri più anziani di me che testimoniavano, abbiano pensato che non fosse necessario. Ma ho sempre detto che non era un incidente. È andata incontro a quel treno per scelta».

«Ha qualche idea del perché?»

«Assolutamente nessuna. Mi gira per la testa da allora. Lei e il suo fidanzato dovevano sposarsi tre mesi dopo. Ricordo quando la notizia si è diffusa al lavoro; un paio di ragazze dell'amministrazione hanno organizzato un tè mattutino per festeggiare. Sembrava davvero felice. È stato solo quella mattina che ho percepito che qualcosa non andava. Sembrava preoccupata, cosa insolita per lei. Era così studiosa. Solo la settimana prima mi aveva detto che il suo manager l'aveva proposta per il loro sistema interno di avanzamento rapido di carriera. Aveva tutti i motivi per voler vivere».

CAPITOLO 35

Esausta, Kay allungò la mano e spostò il mouse sulla scrivania.

Lo schermo del computer si riattivò e lei lanciò un'occhiata furtiva verso la scrivania di Gavin.

Il giovane agente batteva una penna contro il braccio, la testa china mentre girava la pagina del libro di testo al suo fianco e scriveva un'altra nota sul blocco accanto a sé.

«Come vanno gli esami?»

Finì di scrivere, si appoggiò allo schienale e posò la penna prima di strofinarsi il viso con le mani. «So che non dovrei lamentarmi», disse, un leggero sorriso gli attraversò il viso mentre lasciava cadere le mani in grembo. «Dopotutto, lavorerò molte ore così quando sarò detective, ma in questo momento mi gira la testa.»

«Concediti una pausa. Siamo nel bel mezzo di un'indagine per omicidio e sei già stato seduto lì per un'ora e mezza.» Gli restituì il sorriso. «Non ricorderai nulla se sei stanco. Quando è il prossimo esame?»

«Tra circa quattro settimane.»

«Hai tutto il tempo per imparare tutto questo.»

«Sì, probabilmente hai ragione.»

«Hai intenzione di andartene?»

«Penso che potrei. Trovo che riesco a concentrarmi su queste cose per circa un'ora, e poi la mia mente inizia a vagare. Non credo che otterrò nulla rimanendo più a lungo.»

Kay rivolse la sua attenzione al sito di notizie sullo schermo e si costrinse a leggere un altro articolo.

Doveva essere paziente. Non poteva rischiare che Gavin diventasse sospettoso e si chiedesse perché fosse così ansiosa di farlo uscire dalla sala operativa.

Non aveva avuto la possibilità di chiamare Adam per dirgli che aveva intenzione di lavorare fino a tardi, ma non si aspettava nemmeno che Gavin rimanesse oltre per studiare. Alzò lo sguardo al movimento dall'altra parte della stanza.

Stava raggiungendo qualcosa sotto la sua scrivania, e poi tirò fuori uno zaino dai colori vivaci prima di infilarci dentro il libro di testo e gli appunti.

«Torni a casa in macchina?»

«No, incontro alcuni amici per bere qualcosa, quindi probabilmente prenderò l'autobus o un taxi dopo.» Si mise lo zaino in spalla e si avvicinò alla sua scrivania. «Tu rimani qui ancora per un po'?»

«Solo per un po'. Non andrò via molto più tardi di te. Vai pure.»

«Grazie, Kay. Ci vediamo domani.»

«Ci vediamo.»

Lo osservò muoversi attraverso la sala operativa, le sue

lunghe gambe che coprivano lo spazio in poche falcate, e aspettò finché non chiuse la porta dietro di sé.

Guardò l'orologio e iniziò a contare i minuti.

Riuscì a contarne due.

Lanciandosi dalla sedia, si affrettò verso il computer di Gavin ed esalò quando vide che non si era disconnesso e lo schermo del computer mostrava ancora le icone dei vari programmi che usavano.

Sharp gli aveva già detto in precedenza di assicurarsi che il suo computer fosse spento prima di lasciare l'ufficio. Anche se le pulizie avrebbero evitato la stanza, e Kay avrebbe chiuso a chiave la porta quando se ne fosse andata, semplicemente non potevano permettersi che qualcuno vedesse i progressi dell'indagine o manomettesse qualsiasi nota del caso.

Kay inviò un silenzioso ringraziamento all'agente di polizia per la sua dimenticanza in questa occasione e si accomodò sulla sua sedia, la mano sospesa sopra il mouse.

Sbirciò oltre lo schermo verso la porta aperta. Da qualche parte nell'edificio, poteva sentire un'aspirapolvere e calcolò che avesse circa quindici minuti prima che qualcuno apparisse.

La vista dello schermo che iniziava ad oscurarsi la galvanizzò all'azione. Le sue dita si chiusero intorno ad esso e spostò il cursore attraverso la scrivania per impedire al computer di entrare in modalità stand-by.

Non aveva idea di quale fosse la password di Gavin, e fino a quando non l'aveva visto sbadigliare sui suoi libri di testo, non sapeva nemmeno cosa avrebbe fatto.

Ora, un fugace impulso di colpa la attraversò.

Poteva non avere un'altra occasione per farlo, non

quando l'indagine era entrata in un'altra fase e i detective avrebbero dovuto assumere ulteriore lavoro. La squadra sarebbe stata presto divisa, delegata ad altri compiti oltre al caso Lawrence Whiting, e poteva non avere la sala operativa tutta per sé ancora per molto.

Si morse il labbro prima che i suoi pensieri tornassero allo stato della casa dopo che erano stati derubati e al fatto che qualcuno stava cercando di spaventarla.

Se avevano paura che lei potesse imbattersi in qualcosa, allora doveva continuare. Significava che c'era qualcosa che valeva la pena perseguire.

Ma, cosa?

Il rumore dell'aspirapolvere si avvicinò.

«Ora o mai più», mormorò.

Cliccò sull'icona sullo schermo per il database HOLMES2 e digitò i dettagli del caso a memoria. Degluti, poi premette il tasto "Invio" e fece roteare la penna a sfera tra le dita mentre aspettava che il display si aggiornasse.

Voleva ricontrollare i registri delle prove, lo stesso registro che aveva visto la notte scorsa. Non poteva andare in giro a puntare il dito e incolpare altre persone, non senza esserne assolutamente sicura.

Guardò oltre la sua spalla, la paranoia si manifestava con la pelle d'oca sugli avambracci.

L'ufficio rimase vuoto e nessuno si muoveva nel corridoio oltre.

Degluti e rivolse la sua attenzione di nuovo allo schermo del computer.

Il display si aggiornò e la penna le cadde di mano.

«Che diavolo?»

Aggrottò le sopracciglia e guardò più da vicino,

scorrendo la lista di voci su e giù in un senso, poi nell'altro.

«È impossibile.»

Spinse via il mouse e si appoggiò allo schienale della sedia. Un brivido le corse lungo la schiena, ma sapeva che non era a causa dell'entusiastico condizionamento d'aria.

Qualcuno aveva rimosso tutti i registri relativi alla pistola registrata come prova, incluso il nome che aveva scoperto solo la sera precedente.

Era come se non fosse mai esistito.

CAPITOLO 36

Kay cambiò marcia, mise la freccia a destra e svoltò con la macchina in un intricato quartiere residenziale il mattino seguente, cercando di tenere traccia dei vari vicoli ciechi che scomparivano a sinistra e a destra.

«È la seconda a destra qui», disse Barnes, indicando verso il parabrezza.

Dopo aver concluso l'interrogatorio con Peter Bailey, Kay aveva deciso che non era disposta ad aspettare che Kevin McIntyre, il fidanzato di Alison, la richiamasse.

Ora, si fermò davanti alla casa di McIntyre e si prese un momento per osservare il giardino ben curato e la verniciatura ordinata. Una bassa siepe di ligustro segnava il confine tra la proprietà e il marciapiede.

«Qual è la storia di questo tizio?»

«Trentadue anni. Attualmente disoccupato», disse Kay. «Non è tornato al lavoro da quando Alison è morta. Bailey ha detto che non ne aveva bisogno, entrambi avevano un'assicurazione sulla vita, quindi Kevin ha estinto il mutuo».

«Bel colpo».

«A parte le circostanze». Slacciò la cintura di sicurezza e tolse le chiavi dal quadro. «Ok, andiamo».

Diede un'occhiata alle case di fronte mentre chiudeva la macchina, ma non sembrava esserci nessuno. Controllò l'orologio. Sarebbe passata un'altra ora prima che le scuole si svuotassero e il vicolo cieco si trasformasse in un parco giochi improvvisato nel giro di pochi istanti dal ritorno a casa dei bambini.

Seguì Barnes lungo il vialetto del giardino e attese mentre lui suonava il campanello della porta d'ingresso.

«Non credo che sia in casa».

Si girò di scatto verso la voce alla sua sinistra e vide una donna sulla sessantina che la spiava da sopra la recinzione.

«Sa quando potrebbe tornare?»

La donna scosse la testa. «Mi dispiace, no. Non esce molto; so solo che è fuori al momento perché ho visto la sua macchina allontanarsi».

Kay fece cenno a Barnes e si diresse verso la casa della vicina.

La donna conficcò una forca da giardino nell'aiuola mentre si avvicinavano. «È per quelle morti sulla ferrovia di cui ho sentito parlare?» Non aspettò una risposta. «Sapevate che la sua fidanzata è stata uccisa sullo stesso tratto di binari qualche tempo fa?»

«Lo so», disse Kay. «È di questo che volevamo parlargli».

«È stato terribile. Erano una coppia così adorabile. Alison mi salutava sempre con la mano mentre andava al lavoro, come se non avesse nessuna preoccupazione al mondo. E dovevano sposarsi a settembre. Mi aveva mostrato le foto dell'abito da sposa che aveva scelto. Sarebbero andati in luna di miele in Repubblica Dominicana».

Kay guardò oltre la recinzione verso il giardino di McIntyre. «La casa sembra in ordine. Come sta affrontando la situazione?»

La donna scrollò le spalle. «Se ne sta da solo ultimamente», disse. «Non lo vediamo tanto come prima. Quando Alison era viva, andavamo a cena da loro ogni due mesi, o loro venivano da noi. Avevamo un gatto e Kevin lo nutriva quando andavamo via. Credo che l'ultima volta che ho avuto una vera conversazione con lui sia stata circa tre mesi fa, quando è venuto ad aiutare mio marito a tagliare alcuni rami di un grande albero che abbiamo nel giardino sul retro. È stato terribile. È andato completamente giù dopo la morte di Alison. Lo sentivamo piangere di notte, i muri qui sono abbastanza sottili. Non sapevamo cosa fare. Ci siamo offerti di aiutarlo in casa e in giardino dove potevamo, in modo che avesse almeno qualche contatto con qualcuno, ma voleva semplicemente essere lasciato solo per elaborare il lutto. Ha davvero faticato dopo l'incidente, e poi ha dovuto rivivere tutto durante l'inchiesta. L'indagine è durata un'eternità. Sembrava trascinarsi, quando tutto ciò che voleva erano delle risposte. È stato un periodo terribile per lui. Siamo stati davvero preoccupati per lui per un po'».

Kay tirò fuori uno dei suoi biglietti da visita dalla borsa e lo consegnò alla donna. «Sarà meglio che andiamo. Grazie per il suo tempo. Magari potrebbe passare questo a Kevin per me e chiedergli di chiamarmi?»

«Certamente», disse la donna.

«E ora?» disse Barnes mentre si allontanavano in auto.

Kay inclinò il polso e controllò l'orologio. «Abbiamo ancora un'ora o giù di lì prima del briefing di questo pomeriggio. Il tratto di binari dove è stato ucciso Lawrence non è troppo lontano da qui, voglio dare un'altra occhiata».

Le ci vollero venti minuti per guidare l'auto intorno alla periferia del centro città e verso il sobborgo dove viveva Elsa Flanagan. Passò davanti alla casa del loro testimone oculare e frenò quando vide lo spazio nella recinzione e l'inizio del sentiero che Elsa aveva detto di aver usato per raggiungere il campo.

«Vieni», disse. «Andiamo a fare una passeggiata».

Si incamminarono lungo il sentiero, facendo attenzione a dove mettevano i piedi tra i solchi fangosi tra l'erba alta. Raggiunsero la fine del sentiero dopo un paio di minuti, questo si allargava in fondo al campo. La linea ferroviaria correva attraverso la fine di esso da destra a sinistra, e alla destra di Kay si poteva vedere il cancello d'acciaio nella siepe attraverso il quale lei e Carys erano passate solo poche notti prima.

Il campo sembrava ora pacifico, un piccolo stormo di storni volteggiava sopra l'estremità più lontana prima di dirigersi oltre i binari ferroviari.

Barnes guardò oltre la sua spalla e poi di nuovo verso i binari ferroviari mentre un treno espresso sfrecciava attraverso la campagna. «L'assassino di Whiting deve aver aspettato che l'altra signora che portava a spasso il canc voltasse le spalle per tornare a casa. Ho dato un'occhiata alla sua dichiarazione in qualità di testimone, non ha visto nessuno in giro in quel momento. Certamente non ha visto Whiting sui binari».

«In tal caso, *deve* aver drogato Lawrence con gli antidepressivi. Non c'è altro modo. Deve averlo messo nel bagagliaio della sua auto o qualcosa del genere, perché Harriet ha detto che hanno sicuramente trovato segni di trascinamento nel fango. Non hanno ottenuto impronte dell'assassino, quindi deve aver coperto le suole delle sue scarpe».

Barnes osservò l'ultimo vagone allontanarsi in lontananza. «È stato fortunato, vero? Ci sono solo circa venti minuti tra questi treni».

Kay lasciò cadere lo sguardo sui doppi binari che tagliavano il paesaggio. «Non è stato fortunato, Ian. Conosce questo posto. Conosce gli orari dei treni, comprese tutte le recenti modifiche agli orari per la primavera. È già stato qui prima, anche se Elsa Flanagan e l'altra persona che passeggiava col cane non l'hanno mai visto. Immagino che stia pianificando questo da un po' di tempo». Indicò col mento l'ingresso del campo. «È quello che non riuscivo a capire l'altra notte quando eravamo sulla scena del crimine. Il nostro assassino non sta usando questa linea per disfarsi dei corpi».

«Che cosa intendi?» Barnes si protese gli occhi mentre fissava la ferrovia.

«Questa è una cosa personale. Sta cercando di dimostrare qualcosa. Penso sia per questo che si è assicurato di dare a Whiting solo la quantità di droga sufficiente per farlo arrivare qui. Voleva farlo soffrire». Aggrottò le sopracciglia. «La domanda è: perché? Perché questo particolare percorso ferroviario è così importante per lui? E perché uccidere Lawrence Whiting in quel modo?»

Un altro fischio del treno risuonò dalla direzione di Maidstone, e un paio di minuti dopo un treno più piccolo di tre carrozze sfrecciò davanti a loro.

Barnes fece una smorfia. «Dave Walker ha detto che i treni rallentano solo di circa 64 chilometri all'ora quando ci sono persone che lavorano sui binari», disse. «Non riesco a credere che Alison si sia buttata sotto senza esitazione».

«Neanch'io», disse Kay. «Il che solleva la domanda: perché l'ha fatto?»

«Sembrava certamente avere tutti i buoni motivi per vivere».

«Esattamente. Quindi, cosa è cambiato tra l'ultima volta che i vicini l'hanno vista e quella mattina?»

«Pensi che lei e il suo fidanzato abbiano litigato?»

«La vicina ha detto che i muri di quelle case sono sottili. Avrei pensato che ci avrebbe detto qualcosa se avesse sentito una discussione. Ma lo chiederemo a McIntyre quando parleremo con lui. Sembra comunque una reazione piuttosto drastica, non credi?»

Barnes diede un calcio a una pietra smossa. «Tutte queste morti...»

«E nemmeno un sospettato», disse Kay. «Lo so. Non piace neanche a me, Ian. Ma continuiamo a scavare».

«Penso che avremo bisogno di una pala più grande», mormorò lui, e si avviò verso la macchina.

CAPITOLO 37

La mattina seguente, dopo una notte di sonno agitato, Kay sbatté la portiera dell'auto e attraversò a grandi passi il parcheggio verso l'ingresso protetto della stazione di polizia.

Era arrivata venti minuti prima, si era fermata alla barra di sicurezza come al solito e aveva strisciato il suo distintivo, ed era stato rifiutato. Quando finalmente era riuscita a far svegliare qualcuno per farsi aprire il cancello, era già in ritardo di cinque minuti per il briefing mattutino.

L'uomo che l'aveva fatta passare attraverso la barra aveva verificato il distintivo e glielo aveva restituito con uno sguardo dispiaciuto.

«Dovrai fartene fare uno nuovo. La striscia elettromagnetica di questo non viene riconosciuta dal sistema.»

Già stanca e irascibile per aver passato le prime ore del mattino a rigirarsi nel letto mentre ripassava mentalmente il caso, Kay aveva imprecato sottovoce prima di ringraziarlo e attraversare i cancelli ormai aperti.

Controllò l'orologio. In tutti gli anni da detective, non era mai arrivata in ritardo a un briefing a meno che non fosse fuori a interrogare testimoni o a seguire un'altra indagine.

Allungò la mano e premette il pulsante del citofono, poi spinse la porta mentre il sergente di turno sbloccava la serratura. Lui tese la mano mentre lei si avvicinava alla scrivania.

«Ho sentito che hai avuto qualche problema con il tuo distintivo. Sistemiamo subito la questione con uno nuovo.»

«Non ho tempo, Hughes. Sono già in ritardo per il briefing mattutino.»

«Non posso farci niente, mi dispiace. Ti servirà comunque un distintivo per accedere agli uffici.»

Kay gemette, consegnò il distintivo ormai inutilizzabile e attese che Hughes completasse la documentazione per rilasciargliene uno nuovo. Scarabocchiò la sua firma in fondo al modulo che lui le passò, prese il nuovo distintivo e si precipitò attraverso l'edificio, salendo le scale verso la sala operativa due gradini alla volta.

Sharp era nel bel mezzo del discorso quando lei spalancò la porta. Si interruppe e alzò un sopracciglio.

Lei alzò una mano in segno di scusa, lasciò cadere la borsa sul pavimento accanto alla sua scrivania e si sedette su una sedia.

«Come stavo dicendo prima che il sergente detective Hunter decidesse di onorarci della sua presenza, se qualcuno dovesse avere notizie di Gavin questa mattina, me lo faccia sapere immediatamente. Bene, oggi ci concentreremo sul seguire le informazioni che abbiamo ricevuto da Peter Bailey riguardo alla causa della morte di Alison Campbell. Dobbiamo anche parlare con il suo fidanzato il prima possibile, quindi continuate a provare a chiamarlo. Voglio capire la sua reazione all'esito dell'inchiesta del medico legale. Carys, lavora con Dave Walker e Robert Moss della Polizia dei Trasporti Britannica per ottenere copie dei loro rapporti dopo la morte di Alison. Confronta le dichiarazioni dei testimoni con la deposizione di Peter Bailey di ieri. Fai un elenco di chiunque altro pensi dovremmo interrogare nell'elenco di quei rapporti.»

«L'inchiesta si è svolta sei mesi fa,» disse Barnes. «Alison è morta sei mesi prima. Mi chiedo perché il nostro assassino abbia iniziato solo dopo l'inchiesta. Se pensava che i colleghi di Alison avrebbero dovuto fare qualcosa per prevenire la sua morte, perché aspettare?»

«Forse si aspettava giustizia per Alison dall'esito dell'inchiesta,» disse Kay. «Forse l'esito è stato uno shock per lui, dopotutto, tutti i coinvolti sono stati scagionati. Nessuno è stato ritenuto responsabile, mentre lui pensa che dovrebbero esserlo.»

Sharp picchiettò sulla fotografia di Kevin McIntyre appuntata alla lavagna. «Al momento, finché non parliamo con Kevin McIntyre e lui non ci fornisce alcune risposte, rimane il nostro principale sospettato. Nel frattempo, Kay, tu e Barnes andate a parlare con i genitori. Sarà interessante vedere cosa hanno da dire su McIntyre. Ci riuniremo alle quattro come al solito.»

Il telefono sulla scrivania di Kay iniziò a squillare mentre lei riportava la sedia al suo posto.

«Pronto?»

«Kay, sono Teresa dell'amministrazione. A proposito del tuo distintivo?»

«Ciao, grazie per avermi chiamato così in fretta. Non sono riuscita ad entrare nel parcheggio questa mattina, e Hughes ha detto qualcosa riguardo alla striscia elettromagnetica danneggiata.»

«Sì, non so cosa sia successo. L'abbiamo controllato di nuovo e non risulta nel sistema. È come se tu non esistessi.»

Kay sentì la pelle d'oca spuntare lungo le braccia. «Non è un po' insolito?»

«Assolutamente. Di solito questo accade solo se disattiviamo manualmente il distintivo, per esempio se qualcuno lascia il lavoro. Ho parlato con il mio responsabile qui sotto, e non abbiamo idea del perché sia successo. Posso solo scusarmi per l'inconveniente.»

Con la bocca asciutta, i pensieri di Kay tornarono alla sera precedente. Aveva forse attivato qualche allarme mentre usava il computer di Gavin?

Quale altra motivazione c'era dietro il suo distintivo di sicurezza che non funzionava più? Qualcuno stava cercando di mandarle un messaggio?

«Hughes ha detto che ti sta dando un distintivo temporaneo,» disse Teresa. «Te ne preparerò uno definitivo entro un'ora. Se passi a ritirarlo e io non ci sono, lo lascerò a qualcuno per te.»

«Perfetto, Teresa. Grazie.»

Kay terminò la chiamata e riagganciò la cornetta.

«Che succede con Gavin, Ian?»

«Non si è presentato questa mattina,» disse Barnes, alzando lo sguardo dal computer. «Sharp era piuttosto incazzato, te lo assicuro, soprattutto quando ha visto che anche tu non ti sei fatta viva per il briefing.»

«Qualcuno ha provato a chiamarlo?»

«Sì. Va direttamente alla segreteria telefonica. Penso che tutti noi gli abbiamo lasciato un messaggio a un certo punto questa mattina. Strano, ho sempre pensato che fosse un po' più responsabile di così.»

Kay mormorò una risposta e mosse il mouse per riattivare il computer. Inserì la password e cercò di concentrarsi sulle email che si erano accumulate.

Tentò di convincersi che Gavin stesse bene, che stava semplicemente facendo l'idiota e aveva finito per fare tardi con gli amici con cui aveva detto che si sarebbe visto dopo il lavoro.

Tranne che non era per niente nel suo carattere.

Una sensazione di nausea iniziò a tormentarle lo stomaco, e ogni sorta di scenario cominciò a passarle per la mente.

Cercò di spingere i suoi pensieri in fondo alla mente, ma mentre fissava lo schermo del computer e le parole cominciavano a sfuocarsi, si rese conto che presto avrebbe dovuto smettere di pensare alla sua indagine personale, altrimenti avrebbe rischiato di perdersi qualcosa. Doveva dimostrare a Sharp di essere capace di guidare questa inchiesta. L'incidente con il suo distintivo l'aveva scossa. Evidentemente, qualcuno stava cercando di farle fare brutta figura. Non poteva permettere che accadesse. Alzò lo sguardo, improvvisamente consapevole che qualcuno era in piedi sopra di lei.

«Ehi». Barnes era in piedi accanto alla sua sedia e fece

tintinnare le chiavi dell'auto nella mano. «Ho detto, andiamo, parliamo con i genitori di Alison Campbell».

«Certo». Kay bloccò lo schermo del computer, prese la sua borsa, afferrò la giacca dallo schienale della sedia e iniziò a seguire Barnes verso la porta.

«Hunter, una parola per favore», disse Sharp. Fece cenno a Barnes di proseguire e si voltò verso Kay.

«Capo?»

«Cosa è successo questa mattina? Di solito non sei l'ultima ad entrare».

«Mi dispiace. Il mio distintivo non funzionava. Non sono riuscita ad entrare nel parcheggio o nell'edificio. Ho dovuto aspettare che qualcuno mi facesse entrare. Ho chiesto all'amministrazione di indagare e mi hanno dato un distintivo temporaneo». Mostrò il pezzo di plastica bianco.

«Va bene. Vai dai genitori di Alison Campbell. Ci vediamo al briefing di questo pomeriggio. Non fare di nuovo tardi».

CAPITOLO 38

Kay fece un respiro profondo e chiuse gli occhi per un momento, assaporando il calore del sole mentre stava sulla soglia.

«Goditelo finché puoi», disse Barnes. «Prevedono una fitta nebbia nei prossimi giorni».

«Questo renderà le cose interessanti per i nostri amici della polizia stradale».

«Ecco che arrivano».

Kay aprì gli occhi e si voltò mentre la porta d'ingresso si apriva e un uomo si affacciò, le sue folte sopracciglia grigie si aggrottarono mentre osservava i due estranei.

«Martin Campbell?»

«Sì?»

«Sono il sergente detective Kay Hunter. Questo è il mio collega, detective Ian Barnes. Ci chiedevamo se potessimo parlare con lei di sua figlia, Alison».

Lui aggrottò la fronte, poi si fece da parte. «Ehm, suppongo di sì. Prego, entrate».

Kay lo seguì in un luminoso soggiorno, la finta allegria

dello spazio era temperata dalle fotografie incorniciate che riempivano la lunghezza di una mensola ornata del camino a metà della parete sul lato opposto.

Un caminetto a gas occupava il posto dove un tempo avrebbero bruciato i ceppi, ma, nonostante ciò, una piccola collezione di attizzatoi in ottone pendeva da una rastrelliera alla sinistra del set di oggetti.

Lo sguardo di Kay vagò per la stanza, e quasi sobbalzò quando notò una donna seduta in una delle poltrone in fondo, i suoi occhi scuri sbirciavano da sotto una massa di capelli prematuramente grigi.

«Prego», disse Martin Campbell, e indicò le altre poltrone. «Accomodatevi».

«Grazie».

«Il sergente detective Hunter è qui per parlare con noi di Alison», disse alla donna, prima di rivolgersi di nuovo a Kay. «Questa è mia moglie, Karen».

«Grazie per avermi ricevuto con così poco preavviso», disse Kay, e tirò fuori il suo taccuino dalla borsa, consapevole degli sguardi intensi della coppia che la scrutavano. «Mi rendo conto che questo riporterà alla luce dei ricordi terribili per voi, e mi scuso, ma sono interessata a sentire direttamente da voi cosa è successo quando Alison è stata uccisa. Dove eravate in quel momento?»

«Ero al lavoro», disse Martin. «Avevo un impiego come operatore di muletto in uno dei grandi magazzini della zona industriale di Aylesford». Abbassò lo sguardo sulle mani strette in grembo. «Il supervisore del magazzino uscì dal suo ufficio agitando le braccia per farmi spegnere il motore. Era pallido in viso, non l'avevo mai visto così. Per un momento pensai di aver fatto qualcosa di sbagliato con il muletto, finché non mi disse che la polizia voleva parlarmi. Mi stavano aspettando fuori con l'auto, riuscivo a percepire tutti che mi fissavano mentre attraversavo il piazzale per raggiungerla». Deglutì.

«Signora Campbell?»

«Anch'io ero al lavoro. All'epoca avevo un impiego, al vivaio vicino all'autostrada». Si asciugò le lacrime. «Non ci sono più tornata da allora».

«Karen ha preso particolarmente male la morte di Alison», disse Martin, e allungò la mano per prendere quella di sua moglie. «Non sopportavo l'idea che tornasse al lavoro finché non si fosse sentita meglio».

«Com'era Alison? So che era un ottimo ingegnere», disse Barnes.

«E ancora oggi non ho idea da chi abbia preso», disse Martin, con una nota di orgoglio nella voce. «Nessuno di noi due era bravo in queste cose. Quando ci siamo resi conto durante il suo terzo anno di scuola secondaria quanto fosse brava in matematica, abbiamo pagato perché frequentasse lezioni aggiuntive due volte a settimana, le adorava. Assorbiva tutto».

«Dove è andata all'università?»

«A Plymouth», disse Karen. «Non volevo che fosse così lontana da casa, ma faceva amicizia facilmente, e noi andavamo a trovarla un paio di volte all'anno, per evitare che dovesse tornare fin qui, e per fare una piccola vacanza insieme».

«È lì che ha conosciuto Kevin McIntyre?»

«No, lei e Kevin si sono incontrati a una conferenza post-laurea di ingegneria a Croydon un paio di anni fa», disse Martin. «Era una specie di fiera del lavoro, molte aziende di ingegneria avevano degli stand lì, così persone come Alison potevano incontrarle e parlare di potenziali carriere. Dopo di che, ad Alison fu offerto un lavoro dall'azienda di ingegneria ferroviaria, la loro sede centrale è a Dartford, e Kevin ottenne un lavoro con un'azienda che lavorava all'impianto di gas nell'Isola di Sheppey. Dopo la fine di quel contratto, finì per lavorare nei loro uffici centrali ad Ashford».

«Da quanto tempo erano fidanzati?» disse Kay.

Karen tirò fuori un fazzoletto di cotone dalla manica e si soffiò delicatamente il naso.

«Circa quattro mesi», disse.

«Avete avuto qualche sentore che stesse avendo problemi a casa o al lavoro?»

Kay colse lo sguardo che passò tra la coppia e trattenne il respiro.

«Dovresti dirglielo», disse Martin, e diede un colpetto sul dorso della mano di sua moglie.

Karen fece un respiro tremante prima di parlare.

«Avevo fretta di uscire di casa per andare al lavoro quella mattina», disse. «Avevamo un vecchio gatto che chiudevamo in cucina di notte. Quando siamo scesi quella mattina, aveva fatto un pasticcio, così quando ho finito di pulire, ero già in ritardo. Il mio cellulare ha squillato mentre stavo chiudendo la porta d'ingresso, la fermata dell'autobus è a dieci minuti a piedi da qui. Ho visto che era il numero di Alison, così ho risposto».

«Era senza fiato, eccitata. Era difficile capire cosa stesse dicendo con il rumore del traffico accanto a me. Le ho detto che non potevo parlare in quel momento, e che sarebbe dovuta venire direttamente dal lavoro, così avremmo potuto fare una chiacchierata come si deve». Le lacrime le scorrevano sulle guance. «E poi nel giro di poche ore, era morta. Non ho mai avuto la possibilità di parlare di nuovo con lei. Mi sono sempre chiesta cosa volesse dirmi. Avrei dovuto ascoltare. Avrei dovuto...»

Kay diede alla coppia un momento per ricomporsi, e poi aggrottò la fronte.

«E per quanto riguarda la sua relazione con Kevin? C'erano problemi?»

«Assolutamente no», disse Martin. «Kevin la adorava».

«Siete rimasti in contatto con lui?»

«Ci siamo allontanati», disse Karen. «È stato così difficile per tutti noi, ma dover poi vivere anche l'inchiesta sull'incidente ferroviario con tutto l'interesse dei media, beh, temo che ci siamo un po' reclusi. Forse troppo».

«Era già abbastanza difficile affrontare il nostro dolore», disse Martin. «Non potevamo sostenere anche Kevin».

«Cosa c'entra la morte di Alison con la vostra indagine, detective?» chiese Karen.

«Al momento, sto semplicemente lavorando con la mia squadra per investigare e apprendere informazioni sulle morti avvenute su quel tratto di binari, nella speranza che possa far luce sulle nostre attuali indagini». Kay rimise il taccuino nella borsa e si alzò. «Vi ringrazio entrambi per avermi parlato oggi».

Martin si alzò con fatica dal divano. «Spero che sia d'aiuto».

Kay strinse la mano a Karen, e poi seguì Martin fino alla porta d'ingresso.

Lui aprì la porta, poi si sporse in avanti e abbassò la voce mentre Barnes si dirigeva verso l'auto. «Capisco che lei abbia un lavoro da svolgere, detective. Ma nulla potrà riportarci indietro nostra figlia».

Le sue labbra si strinsero, e poi chiuse delicatamente la porta prima che Kay potesse rispondere.

Lei sospirò, poi si incamminò pesantemente verso l'auto, con il cuore pesante.

CAPITOLO 39

Kay scivolò attraverso la porta della sala operativa e si posizionò in fondo, Carys la raggiunse.

Mentre il briefing iniziava, notò un'aria sommessa tra i suoi colleghi e si chiese cosa fosse successo durante la sua assenza dall'ufficio. Sharp finì di parlare, trasmettendo parole di incoraggiamento alla squadra, prima di concludere il debriefing pomeridiano, e tutti iniziarono a raccogliere le proprie cose e a dirigersi verso la porta per andarsene.

Aggrottò le sopracciglia.

Un silenzio distinto riempiva lo spazio. Se normalmente la squadra investigativa faceva piani per bere qualcosa velocemente dopo il lavoro, o si parlava dei compiti assegnati per il giorno successivo, ora sembravano tutti insolitamente silenziosi.

Afferrò Debbie mentre le passava accanto uscendo. «Che succede?»

«Gavin è stato picchiato ieri sera. È in ospedale.»

«Cosa?»

«Sì. Un paio di costole rotte, a quanto pare.»

«Kay?»

Alzò lo sguardo verso il fondo della stanza. Sharp le fece cenno di andare nel suo ufficio.

«Ci vediamo domani», disse Debbie. «C'è molto da fare, giusto?»

«Giusto. A domani.»

Mentre si spostava attraverso la stanza verso l'ufficio di Sharp, sentì Debbie e Carys che uscivano insieme, le loro voci si affievolirono mentre si allontanavano lungo il corridoio, scambiandosi aggiornamenti, e poi smise di ascoltarle.

«Cos'è successo a Gavin?» chiese a Sharp.

«È stato aggredito nel parcheggio accanto al Palazzo del Vescovo tardi ieri sera. A quanto pare, era uscito a bere qualcosa con degli amici ed è stato assalito mentre tornava alla sua auto.»

«Mi aveva detto che avrebbe preso un taxi.»

«Immagino abbia cambiato idea, era certamente sotto il limite del tasso alcolemico, visto che aveva bevuto solo un paio di birre leggere durante il tempo che è stato lì.»

«Sospetti?»

«Non ancora. Gli agenti che indagano hanno le riprese delle telecamere di sicurezza, anche se Gavin ha detto loro che i suoi aggressori indossavano entrambi sciarpe intorno al viso, quindi non ha potuto fornire dettagli.»

«Quanti erano?»

«Dice che lo hanno aggredito in due, ma c'era un terzo che faceva da palo e da autista, dopo averlo pestato a sangue, è arrivata un'auto e i due aggressori ci sono saltati dentro prima che si allontanasse.»

«Quanto sta male?»

«Due costole rotte, lacerazioni al viso. Contusioni. Lo terranno ricoverato un paio di giorni per assicurarsi che non ci siano danni agli organi interni.»

«Movente?»

«Nessuno che possiamo accertare, per cominciare, non gli hanno preso il portafoglio.»

Kay deglutì.

«Comunque, siediti per cinque minuti», disse Sharp. «Aggiornami su quello che hai finora. Qualcosa di interessante?»

«Ho parlato con i genitori di Alison Campbell. Kevin McIntyre la adorava, ma hanno perso i contatti con lui dalla sua morte.»

«Comprensibile, suppongo.»

«Sì. Dev'essere stato terribile per tutti loro. Karen Campbell ha detto che la mattina in cui Alison è morta, ha ricevuto una sua telefonata mentre stava uscendo di casa per andare al lavoro. Ha detto che Alison sembrava "senza fiato, eccitata".»

«Potrebbe essere stato scambiato per qualcos'altro?»

«Mi sono chiesta la stessa cosa. Karen ha detto che era difficile sentire Alison a causa del rumore del traffico, stava camminando verso la fermata dell'autobus in quel momento. Ha detto ad Alison di richiamarla dopo il lavoro.»

«Accidenti, dev'essere un pensiero che la tormenta.»

«Karen non è più tornata al lavoro da quel giorno. Non posso immaginare cosa stia passando.» Kay gettò il suo taccuino sulla scrivania. «Ho avuto l'impressione che nessuno dei due stia affrontando bene la situazione.»

«Hai spiegato loro la natura della nostra indagine?»

«Solo che abbiamo un altro caso su cui stiamo indagando al momento e speravamo di ottenere qualche informazione sul rapporto lavorativo tra Alison e i suoi colleghi. Non ho visto il motivo di sollevare la questione del suicidio di Alison, al momento abbiamo solo la parola di Peter Bailey a questo proposito.»

«Giusto. Dovremo tenerli informati se le cose progrediscono e dovesse risultare che si è effettivamente suicidata.»

«Capisco.»

Si alzò dalla sedia e raccolse il suo taccuino. «Domani mattina presto mi metterò in contatto con Kevin McIntyre. Dobbiamo davvero chiudere quella pista e scoprire cosa sa.»

«D'accordo.» Sharp spense il computer e si mise la giacca sulle spalle. «Ovviamente non aiuta il fatto che siamo a corto di un uomo ora che Gavin è in ospedale.»

Kay si morse la lingua e lo seguì fuori dalla sala operativa, poi indicò una porta che stavano per raggiungere. «Farò una capatina qui prima di tornare a casa in macchina.»

«Allora ci vediamo domani mattina.»

«Capo.»

Spinse la porta del bagno delle signore e posò la sua borsa sul ripiano sopra la fila di lavandini.

Si aggrappò al bordo di uno dei lavandini ed evitò di guardarsi allo specchio. Non voleva riconoscere il senso di colpa che sapeva si sarebbe visto nei suoi occhi. Invece, allungò la mano e girò il rubinetto, facendo scorrere acqua fredda sulla superficie di ceramica, e si sciacquò il viso prima di afferrare un paio di asciugamani di carta e premerli contro la pelle.

Li appallottolò e li gettò nel cestino accanto alla parete piastrellata, e represse l'impulso di gridare per la frustrazione.

Qualcuno aveva scoperto i suoi continui tentativi di scoprire la verità, e Gavin aveva pagato il prezzo della sua ostinazione e del suo rifiuto di arrendersi.

Alzò lo sguardo, si sciolse i capelli e ci passò le dita mentre la sua mente correva. Pensava di essere stata furba, e che coprendo le sue tracce sarebbe stata in grado di far luce su ciò che stava accadendo.

Invece, uno dei suoi colleghi era ora in convalescenza in ospedale, e non poteva più fidarsi di nessun altro nell'edificio.

Qualcuno aveva scoperto che si era connessa al sistema per cercare di scoprire cosa fosse successo alla pistola, e quella stessa persona sembrava determinata a mandarle un messaggio molto chiaro di fermarsi, arrivando persino a cancellare prove cruciali dal database e ad aggredire qualcuno che non aveva nulla a che fare con la vendetta contro di lei.

Fece un passo indietro dal lavandino e rabbrividì.

Se avesse saputo che stava mettendo Gavin in pericolo, non avrebbe mai usato il suo computer per continuare la sua indagine.

Chiuse gli occhi e chinò il capo.

«Oh, Gavin. Che diavolo ho fatto?»

CAPITOLO 40

Kay mostrò il suo distintivo all'infermiera seduta alla reception mentre si avvicinava, e sorrise.

«Mi rendo conto che sto facendo visita fuori orario. Potrei vedere Gavin Piper, per favore?»

L'infermiera le lanciò uno sguardo di rimprovero. «Sa, abbiamo degli orari di visita per un motivo.»

«Mi dispiace. Siamo stati impegnati e non sono riuscita a liberarmi prima. Come sta?»

«Dolorante, immagino. Due costole rotte, il naso fratturato e una lieve commozione cerebrale. Spero che prenderete i bastardi che gli hanno fatto questo. È un tipo in gamba.» Prese un blocco per appunti e lo passò a Kay attraverso la scrivania. «Si registri. Può stare con lui quindici minuti, non di più, e questo solo perché ha una stanza privata e il dottore ha già finito il suo giro.»

«Grazie.» Kay scarabocchiò la sua firma sulla pagina e restituì la penna. «Da che parte?»

Seguì le indicazioni dell'infermiera, poi si voltò e si incamminò lungo il corridoio color magnolia, superando l'ingresso del reparto principale. Alcuni dei letti avevano le tende. tirate per garantire privacy, mentre figure addormentate rannicchiate sotto le coperte riempivano gli altri letti. Un anziano signore con le cuffie la notò e annuì.

Lei fece un piccolo cenno con la mano, chiedendosi se avesse ricevuto visite quella sera per augurargli una pronta guarigione, poi proseguì verso le stanze private.

Controllò i numeri sulle porte finché non arrivò a quello che le aveva indicato l'infermiera, e bussò prima di entrare.

Gavin sollevò la testa dal cuscino quando lei entrò e chiuse la porta, e lei si bloccò, scioccata dal suo aspetto.

Il suo naso aveva una grande fasciatura, con lividi che si espandevano da entrambi i lati fino agli occhi. I suoi soliti capelli biondi ordinati erano tutti arruffati, ed emanava stanchezza. Un brutto graffio segnava una guancia, e aveva abbassato le lenzuola fino alla vita, esponendo le bende avvolte intorno al torace. Quando i suoi occhi tornarono sul viso di lui, lei sbatté le palpebre.

Lui sostenne il suo sguardo, poi indicò la borsa che lei aveva in mano. «Ti prego, dimmi che non hai portato l'uva.»

«Biscotti di avena Hobnobs. Non quelli economici, eh.» Lei frugò nella borsa e agitò il pacchetto in aria.

«Bene. Passali.»

«Puoi mangiarli senza problemi?»

«Sì. Per fortuna mi hanno rotto solo il naso, non i denti.»

Lei sorrise e controllò oltre la spalla che la porta si fosse chiusa bene prima di frugare di nuovo nella borsa. «Ho portato anche questi.»

Tirò fuori quattro bottigliette di superalcolici in miniatura.

«Capo, lei è una leggenda in divenire.» Cercò di sorridere, ma il movimento gli fece venire le lacrime agli occhi e si mosse a disagio nel letto.

Kay distolse lo sguardo, guardò il televisore appeso a una staffa sul muro e notò che c'era una partita di calcio. Si avvicinò, gli consegnò tre delle quattro bottigliette e ne prese una di brandy per sé.

Gli passò anche il pacchetto di biscotti, poi si guardò intorno nella stanza spoglia prima di avvicinarsi alla finestra e prendere la sedia sottostante. La manovrò finché non fu accanto al letto e riusciva a vedere la televisione.

Gavin le porse il pacchetto aperto di biscotti, e lei ne prese uno prima di indicare lo schermo. «Chi sta giocando?»

«Real Madrid e Benfica.»

«Da dove viene il Benfica?»

«Portogallo. Una squadra di Lisbona. Non pensavo fossi un'appassionata di calcio, capo.»

Kay alzò le spalle. «Non mi dispiace guardare le partite più importanti. Soprattutto se prevedo che la squadra di Barnes perderà. Di nuovo.»

Gavin ridacchiò, e poi gemette e si strinse le costole.

«Scusa, non volevo farti ridere.»

«Tutto ok. Succede anche se starnutisco o tossisco, quindi devo solo conviverci.»

«Sei conciato male.»

Stava per alzare le spalle, ma ci ripensò subito. «Ho già avuto le costole rotte prima. Snowboard. Preferisco di gran lunga farmele in quel modo piuttosto che così, però. Più divertente.»

Kay si sporse e prese il telecomando, abbassando il volume della partita prima di voltarsi di nuovo verso di lui. «Cosa è successo? Dove eri?»

«Ero con alcuni amici in quel nuovo bar in Bank Street, dietro il Municipio.» Arrossì. «Hanno fatto una specie di after dopo la chiusura. Solo un paio di clienti abituali e io, comunque.»

«Capisco.» Kay bevve un altro sorso del suo drink. «Continua.»

«I miei amici se ne sono andati circa mezz'ora prima di me. Mi sono messo a chiacchierare con la coppia che gestisce il locale e non sono uscito prima delle undici e quarantacinque. Avevo lasciato la mia auto in quel parcheggio dietro la chiesa e il Palazzo del Vescovo quella mattina; quindi, sono tornato a piedi lungo College Road per prenderla. Quei bastardi mi hanno aggredito mentre entravo nel parcheggio.»

«Ti stavano aspettando?»

Lui annuì leggermente. «Per forza. Non c'era nessuno che mi seguiva dal club.»

«Quanti erano?»

«Due, forse me la sarei cavata se avessi saputo che erano lì, ma sono stati troppo veloci e non me l'aspettavo.»

«Hai fatto la denuncia e tutto il resto?»

«Sì. Non che serva a molto.»

Kay esitò a dargli ragione, ma quello che diceva era vero. Non era insolito che le persone venissero aggredite in città nelle prime ore della notte, e sebbene molti colpevoli venissero catturati grazie alle riprese delle telecamere di sorveglianza, ce n'erano molti che la facevano franca.

«Comunque», disse Gavin. «Basta parlare di me. Come procede l'indagine?»

Lei bevve un sorso di brandy prima di rispondere. «Oggi abbiamo cercato di parlare con il fidanzato di Alison Campbell, ma non era in casa. È triste; secondo il vicino, erano una coppia davvero carina. Ovviamente, lui è stato in uno stato pietoso da quando lei è morta, ma la casa sembra abbastanza in ordine. Ora stiamo aspettando che ci contatti. Aspetterò fino a domani pomeriggio, e se non avrò notizie passerò di nuovo da lì sulla strada di casa».

Entrambi alzarono lo sguardo al suono di un colpo alla porta.

«Dammi quella», disse Gavin, e le strappò la bottiglia di brandy dalla mano.

La porta si aprì, e l'infermiera che era seduta alla reception sporse la testa.

«Avevo detto quindici minuti», disse. «Ne sono passati più di trenta. Devo chiederle di andare via. Lui deve riposare».

«Grazie», disse Kay. «Uscirò tra due minuti. Va bene?»

L'infermiera annuì e si ritirò.

Kay si voltò in tempo per vedere Gavin che tirava fuori le due bottiglie di superalcolici da sotto le lenzuola.

Lui sorrise. «Non ti avrei mai preso per una che ricorre a sotterfugi, capo».

Lei gli prese la bottiglia e la svuotò, prima di lasciarla cadere nella sua borsa.

«Non hai visto ancora nulla, Piper. Riposati un po'».

CAPITOLO 41

Kay sussultò quando squillò il telefono sulla sua scrivania e imprecò sottovoce mentre il bicchiere di plastica accanto al suo gomito si rovesciava, spargendo i residui del contenuto su una pila di cartelle di manila.

Allungò una mano verso il telefono, afferrò una manciata di fazzoletti da una scatola accanto al monitor del computer con l'altra e tamponò i fascicoli.

«Kay Hunter».

«Detective, sono Hughes della reception. C'è un certo Kevin McIntyre qui per vederla».

Kay appallottolò i fazzoletti ormai inzuppati e li gettò nel cestino. «Arrivo subito».

Afferrò il suo taccuino e un paio di penne prima di uscire dalla sala operativa lungo il corridoio e scendere le scale. Quando raggiunse l'area della reception, un uomo solitario era seduto con la schiena al muro su una delle sedie di plastica fissate al pavimento. Hughes, il sergente di turno, alzò lo sguardo dal lavoro e indicò l'uomo con la penna. Kay annuì in segno di ringraziamento e si avvicinò alle sedie.

«Kevin McIntyre? Sono il sergente detective Kay Hunter».

Lui si alzò e le strinse la mano tesa.

Lei fece un passo indietro, sorpresa dalla sua altezza, e alzò il mento. «Grazie per essere venuto. Sarei stata più che felice di passare io da casa sua».

«Avevo un appuntamento dal dentista in città. Ho pensato di passare sulla via del ritorno, per risparmiarle il viaggio».

«La ringrazio, è molto premuroso da parte sua. Gradisce una tazza di tè o qualcos'altro?»

«No, sto bene, grazie».

«D'accordo, beh, se vuole seguirmi, c'è una stanza qui lungo il corridoio che possiamo usare».

Lo condusse lungo il corridoio e aprì la porta di una delle sale per gli interrogatori. Indicò il tavolo e le quattro sedie. «Si accomodi».

Attese che si fosse sistemato prima di aprire il taccuino su una pagina nuova e togliere il cappuccio a una delle sue penne, poi gli spiegò l'avvertimento formale.

McIntyre si sporse in avanti sul tavolo e incrociò le mani davanti a sé. «Il mio vicino mi ha detto che voleva parlarmi della morte di Alison».

«Esatto. Mi dispiace se questo riporta a galla ricordi dolorosi. Ma spero che possa aiutarmi a far luce su un'indagine a cui stiamo lavorando attualmente».

«Ancora non riesco a credere che se ne sia andata», disse. «È passato quasi un anno, ma continuo ad aspettarmi che rientri dalla porta d'ingresso».

«Quanto conosceva bene i suoi colleghi?»

Lui scrollò le spalle. «Non conoscevo tutti quelli con cui lavorava. C'erano tre o quattro con cui socializzava forse una volta al mese o giù di lì. Di solito in un pub che si trovava più o meno a metà strada da dove vivevamo tutti. A volte ci incontravamo la domenica pomeriggio per bere qualcosa, soprattutto d'estate, Alison si era appassionata a un vecchio gioco da giardino del pub chiamato bat and trap».

«E lei come sta, signor McIntyre? Riesce a far fronte alla situazione?»

Lui sospirò. «È stato difficile. Ultimamente, riesco a passare un paio di giorni senza pensare a lei. E poi me ne ricordo, e mi sento in colpa perché non ci ho pensato. Non riesco a immaginare come debba essere per i suoi colleghi che erano presenti quando è successo».

«Com'era il suo rapporto con Alison?»

«Chiedo scusa?»

«Andavate d'accordo sempre, o litigavate spesso?»

«Dovevamo sposarci a settembre di quest'anno. Questo risponde alla sua domanda?»

«Tutte le relazioni attraversano momenti difficili, signor McIntyre. Desidero semplicemente capire com'era Alison come persona».

«Suppongo che ogni tanto bisticciassimo, come tutti».

«Può dirmi la sua versione di cosa è successo quel giorno?»

«Ero al lavoro. Erano circa le dodici. Ero in una riunione di vendita con il mio capo e tre colleghi, era una conferenza telefonica con il nostro ufficio vendite di Swindon. La receptionist, Annie, aprì la porta e ricordo che il suo viso era davvero pallido. Sembrava che stesse per vomitare. Mi chiese di uscire dalla stanza, e il mio capo la rimproverò per averci interrotto nel bel mezzo di una riunione e le chiese se proprio non poteva aspettare. Ricordo che non smetteva di guardarmi. Disse al mio capo che riguardava Alison, e che c'era la polizia in reception che voleva parlarmi. Non aspettai la sua risposta, lasciai la stanza e corsi attraverso l'edificio fino all'area della reception. C'erano due agenti di polizia lì, e dissero che c'era stato un incidente sulla ferrovia. Chiesi se Alison stesse bene, e l'agente di polizia donna guardò il suo collega e poi me, e io capii. Capii che era morta».

Si asciugò gli occhi e Kay gli spinse davanti la scatola di fazzoletti.

«So che questo deve essere doloroso per lei, e mi dispiace, ma sto indagando sulla morte di quattro dei suoi colleghi che erano presenti quando è avvenuto l'incidente».

La testa di McIntyre scattò verso l'alto. «Cosa intende dire? Nathan e Cameron si sono suicidati. Questo è quello che avevo sentito. Pensavo fosse perché non potevano vivere con il ricordo di quel giorno. Pensavo fosse perché gli antidepressivi che stavano prendendo non funzionassero». Sbatté le palpebre. «Chi altro è morto?»

«Lawrence Whiting e Jason Evans. Abbiamo ragione di credere che le loro morti siano in qualche modo legate alla sua ragazza».

«Perché?»

«È l'unica cosa che collega le quattro morti. Una delle morti è oggetto di indagine come omicidio, ed è allora che siamo venuti a conoscenza del collegamento con gli altri tre uomini».

«Perché? Che tipo di mostro farebbe una cosa del genere? Quegli uomini e le loro famiglie non hanno già sofferto abbastanza?»

«Signor McIntyre, devo chiederle per dovere di diligenza dove si trovava nelle sere delle loro morti».

La sua mascella si aprì, poi si riprese. «Capisco che sta solo facendo il suo lavoro, detective Hunter, ma posso assicurarle che ero a casa in quei momenti. Da quando Alison è morta, non esco molto ultimamente».

«Qualcuno può confermare i suoi spostamenti?»

Si appoggiò allo schienale della sedia. «In effetti, sì». Tirò fuori il suo cellulare e lo fece scivolare sul tavolo verso Kay. «Ho parlato con mia madre ogni sera da quando mio padre è morto in un incidente d'auto due anni fa, e la chiamo sempre quando finisce il telegiornale delle nove».

«Non ha un telefono fisso?»

Un debole sorriso gli attraversò le labbra. «Chi ce l'ha, di questi tempi?»

«E questo è l'unico cellulare che possiede?»

Lui aggrottò la fronte. «Perché dovrei volerne un altro?»

Kay indicò il telefono. «Ho bisogno del numero di telefono di sua madre, per favore».

CAPITOLO 42

Kay si aggirava vicino alla scrivania del vice sovraintendente Jake O'Reilly mentre lui finiva una telefonata, poi ricambiò il suo sorriso quando mise via il cellulare.

«Hunter, pensavo fossi ancora sommersa dall'indagine su Lawrence Whiting».

«Lo sono», disse lei. «Ho sentito che ti stavi occupando del caso di aggressione, quello di Gavin Piper».

«Ti dico, non so che fine faremo se nemmeno un poliziotto fuori servizio è al sicuro».

«Ci sono novità?»

«Abbiamo delle riprese delle telecamere di sicurezza del parcheggio, ma sono tutte rivolte verso gli edifici circostanti. Si vede solo un pezzetto del parcheggio. Sembra che i nostri stimati consiglieri e urbanisti fossero più preoccupati dei graffitari che potevano imbrattare i muri di un edificio medievale che della sicurezza delle persone che tornano alle loro auto di notte».

Kay lasciò sfogare il detective più anziano.

Condivideva la sua frustrazione ma capiva che i fondi per le telecamere erano spesso limitati, e se invece fossero stati danneggiati gli edifici storici intorno a Maidstone, avrebbero ricevuto lo stesso numero di telefonate dalla gente. Non avrebbe alleggerito il loro carico di lavoro.

«Si riusciva a vedere qualcosa?»

Lui mosse il mouse sulla scrivania avanti e indietro. «Vieni qui e dai un'occhiata tu stessa. È uno dei tuoi, vero?»

«Sì. Vuole diventare detective. Ha l'atteggiamento giusto».

«Beh, speriamo che questo non lo scoraggi».

Kay deglutì ma non disse nulla. Non aveva nemmeno contemplato quella possibilità quando aveva parlato con Gavin la sera prima.

O'Reilly si sporse e prese una sedia dalla scrivania dietro di lui, indicando a Kay di sedersi.

«Grazie».

«Ho fatto un taglio della registrazione, così risparmieremo tempo sul mandare avanti veloce. Questa inizia quando Piper entra nel parcheggio».

«Va bene».

Premette il pulsante "play" sullo schermo, e l'immagine in bianco e nero tremolò una volta prima che il filmato iniziasse.

Dall'angolo in alto a destra, apparve Gavin, con le mani infilate nelle tasche della giacca e l'andatura tranquilla.

«Questa è la sua auto, qui in basso a sinistra. Ha parcheggiato sotto un lampione, ma la lampadina era fulminata».

«Conveniente».

«Già».

Lo guardò mentre Gavin raggiungeva il centro dello schermo, a metà strada verso la sua auto.

Qualcosa attirò la sua attenzione, e lui si voltò a guardare oltre la spalla destra prima di fermarsi.

All'improvviso, un uomo si lanciò contro il giovane agente di polizia, attaccandolo dal suo punto cieco con una spallata che non gli diede il tempo di schivare e lo mandò a terra sull'asfalto.

Kay boccheggiò e si coprì la bocca con la mano.

Aveva già visto risse prima e ne aveva interrotte alcune durante il suo periodo in uniforme, ma c'era qualcosa di assolutamente straziante nel vedere qualcuno che considerava un collega stretto subire la violenza di un attacco, anche se sapeva che al momento era al sicuro in ospedale.

Un secondo uomo apparve da dietro Gavin, correndo nell'inquadratura prima di mirare un calcio alla schiena della vittima che di riflesso fece stringere i reni di Kay.

«Gesù».

I due uomini si chinarono e iniziarono a prenderlo a pugni, mirando il viso e le costole.

Gavin si rannicchiò in posizione fetale e cercò di proteggersi, ma Kay sapeva fin troppo bene come era andata a finire per lui.

Non aveva avuto alcuna possibilità.

Aggrottò le sopracciglia quando un veicolo apparve nell'angolo in basso a destra ad alta velocità e poi si fermò.

Le teste dei due aggressori si alzarono di scatto, come se fossero stati chiamati, e si alzarono dall'asfalto, uno dando un ultimo calcio alle costole di Gavin mentre si raddrizzava, e poi entrambi corsero verso il veicolo prima che questo partisse a tutta velocità.

«Questo è tutto quello che abbiamo».

Lei sbatté le palpebre.

O'Reilly si sporse e fermò la registrazione, poi si appoggiò allo schienale della sedia e incontrò il suo sguardo.

«Non sono riuscita a vedere le loro facce».

«Abbiamo provato a migliorare l'immagine, ma non è servito a nulla».

«E le altre telecamere di sicurezza? Hanno preso il numero di targa del veicolo?»

«Sì, ma non è servito a niente. Erano false, e il veicolo è stato trovato bruciato in una piazzola di sosta dietro Boughton Monchelsea ieri mattina. È stato usato un accelerante e non ci sono impronte».

Kay si lasciò cadere sulla sedia.

«Mi dispiace davvero, Hunter, ma non credo che avremo molta fortuna».

«Lo so. Non c'è molto su cui lavorare, vero?»

Lui scosse la testa.

«Va bene». Sospirò e si raddrizzò prima di spingere la sedia sotto la scrivania dietro di lui, poi gli diede una pacca sulla spalla. «Grazie per averci provato. Fammi sapere se posso aiutare in qualche modo, d'accordo?»

«Lo farò».

Kay si fece strada attraverso la porta verso il corridoio principale e si fermò.

Alla sua destra, la sala operativa attendeva.

Controllò l'orologio e poi voltò le spalle al brusio di

chiacchiere proveniente da quella parte del corridoio e si dirasse verso le scale.

Alzò una mano in segno di saluto agli agenti di polizia che presidiavano la reception all'ingresso e uscì dalla porta principale, poi si infilò le mani nelle tasche del cappotto leggero e svoltò a sinistra verso il fiume.

Una fresca brezza le scompigliava i capelli, e alzò lo sguardo verso il cielo grigio, chiedendosi se il tempo più caldo sarebbe arrivato prima della fine del mese, o se avrebbe dovuto tirare fuori di nuovo il guardaroba invernale alla prima occasione.

Premette il pulsante per l'attraversamento pedonale, provando un momentaneo senso di vittoria quando il semaforo diventò subito giallo, e attraversò la strada con passo tranquillo.

Il marciapiede si curvava mentre passava davanti al museo sul lato opposto della strada e attraversava l'ingresso del parcheggio.

Mentre attraversava il parcheggio, socchiuse gli occhi fissando il punto in cui Gavin era stato aggredito.

Un grande monovolume a sette posti e una berlina media di colore bordeaux occupavano i posti auto dove lui era caduto, e alzando il mento, riusciva a scorgere la telecamera di sorveglianza montata accanto al lampione da cui O'Reilly aveva ottenuto le riprese video.

Un brivido le corse lungo la schiena e si fermò, prima di girarsi completamente su sé stessa, con la fronte corrugata.

C'era più di una persona coinvolta. Poteva avere un nome in mente, ma ce n'erano altri; questo era chiaro.

La stavano osservando adesso? Coloro che avevano organizzato l'aggressione a Gavin la stavano spiando?

Non aveva dubbi che gli uomini che lo avevano picchiato non fossero i burattinai che cercava.

La persona dietro a tutto questo, la vendetta contro di lei e i suoi conseguenti problemi, era troppo astuta e intelligente per eseguire personalmente un tale attacco.

Scosse la testa per scacciare quel pensiero.

Finché lei e la squadra non avessero assicurato alla giustizia l'assassino di Lawrence Whiting, non poteva permettersi di far vagare la sua attenzione altrove. In qualche modo, sapeva che il tempo era dalla sua parte. Finora, ogni avvertimento era stato reattivo, probabilmente aveva fatto qualcosa per provocarli.

Magari se avesse aspettato e temporeggiato per qualche giorno, avrebbero pensato che il loro stratagemma aveva funzionato?

«Scoprirò chi ti ha fatto questo, Gavin» mormorò. «Non appena questo caso sarà chiuso, mi assicurerò che finiscano dietro le sbarre.»

CAPITOLO 43

Kay sfogliò la pagina e scorse le informazioni che erano state inviate dai datori di lavoro di Alison.

All'inizio erano stati riluttanti ad assistere, ma dopo le rassicurazioni che la polizia desiderava solo esaminare i documenti per le date di impiego e le eventuali assenze dal lavoro, una versione ridotta dei suoi documenti era stata inviata via email a Debbie West.

«Ho qui anche le cartelle cliniche del medico di base, capo» disse, poco prima di inoltrare un'email a Kay. «Ho dato una rapida occhiata, ma non riesco a vedere nulla che possa far pensare che potesse suicidarsi.»

«Non c'è traccia di problemi nemmeno al lavoro. Non sembra il tipo di persona che agisce d'impulso, il che rende ancora più difficile capire perché si sia gettata sotto a un treno.»

Debbie prese una sedia libera e si sedette accanto a Kay. «Immagino dipenda dall'argomento del litigio tra lei e Kevin McIntyre.»

«Hai ragione, ma anche così...»

«Sembra un po' drastico, non credi?»

«Sì, esatto. E non sembra nemmeno essere una persona che fa scene.» Kay sfogliò i suoi appunti. «A che punto erano con i preparativi del matrimonio? Ecco qui: hanno annunciato il fidanzamento tre mesi prima che si uccidesse. Il matrimonio doveva svolgersi a settembre di quest'anno.»

Chiuse il taccuino e afferrò il cellulare dalla scrivania, prima di comporre il numero di Martin Campbell. «Vediamo cosa hanno da dire le sue damigelle. Pronto? Signor Campbell? Sì, mi chiedevo se potesse aiutarmi.»

———

«Come mai stai trascinando me in questa faccenda e non la nostra protetta?»

Kay lanciò le chiavi dell'auto a Barnes e si sistemò sul sedile del passeggero. «Perché se porto Carys, dovrò sentirmi dire quanto bene sta gestendo il suo carico di lavoro e perché presumibilmente sto avvantaggiando Gavin e non lei, nonostante lui sia in ospedale al momento.»

Il detective più anziano sorrise mentre guidava l'auto fuori dal parcheggio della stazione di polizia. «Non si può criticare la sua ambizione. È brava.»

«Lo sono entrambi, e ho molta stima di loro, ma a volte persino il tuo pessimo senso dell'umorismo può essere attraente.»

«Oh, capo, mi fai arrossire.»

«Non esagerare.»

Risero, e Kay tirò fuori il suo taccuino per condividere

ciò che aveva appreso dal padre di Alison sulla donna che era stata scelta da sua figlia come damigella d'onore.

«Okay, dunque Rebecca Ashgrove. Ventisette anni, sposata con un figlio di un anno. Abbiamo un programma serrato perché deve andarsene prima delle due per andare a prendere il bambino all'asilo. È a Wateringbury.»

«D'accordo.» Barnes diresse l'auto oltre il fiume Medway e accelerarono una volta usciti dai limiti di velocità della città. «Altro?»

«Secondo il padre di Alison, lei non voleva un gruppo numeroso di amiche in fila a fare le damigelle, quindi ne ha scelta solo una.»

«Ci rende il lavoro più facile.»

Rebecca Ashgrove aprì la porta d'ingresso e fece entrare i due detective con la fretta della madre di un neonato, e Kay fu immediatamente colpita dall'odore di pannolini e cibo per bambini.

Nonostante ciò che dicessero i neogenitori, si attaccava a tutto, e Kay mise da parte il senso di desiderio che minacciava di sopraffarla. Invece, gettò uno sguardo al soggiorno, notando l'attenta disposizione di oggetti appuntiti o ornamenti delicati, e si voltò per vedere Rebecca che le sorrideva.

«È un mondo completamente nuovo, avere Elizabeth nelle nostre vite» disse, e spostò una piccola collezione di peluche dal divano in modo che potessero sedersi. «Quindi non mi scuserò nemmeno per il disordine.»

«Non è un problema» disse Kay. «C'è un'atmosfera felice in questa stanza.»

Apparvero fossette agli angoli della bocca della donna.

«È vero, no?» Il suo viso divenne serio. «Ma non siete qui per parlare di bambini, vero?»

«Ci chiedevamo se potesse aiutarci con un'indagine. Alcune informazioni di base, se può, riguardo ad Alison Campbell. Può dirci qualcosa di lei? Da quanto tempo la conosceva?»

Rebecca si sistemò sulla poltrona e incrociò le gambe sotto di sé. «Ci conoscevamo dalle scuole medie, tipo da sempre. Sa com'è: un gruppo di ragazzi di diversi paesi tutti buttati insieme a dodici anni in una grande scuola. Credo che entrambe avessimo gli occhi spaesati il primo giorno, non sapevamo cosa fare o dove andare. Ci siamo avvicinate naturalmente, capisce? Quando abbiamo finito la scuola, Alison è andata all'università per studiare ingegneria, e io ho deciso di studiare floricultura. Quando Alison si è laureata, io avevo già il mio negozio a Maidstone. Lei veniva spesso ad aiutarmi durante le pause semestrali.»

«Le piaceva?»

«Era uno spasso: rendeva divertenti anche i lavori più noiosi. Spesso impiegavamo più tempo a riordinare o fare l'inventario settimanale solo per chiacchierare, capisce?»

Barnes finì di scrivere. «Qualche segnale che potesse essere depressa?»

«No, nessuno. Mi creda, continuo a ripensare ai giorni prima che morisse, chiedendomi se avrei dovuto notare qualcosa, ma non c'è nulla.»

«Abbiamo capito che lei e Kevin potrebbero aver litigato la mattina prima che morisse» disse Kay. «Sa qualcosa a riguardo?»

«È la prima volta che ne sento parlare. Kevin non l'ha mai menzionato.»

«È rimasta in contatto con lui?»

Scosse la testa, prima di abbassare gli occhi sul grembo e torcere la fede nuziale al dito. «No. Lo conoscevo solo attraverso Alison, quindi ad essere onesti non è stato difficile allontanarci dopo la sua morte.» Alzò la testa e strinse le spalle. «Alison era la mia migliore amica. Non ho nemmeno pensato di rimanere in contatto con Kevin dopo.»

Tornata in macchina e in viaggio verso Maidstone, Kay batté il pugno contro il finestrino dell'auto e rimuginò sui commenti di Rebecca.

Nonostante l'affermazione della donna che lei e Alison fossero migliori amiche, non sembrava che Alison si fidasse abbastanza di lei da parlarle di ciò che la turbava tanto da pensare che l'unica opzione fosse quella di togliersi la vita.

Cosa poteva turbare così tanto la giovane ingegnera neolaureata? Aveva commesso un errore al lavoro? Chi riteneva i suoi colleghi responsabili della sua morte?

«Credo sia meglio fare un'altra telefonata ai suoi datori di lavoro quando torniamo alla sala operativa, Ian. Abbiamo visto solo ciò che c'è nel suo fascicolo personale ufficiale. Forse stava succedendo qualcos'altro lì.»

«Ci stavo pensando anch'io. Contatterò anche i datori di lavoro di McIntyre. Potrebbe venire fuori qualcosa di interessante, non si sa mai.»

«Sei sicuro? Hai anche la dichiarazione di Rebecca da trascrivere.»

Barnes scosse la testa. «Non ci vorrà molto. Una volta omessa la parola "come", questa dichiarazione non sarà più lunga di mezza pagina, comunque.»

CAPITOLO 44

Terminò la chiamata e scagliò il telefono cellulare attraverso la stanza in un eccesso di rabbia. L'uomo si era rifiutato di incontrarlo, nonostante i suoi migliori tentativi di convincerlo ad allontanarsi per una chiacchierata tranquilla, come l'aveva definita lui.

Le mani gli tremavano e, mentre si girava per prendere il bicchiere d'acqua accanto a sé, percepì l'odore del suo corpo e dei suoi vestiti non lavati. Era riuscito a mantenersi composto in modo che, quando parlava con la polizia, non sospettassero nulla. Ma ora, mentre la fine si avvicinava e il programma di consegna del suo progetto si avvicinava alla conclusione scontata, la sua igiene personale era venuta meno.

Cercò di riprendere il controllo, reprimendo la rabbia con il lungo sorso che fece prima di rimettere il bicchiere sul tavolo.

Non poteva permettersi di attirare l'attenzione su di sé. Fino ad ora, aveva lavorato senza interruzioni. Nonostante gli sfortunati eventi che avevano coinvolto la persona che portava a passeggio i cani, aveva riacquistato fiducia nelle sue capacità di consegnare i progetti in tempo. Si era ulteriormente incoraggiato dopo la conversazione con la polizia.

Non avevano idea di chi stesse commettendo gli omicidi, questo era chiaro.

Strinse i pugni.

Allungò la mano verso il suo diario, quello che completava ogni notte con una calligrafia accurata usando una matita morbida e frasi precise e ordinate. A volte ci volevano un'ora o due per annotare tutti i suoi pensieri e piani, ma non c'era fretta. Non c'era nessun altro posto dove doveva essere.

Dopo, prendeva una gomma e cancellava ogni traccia delle sue divagazioni. Le parole non erano importanti; ciò che contava era metterle su carta e fuori dalla sua mente.

Quando Alison era morta, il suo medico gli aveva detto che tenere un diario avrebbe potuto aiutarlo ad affrontare il suo dolore. Era diventato molto più di questo. A volte scriveva per quella che sembrava un'eternità, poi si fermava e leggeva ciò che aveva scritto. Le parole spesso lo sorprendevano. Non sapeva da dove venissero, ma riconosceva la frustrazione e la rabbia che contenevano.

Posizionò la matita tra le pagine e chiuse il diario. Non aveva ancora finito, la sua mente faceva ancora capriole, ma le parole non si erano ancora formate. Nei mesi passati aveva imparato a prendersi il suo tempo. Passò la mano sulla copertina in pelle goffrata e annusò prima di strofinarsi gli occhi con una nocca. Alison gli aveva regalato il diario per il suo compleanno l'anno precedente. Solo lei comprendeva la sua mente irrequieta.

Il petto gli doleva per il dolore di averla persa. La gola si strinse e un'altra ondata di lacrime minacciò di arrivare, gli occhi gli bruciavano. Non credeva che il dolore al cuore lo avrebbe mai abbandonato, nonostante le gentili parole che il suo medico gli aveva rivolto mentre gli metteva in mano una manciata di opuscoli dai colori cupi con titoli come "Comprendere il Lutto".

Lui il lutto lo capiva, eccome.

Era selvaggio, lacerante. Ogni momento di veglia era speso a chiedersi come sarebbe stato ora se lei fosse ancora viva.

Riaprì il diario, la pagina sfocata mentre continuava a scrivere nonostante le lacrime che gli rigavano le guance. A volte, era quasi come se stesse parlando direttamente con Alison, come se lei potesse sentire le parole che metteva giù.

Poteva immaginarla, con la testa inclinata da un lato come faceva sempre quando si concentrava su ciò che le veniva detto. Aspettava che la persona finisse di parlare, aspettava un paio di secondi, e poi i suoi occhi si illuminavano e il dibattito iniziava.

E se? Perché no? E come potevano?

Con la mente in pace, mise da parte il diario ancora una volta.

I suoi pensieri si rivolsero alla cassetta degli attrezzi di metallo che teneva sotto il tavolo che ospitava il plastico ferroviario. Accovacciandosi, aprì il coperchio, rimosse il vassoio interno ed estrasse i flaconi di pillole che aveva conservato. Si raddrizzò e svitò il tappo della bottiglia. Versando il contenuto nel palmo della mano, contò il numero di pillole rimaste.

Non ne aveva molte; le chiavi che aveva trovato nella tasca di Lawrence Whiting erano scivolate facilmente nella serratura della porta del suo appartamento, e una rapida ricerca negli armadietti del bagno aveva rivelato una prescrizione usata a metà per gli antidepressivi. Aveva indossato i guanti, come aveva visto fare alla polizia in televisione, e si era assicurato di non toccare nient'altro nell'appartamento prima di ritirarsi e chiudere silenziosamente la porta dietro di sé.

Prese il suo taccuino e la penna, dove aveva annotato la sua stima del peso di Peter Bailey dopo averlo seguito a casa dal lavoro all'inizio della settimana.

Era rimasto indietro nell'ombra, convinto che l'uomo sapesse di essere seguito. Controllò il dosaggio rispetto al peso dell'uomo. Non importava cosa dicesse Bailey, doveva incontrarlo.

Doveva trovare un modo.

C'erano abbastanza pillole per completare il progetto finale, così come ce n'erano abbastanza per lui. Rimise le pillole nella bottiglia, strinse il tappo a vite e le ripose nella cassetta degli attrezzi.

Sfogliò una pagina del suo taccuino. E mentre lo faceva, i suoi occhi caddero sulla fotografia incorniciata che aveva sistemato accanto ai controlli del plastico ferroviario.

Aveva fatto tutto questo per lei. Era colpa loro se gli era stata portata via così presto. Avrebbero dovuto vegliare su di lei. Gli avevano sempre detto che era come una sorellina per loro, allora perché non l'avevano protetta e tenuta al sicuro dal pericolo?

CAPITOLO 45

Il suono delle dita di Barnes che digitavano sulla tastiera forniva il perfetto rumore bianco per Kay mentre esaminava le informazioni che avevano ricevuto dai datori di lavoro di Alison e Kevin.

Aveva trascorso mezz'ora al telefono con la sua compagnia assicurativa per parlare dell'effrazione quando tornò nella sala operativa.

L'avevano messa in attesa per tre volte e poi aveva completato tutta la procedura per organizzare la visita di un perito e l'invio di una copia del rapporto di polizia affinché la sua richiesta fosse elaborata, la luce del pomeriggio era ora svanita e lei si sentì sollevata nel tornare al suo lavoro.

«Interessante».

«Che cosa hai trovato?»

Barnes toccò lo schermo. «Nel pacchetto di assunzione di Kevin quando ha iniziato a lavorare per la società di ingegneria, era incluso un cellulare. Qui dice che non è mai stato restituito».

«Non ha mai menzionato un secondo telefono quando l'ho interrogato».

«Perché mai?» Barnes alzò un sopracciglio.

Kay controllò l'orologio. Il briefing pomeridiano doveva iniziare tra cinque minuti. «C'è solo un modo per scoprirlo. Lo chiamerò e glielo chiederò».

Tamburellò con le dita sulla scrivania mentre componeva il numero e poi iniziava a squillare, per poi rinunciare quando fu trasferito alla segreteria telefonica. Scosse la testa e interruppe la chiamata. «Nessuna risposta. Hai lì il numero del cellulare aziendale?»

Barnes glielo lesse, poi guardò oltre la sua testa. «Pare che Sharp stia per iniziare il briefing».

«Un attimo». Kay digitò i numeri del secondo cellulare e attese.

Di nuovo, la chiamata partì ma questa volta fu trasferita direttamente alla segreteria telefonica.

«Non può essere carico», disse.

«Devi vedere questo, sergente».

Kay alzò lo sguardo dal cellulare al suono di Carys che si avvicinava. «Che cosa hai trovato?»

«Ho pensato di fare un'altra ricerca su Kevin McIntyre per finalizzare la dichiarazione che abbiamo ricevuto da lui. Dai un'occhiata a questo». Le consegnò il documento. «È la registrazione di una telefonata che Cameron Abbott ha fatto all'agente di servizio la settimana prima della sua morte».

«Perché è stata trovata solo ora?»

«Il suo nome non è apparso quando abbiamo eseguito le ricerche nel database all'inizio di questa settimana, perché è stato scritto in modo diverso in questo rapporto».

«Che cosa ha segnalato Abbott?»

«Cameron ha detto che McIntyre lo stava molestando, telefonate, pedinamenti, minacce. McIntyre aveva un numero di cellulare diverso all'epoca. È stato ammonito, ma nient'altro. Cameron è morto tre giorni dopo».

———

Kay si aggrappò alla maniglia sopra la portiera del passeggero mentre Barnes faceva slittare l'auto intorno a una mini-rotatoria per poi accelerare di nuovo.

Nell'altra mano, teneva il cellulare, trasmettendo istruzioni a Carys per organizzare l'invio della pattuglia più vicina all'indirizzo di McIntyre con un mandato di perquisizione.

La cintura di sicurezza le si conficcò nel petto quando Barnes frenò davanti alla casa, e lei terminò la chiamata.

«Sei assolutamente sicura di questo?»

«Sì. Ha tutto senso. Lui incolpa tutti i membri della squadra del progetto per la morte di Alison. Si è rifiutato di accettare le conclusioni del medico legale all'inchiesta e non riusciva ad accettare che si fosse suicidata. Crede ancora che avrebbero dovuto fare qualcosa per salvarla».

«Pensi che il risultato dell'inchiesta lo abbia fatto impazzire?»

Kay annuì. «Sì, lo penso».

Si lanciò fuori dall'auto e si diresse verso la casa, spingendo il cancello del giardino.

Pochi secondi dopo, bussò alla porta nonostante avesse già suonato il campanello tre volte senza risposta. «Dove diavolo è?»

«Il bastardo», disse Barnes. «Ci ha ingannati tutti fin dall'inizio. Come diavolo abbiamo fatto a non accorgercene?»

Kay lo ignorò e suonò di nuovo il campanello, tenendo il dito premuto sul pulsante mentre una serie di rintocchi echeggiava attraverso l'ingresso oltre la porta.

«Vuoi che provi a forzare la serratura?»

«No, abbiamo bisogno del mandato, e comunque sarà più veloce sfondarla».

Superò Barnes e si avvicinò alla finestra frontale. Il bagliore arancione dei lampioni si rifletteva nel vetro, e lei si sporse in avanti tenendo la mano a visiera per cercare di sbirciare dentro la casa.

Le tende velate le impedivano di vedere nella stanza, e imprecò sottovoce.

Si voltò e scrutò la strada buia, chiedendosi cosa fare dopo.

Stava per chiedere a Barnes dove diavolo fossero gli agenti in uniforme così che potessero sfondare la porta, quando sentì dei passi avvicinarsi. Si girò sui tacchi per vedere il vicino di casa che si affrettava lungo il vialetto del giardino.

«Posso aiutarvi?»

«Sa dov'è Kevin?»

«No, mi dispiace, non lo so. Non lo vedo da qualche giorno. Sembrava un po' abbattuto».

Barnes sbuffò all'infelice scelta di parole, e Kay lo fulminò con lo sguardo prima di tornare a rivolgersi al vicino.

«Quando l'ha visto l'ultima volta?»

«Credo due giorni fa. Sono contento che siate qui. Stavo iniziando a preoccuparmi per lui».

Una volante della polizia, con le luci blu lampeggianti, si fermò con uno stridio al cordolo e due agenti in uniforme scesero dal veicolo prima di affrettarsi verso di loro. Uno di loro portava un ariete; l'altro le consegnò il mandato eseguito.

«Finalmente», disse Kay. Controllò il mandato prima di indicare la porta d'ingresso. «Fateci entrare».

Gli occhi del vicino si spalancarono. «Aspettate, credo di avere da qualche parte una chiave della porta d'ingresso».

«Si sbrighi, vada a prenderla».

Barnes camminava avanti e indietro nell'area pavimentata davanti alla porta d'ingresso, e Kay cercò di ignorare il prurito all'occhio destro mentre aspettavano. Dopo un paio di minuti, l'agente di polizia con l'ariete alzò un sopracciglio.

«Devo procedere?»

Kay sospirò e controllò l'orologio. Mentre stava per dare l'ordine, il vicino apparve al cancello del giardino e si affrettò verso di lei.

«Le ho trovate. Eccole qui».

Barnes porse un paio di guanti a Kay. Lei se li infilò sulle dita prima di prendere le chiavi dal vicino e inserirne una nella serratura.

La porta si aprì facilmente. Spostò con un calcio tre buste dallo zerbino e chiamò da sopra la spalla.

«Barnes, tu vieni con me. Tutti gli altri, restate fuori».

CAPITOLO 46

La prima cosa che Kay notò fu l'odore. Era come se il suo naso e la sua gola fossero sotto assalto. La puzza di cibo marcio, vestiti sporchi e uno scarico ostruito invase i suoi sensi.

«Non c'è da meravigliarsi che volesse venire in centrale per parlare con noi», disse Barnes. «Questo posto è un letamaio».

La vicina trattenne il respiro dalla sua posizione sulla soglia. «Non ne avevo idea. Cosa gli è successo? Sta bene?»

Kay non rispose e invece spinse la porta alla sua destra. Conduceva in un soggiorno di medie dimensioni, che non era stato pulito da mesi. Facendo attenzione a dove metteva i piedi, iniziò un lento giro lungo i bordi della stanza, lasciando vagare lo sguardo sulle librerie polverose, il televisore che non sembrava essere stato acceso da settimane e le varie tazze di caffè lasciate a marcire su diverse superfici.

Scatole di cibo d'asporto erano sparse sul pavimento,

insieme a un assortimento di lattine di bibite schiacciate nel mezzo e gettate sul tappeto macchiato.

Si avvicinò a una serie di fotografie in cornici d'argento su uno degli scaffali e osservò attentamente le immagini.

In una, McIntyre era in piedi con le braccia intorno ad Alison Campbell, entrambi con smaglianti sorrisi sui volti. Gli occhi di Kay furono attratti dal grande anello di fidanzamento sulla mano sinistra di Alison, prima di scorrere sulle altre tre fotografie.

«Queste devono essere state tutte scattate per celebrare il loro fidanzamento», disse, indicando ciascuna. «Direi da un fotografo professionista».

Barnes guardò oltre la sua spalla. «È crollato, vero? Non riesco a immaginare che fosse così quando Alison era viva».

Kay mormorò il suo assenso. L'aveva già visto prima, un coniuge o un partner afflitto dal dolore che si ritirava in sé stesso col tempo, allontanandosi gradualmente dalla società e smettendo di preoccuparsi se mangiava o dormiva.

Ma non aveva mai visto qualcuno creare attivamente due vite per sé stesso, non in questo modo estremo. Il tempo e lo sforzo che McIntyre aveva impiegato per dare l'impressione ai suoi vicini e alla polizia che stesse vivendo normalmente avevano sviato l'attenzione in modo efficace dalla realtà della sua esistenza.

«Kay, devi vedere questo».

Si voltò verso Barnes che stava in piedi con le mani in tasca accanto al tavolino da caffè con la testa china.

Kay si chinò e raccolse una cartella di manila coperta

di macchie di caffè. Aprendo il lembo, ne rovesciò il contenuto sul tavolino basso.

«Fotografie».

Si accovacciarono e iniziarono a esaminare le immagini.

Passaggi a livello, banchine, attraversamenti pedonali, sentieri accanto a trincee ferroviarie e passerelle sopra le linee ferroviarie sfilarono davanti agli occhi di Kay.

«Questa è un'ossessione», mormorò.

«Qui. Orari. Ha evidenziato i servizi espressi, guarda».

Kay tracciò con il dito la pagina. «E l'ultimo servizio».

«Lo collega all'omicidio di Jason Evans».

Barnes lasciò cadere gli orari e indicò la documentazione sparsa sul resto del tavolo. «Mappe, calcoli». Si chinò e raccolse un taccuino e iniziò a sfogliare le pagine, prima di fermarsi e mostrarlo a Kay. «Credo che abbiamo trovato il nostro assassino».

«Penso che tu abbia ragione».

«Dobbiamo dirlo a Sharp».

Il cuore di Kay sussultò, e afferrò la manica della giacca di Barnes iniziando a trascinarlo fuori dalla stanza.

«Cosa c'è che non va?» disse lui, inciampando per starle dietro.

Raggiunsero la porta d'ingresso e Kay fece un cenno ai due agenti in uniforme che aspettavano sulla soglia.

«Voi due restate qui. Nessuno entri fino all'arrivo della squadra della Scientifica». Trascinò Barnes lungo il vialetto del giardino verso l'auto.

«Dove stiamo andando?» disse lui.

Si fermò e lasciò andare il suo braccio. «Dobbiamo

assicurarci che Peter Bailey stia bene. Dobbiamo essere certi che McIntyre non l'abbia raggiunto per primo».

CAPITOLO 47

Kay batté il pugno contro la porta d'ingresso dell'appartamento di Peter Bailey per la seconda volta, imprecando sottovoce.

McIntyre era riuscito a ingannarli tutti, e mentre saliva le scale fino al terzo piano, si era chiesta cosa avrebbe fatto di diverso se avesse avuto un'altra possibilità.

Bussò di nuovo, poi appoggiò l'orecchio alla porta.

Silenzio.

«Spostati. Non abbiamo tempo di aspettare che arrivi un'altra pattuglia in uniforme. Userò i miei grimaldelli», disse Barnes.

«Sbrigati, Ian. Non mi piace questa situazione».

Lui strinse le labbra prima di accovacciarsi davanti alla serratura ed estrarre un astuccio di pelle dall'interno della sua giacca. Ne tirò fuori due grimaldelli, li valutò rispetto alla serratura e si mise all'opera.

Kay camminava nervosamente dietro di lui, con il cellulare all'orecchio mentre aggiornava Sharp in modo che potesse organizzare il resto della squadra, e cercava di ignorare il distinto odore di marijuana che fuoriusciva da sotto la porta di fronte a quella su cui Barnes stava lavorando.

In quel momento, la sua priorità era trovare Peter Bailey.

Una porta sbatté in fondo al corridoio e una donna si avvicinò cautamente, con una giacca a vento allacciata sopra i jeans blu, il viso nascosto da un foulard e gli occhi guardinghi alla vista di due sconosciuti che cercavano di intrufolarsi nell'appartamento del suo vicino.

Kay terminò la chiamata e tirò fuori il suo distintivo. «Ha un paio di chiavi di riserva di questo appartamento?»

La donna scosse la testa prima di abbassare gli occhi e affrettarsi a passare oltre.

«Che quartiere amichevole», mormorò Barnes.

«Sarebbe stato troppo facile».

«Ecco fatto».

Si raddrizzò e girò la maniglia.

La porta d'ingresso si apriva sul soggiorno, la luce del corridoio comune si estendeva su un logoro tappeto verde.

«Peter? Sono il sergente detective Hunter della polizia del Kent. È qui?»

Non ricevendo risposta, fece un cenno a Barnes e indossò un paio di guanti. Nella soffusa luce arancione proveniente da un lampione fuori dalla finestra anteriore, il suo primo pensiero fu che la stanza era scarsamente arredata e aveva un disperato bisogno di una nuova passata di pittura. Il suo pensiero successivo fu che l'intera atmosfera emanava l'aria di una vita in sospeso.

Annusò, percependo l'odore di una recente attività

culinaria provenire dalla direzione di una piccola cucina su un lato del soggiorno.

«Mi occupo del bagno e della camera da letto».

«D'accordo».

Kay attese che Barnes fosse scomparso attraverso un basso arco che separava il resto dell'appartamento dal soggiorno prima di spostarsi oltre un tavolino basso e dare un'occhiata ai documenti sparsi sulla sua superficie. Sfogliò le riviste di motociclette e un opuscolo di vacanze di una delle agenzie di viaggio locali, ma non trovò nulla che indicasse dove potesse essere Bailey.

Poi, tolse i cuscini dal divano, facendo una smorfia alla vista delle briciole di pizza secolari e altri detriti caduti tra le fessure, prima di gettarli da parte e spostarsi in una piccola cucina sul lato del soggiorno.

Una confezione con quattro birre era posizionata accanto al tostapane, con briciole sparse intorno alla base, mentre l'involucro esterno di un pasto pronto per microonde era stato lasciato sul piano di lavoro più vicino al frigorifero.

Kay lo aprì, esaminò il misero contenuto e lo richiuse con un sospiro di esasperazione prima di aprire lo sportello del microonde. Un piatto di plastica contenente quello che sembrava essere una lasagna era stato lasciato sul piatto girevole di vetro. Allungò la mano e tenne il dito sulla superficie della pellicola.

Era ancora caldo.

Ovunque fosse Bailey, se n'era andato di fretta.

«Se n'è andato pochi minuti fa», mormorò.

Chiuse il microonde e iniziò a controllare gli armadietti, le persone nascondevano le cose nei posti più strani, e sapeva che era meglio non scartare nessuna idea prima di condurre una ricerca approfondita.

Finalmente soddisfatta, lasciò la stanza e vide Barnes attraversare il corridoio dal bagno alla camera da letto.

«Niente?»

«Non ancora. Tu?»

«No».

Emise un sospiro esasperato, poi estrasse il telefono dalla borsa quando iniziò a squillare.

«Capo?»

«A che punto siamo?»

«Siamo nell'appartamento. Nessun segno di Bailey. Stiamo ancora cercando».

«Ho disposto l'invio di una volante. Se necessario, rimarranno sul posto una volta che avrete finito la vostra perquisizione».

«Grazie». Kay deglutì. A quanto pare, non era l'unica a pensare che l'appartamento potesse essere dichiarato scena del crimine se non avessero trovato l'occupante sano e salvo. «Abbiamo quasi finito qui. La richiamerò tra poco con un altro aggiornamento».

Il telefono di Kay vibrò, e lei se lo portò di nuovo all'orecchio. «Grey? Sono un po' occupata in questo momento».

«Il tuo numero di cellulare misterioso è diventato attivo trenta minuti fa. Ha chiamato qualcuno. Riconosci questo numero?»

Si bloccò mentre ascoltava, le cifre si rigiravano nella sua testa. La sequenza le suonava familiare, ma non riusciva a collocarla. Il terrore cominciò a insinuarsi nelle sue vene, aumentando il suo battito cardiaco mentre un'idea cominciava a formarsi. «Chiama Carys. Vedi se corrisponde a qualcuno nel nostro database».

«Lo farò. Ti richiamo subito».

«Grazie, Grey».

«Kay?» Barnes emerse dalla camera da letto e sollevò un cellulare.

«È protetto da password?»

«No». Fece scorrere lo schermo e fece accesso al registro delle chiamate recenti prima di passarlo a Kay.

«Kevin McIntyre?»

«Dal suo vecchio telefono di lavoro. Mezz'ora fa».

«Cristo, siamo arrivati troppo tardi».

CAPITOLO 48

Kay firmò il registro della scena del crimine che l'agente in uniforme le mise sotto il naso fuori dalla casa di McIntyre, indossò la tuta e i copriscarpe, e si fece strada nel corridoio.

«Harriet? Dove sei?»

«In soggiorno.»

Kay superò uno degli investigatori forensi che usciva dalla stanza e cercò di calmare il suo tono di voce. Non avrebbe giovato farsi prendere dal panico; doveva rimanere concentrata e doveva comunicare l'urgenza a Harriet e alla sua squadra senza disturbare la precisione con cui stavano esaminando la stanza.

«Ho bisogno di vedere la mappa e i calcoli che erano sul tavolino», disse. «Ha un'altra vittima tra le mani, e dobbiamo trovarla subito.»

La testa di Harriet si girò di scatto verso due investigatori forensi che erano raggruppati in un angolo del soggiorno, registrando attentamente le prove che venivano sequestrate. «Voi due, dov'è la documentazione di cui ha bisogno il sergente detective Hunter?»

«Qui», disse uno di loro.

«Grazie», disse Kay. Si voltò al suono di una voce familiare nel corridoio. «Resta lì, Dave». Uscì di casa con Harriet al seguito e la presentò di nuovo al sergente della Polizia dei Trasporti Britannica. «So che ci sono già troppe persone sulla scena del crimine, ma Dave conosce la rete meglio di noi.»

Gli consegnò le mappe e il taccuino, poi si mise al suo fianco mentre lui indossava un paio di guanti e sfogliava le pagine.

Ogni combinazione di appunti comprendeva uno schizzo sul lato sinistro del taccuino, con le corrispondenti date e orari sul lato destro. Gli schizzi erano composti da una serie di linee rette, frecce tra cerchi e, agghiacciante, una figura stilizzata disegnata accanto a una delle linee.

«È un diario degli omicidi?»

«Penso che questo sia il modo di McIntyre di calcolare gli orari e le velocità dei treni», disse Walker. «Queste linee rette rappresentano i binari, i cerchi sono le stazioni, e le frecce hanno dei numeri accanto, la distanza tra le stazioni». Sollevò la mappa piegata della zona che aveva frecce scarabocchiate a matita sulla sua superficie. «Corrisponde a questa.»

«E le croci sono i luoghi degli omicidi?»

«Ma retrospettivi, guarda». Sfogliò all'indietro fino all'inizio. «Questo è un disegno approssimativo di come appariva il luogo della morte di Cameron Abbott, ma prima di quello ci sono pagine di appunti in cui sta ricercando il prossimo luogo. Orari dei treni, visibilità, facilità di accesso a ogni sito. Poi su questa pagina abbiamo il sito dove è stato ucciso Nathan Cox; qualche pagina dopo, Lawrence Whiting, e poi Jason Evans più recentemente.»

«Ci mostra dove troveremo Peter Bailey?»

Walker sfogliò le pagine finché non trovò l'annotazione più recente. «No, guarda, sta ancora cercando di capire dove potrebbe essere quella location.»

«Riesci a dedurre da quelli dove potremmo trovarlo?»

«Ci proverò.»

Voleva dirgli di sbrigarsi, che un'altra vita era in pericolo, ma sapeva che non avrebbe aiutato. Invece, camminò avanti e indietro nel giardino anteriore, ignorando l'aria umida che le turbinava attorno, e resistette alla tentazione di guardare l'orologio.

Tutti gli omicidi erano avvenuti durante l'ora di punta dei pendolari, nell'oscurità, e il tempo stava finendo.

«Ce l'ho.»

Si affrettò verso Walker che era in piedi, il suo dito indicò un punto della mappa. «L'espresso da Victoria non si ferma a questa stazione.»

«Perché lì? Perché ora?»

«In una serata come questa, se il personale della stazione non deve essere sulla banchina, non ci sarà, fa troppo freddo. Le telecamere di sorveglianza sono posizionate solo nel parcheggio e alla biglietteria, e alla fine di ogni banchina.»

«Sei sicuro?»

I suoi occhi incontrarono i suoi. «Hai idee migliori?»

«Possiamo far intervenire volanti in altri siti, se pensi che possa essere da qualche altra parte.»

Si strofinò il mento e indicò altri due luoghi. «Qui. Ci sono lavori in corso in ciascuno di questi, basandoci sulla modalità dell'uccisione di Jason Evans, copriremo anche quelli. Posso organizzare una delle nostre pattuglie per andare qui, se puoi manda un'auto a quest'altra stazione, fuori a Harrietsham.»

Kay si girò verso Barnes. «Comunicalo via radio. Dobbiamo muoverci.»

Kay sbatté lo sportello dell'auto e corse verso l'ingresso della stazione ferroviaria, senza aspettare di vedere se Barnes la stesse seguendo.

Mentre passava davanti alla biglietteria e irrompeva sulla banchina, si fermò di colpo e ascoltò.

«Niente?» mormorò Barnes mentre la raggiungeva.

«No. Ci dividiamo?»

«Più veloce. Prendo l'altro lato.»

«C'è un passaggio pedonale laggiù.»

«Hai la radio a portata di mano?»

«Sì.»

«Bene. Non mi fido di questo tizio, Kay. Prima di tutto la sicurezza, d'accordo?»

«Ok.»

Guardò Barnes allontanarsi di corsa, la sua sagoma inghiottita dalla nebbia che stava avvolgendo il villaggio, e poi iniziò a camminare lungo la banchina, scrutando gli edifici debolmente illuminati, e tirò fuori il suo cellulare.

«Carys, sono io. Contatta la compagnia ferroviaria. Di' loro che devono fermare tutti i treni sulla linea Londra-

Maidstone. Kevin McIntyre ha preso Peter Bailey, e non sappiamo dove si trova. Stiamo cercando di rintracciarlo.»

Terminò la chiamata e alzò lo sguardo verso il display digitale sopra la banchina che elencava i prossimi arrivi. Un treno espresso era previsto passare per la stazione entro venti minuti, diretto ad Ashford.

Doveva trovare Bailey. Non poteva permettere a McIntyre di togliere un'altra vita.

«Niente?»

Sobbalzò quando la sua radio crepitò con un fruscio di statico, poi se la portò alle labbra. «Niente. Tu?»

«No.»

«Posso aiutarvi?»

«Cristo.» Kay si allontanò di scatto dalla porta che si aprì alla sua destra e lanciò un'occhiataccia all'uomo con gli occhiali che la scrutava.

«Mi scusi, non volevo spaventarla. Ho visto lei e il suo collega aggirarsi qui intorno. Cosa desiderate?»

Kay mostrò il suo distintivo e riprese fiato. «Stiamo cercando qualcuno. Ha visto persone che si comportavano in modo sospetto da queste parti da quando è calato il buio?»

«No, ho visto solo i soliti pendolari che scendono dal treno. Non si trattengono. O hanno qualcuno che li viene a prendere al punto di raccolta fuori, oppure hanno la propria auto.»

«Un momento.» Kay alzò un dito per zittire il capostazione e rispose al cellulare. «Hunter.»

«Sergente? Un agente fuori servizio ha avvistato l'auto di McIntyre abbandonata nel parcheggio della stazione di West Malling.»

Kay sentì la gola stringersi. «Nessuna traccia di McIntyre?»

«No. Quanto siete lontani?»

«Cinque o dieci minuti. Dov'è l'agente ora?»

«Sta aspettando nel parcheggio. È in moto e dice che, se McIntyre sale in macchina, farà del suo meglio per impedirgli di andarsene.»

«Avvisa Dave Walker via radio e fai arrivare una volante il prima possibile. Stiamo arrivando.»

Terminò la chiamata, si mise le dita tra le labbra ed emise un fischio acuto che raggiunse l'altra banchina e fece indietreggiare di due passi il capostazione.

«Barnes, andiamo via. Ora!»

CAPITOLO 49

Kay balzò fuori dall'auto prima che Barnes avesse finito di frenare e iniziò a correre.

La nebbia le vorticava intorno alle caviglie, l'aria pesante e umida riduceva le luci sovrastanti a meri puntini e smorzava qualsiasi suono.

L'auto di McIntyre era stata parcheggiata alla rinfusa nel posto più vicino alla stazione ferroviaria, con una sola altra auto nelle vicinanze.

L'agente fuori servizio alzò la mano in segno di saluto mentre lei si avvicinava.

«Resta con l'auto. Non lasciarlo andare via», gridò oltre la spalla mentre sfrecciava oltre, con i passi di Barnes alle calcagna.

Raggiungendo gli edifici della stazione, scivolò fino a fermarsi mentre i suoi occhi scrutavano le banchine vuote.

Nel freddo serale e nella scarsa luce, la stazione aveva un'atmosfera spettrale, priva dei pendolari che presto sarebbero arrivati con i servizi espressi da Londra. Una calma inquietante avvolgeva gli edifici deserti mentre percorrevano la banchina, scrutando negli angoli bui e guardandosi alle spalle.

«Dove sei, bastardo?»

«Cristo, non riesco a vedere niente in questa situazione», disse Barnes. Si girò e si voltò nella direzione opposta, poi sospirò e accelerò il passo per raggiungerla. «Riesci a vederlo?»

«No. Quanto sono lontani Carys e la volante?»

«Solo una decina di minuti».

«Maledizione. Lo perderemo». Valutò rapidamente la disposizione della stazione. «D'accordo, tu prendi questo lato della banchina, io prenderò l'altro. Se non lo troviamo qui, attraverseremo usando il cavalcavia in fondo e controlleremo l'altro lato».

«Capito».

Si separarono, e Kay scrutò le ombre tra le panchine di alluminio fissate alla banchina, controllando le maniglie delle porte e dirigendosi verso l'estremità opposta.

Il suo telefono cellulare squillò, e lei lo silenziò rapidamente prima di portarlo all'orecchio. «Pronto?»

«C'è un treno previsto in meno di cinque minuti», disse Walker. «Stiamo arrivando, ma non è previsto che si fermi, è un servizio espresso che parte da Sevenoaks per Maidstone. Non c'è possibilità che lui lo prenda per scappare».

«Grazie».

Terminò la chiamata e si orientò.

Il binario alla sua sinistra si estendeva in lontananza, e lei lanciò un'occhiata nella trincea oscurata. Nessuno si muoveva. Rabbrividì mentre l'umidità della notte cominciava a penetrarle nelle ossa, raggelandola fino al midollo.

«Kay?»

«Sì?»

Barnes si muoveva tra la biglietteria e il blocco dei servizi igienici, la sua silhouette sproporzionata nella luce distorta dei fasci fluorescenti che illuminavano la banchina tra la nebbia incombente. «Niente?»

«No. Walker dice che c'è un treno espresso in arrivo tra un minuto, ma non si fermerà qui. Continua a cercare».

Lui annuì e si allontanò, e Kay riprese la sua ricerca.

Raggiunse la fine del blocco dei servizi igienici e lo incontrò all'estremità opposta della banchina. «Qualche fortuna?»

Lui scosse la testa.

«Sento delle sirene».

«I rinforzi. Almeno possiamo allargare l'area di ricerca».

Kay si girò e socchiuse gli occhi guardando lungo la banchina, oltre la biglietteria e verso l'ingresso del parcheggio. «Non ce lo siamo mica persi, vero?»

«Non credo. Proviamo dall'altro lato».

Kay si voltò di scatto a un grido alle sue spalle, in tempo per vedere una figura cadere dalla balaustra del cavalcavia che attraversava i binari sopra di loro.

Un urlo squarciò l'aria.

«Là!»

Si staccò da Barnes, il suono dei suoi passi risuonò sulla superficie di cemento creando un'eco sorda contro il muro di mattoni della biglietteria vicina. Mentre si avvicinava al cavalcavia, poteva vedere un uomo appeso alla ringhiera che correva lungo la parte superiore della balaustra, le gambe che ondeggiavano mentre cercava un appiglio per tirarsi su.

In lontananza, il familiare clacson bitonale di un treno espresso squarciò la nebbia.

Kay afferrò la ringhiera per farsi oscillare intorno all'angolo mentre balzava su per i gradini, e vide solo le mani di Kevin McIntyre perdere la presa, le sue urla attutite dalla nebbia vorticosa.

«Barnes! Con me!»

CAPITOLO 50

Kay si lanciò verso il parapetto, si sporse e si ritrovò a fissare gli occhi di Kevin McIntyre.

«Aiutami!»

Aveva perso la presa sul corrimano ma ora era appeso con la mano sinistra a un cavo che si estendeva per tutta la lunghezza della passerella pedonale. Si incurvava pericolosamente verso il basso, e Kay si rese conto che, se non lo avesse tirato su in qualche modo, sarebbe stato trascinato sotto il treno quando questo fosse passato.

Allungò entrambe le mani, avvolse le dita attorno al tessuto sottile delle maniche della sua giacca e cercò di tirarlo su.

Non riusciva a sollevarlo.

In preda al panico, si guardò alle spalle.

Barnes aveva raggiunto la cima dei gradini, con la mano sul fianco mentre ansimava per riprendere fiato.

«Ian, aiuto!»

Lui corse verso di lei, si sporse e afferrò il braccio destro di McIntyre.

«Dammi l'altra mano», gridò Kay.

«Non posso, mi farete cadere».

«No, non ti faremo cadere. Sei troppo in basso, Kevin. Dobbiamo tirarti su. Dammi la mano».

Barnes guardò dietro di sé. «Cristo, il treno è qui, Kay!»

«Lo so, non mollare la presa».

Il suono del clacson del treno si fece più vicino, dietro di loro, e sotto la loro posizione, le rotaie d'acciaio cominciarono a vibrare e pulsare con il movimento del treno in avvicinamento.

Le dita di McIntyre trovarono le sue, e poi lei si sporse e gli afferrò il polso con l'altra mano. Tra lei e Barnes, riuscirono a tirarlo su in modo che le sue gambe non pendessero più sotto il fondo della passerella.

«Non farlo cadere, Barnes».

«Ci risparmierebbe un po' di scartoffie».

«Ma non renderebbe giustizia alle sue vittime», ringhiò Kay. «Voglio questo bastardo vivo».

Strinse i denti e si puntellò contro il bordo del ponte pedonale. I suoi piedi scivolarono sui pannelli di legno bagnati, e poi sentì il tessuto della giacca di McIntyre cedere un po' tra le sue dita.

Il macchinista del treno suonò il clacson e, sopra il rumore, sentì McIntyre urlare.

La struttura del ponte tremò per la forza del peso del treno che attraversava i binari sottostanti, le luci sopra di lei oscillavano con il movimento.

Sentì Barnes ringhiare tra i denti prima di afferrare nuovamente i polsi dell'uomo per cercare di avere una presa migliore. Le sue braccia sembravano essere strappate dalle loro orbite.

Un'ondata di calore li avvolse quando la locomotiva passò sotto di loro, l'aria le fece lacrimare gli occhi prima che il rombo del motore passasse.

Un cambiamento di tono le riempì le orecchie mentre la prima delle carrozze passeggeri sfrecciava sotto di loro.

«Non lasciatemi andare! Per favore, non lasciatemi andare!»

Kay cercò di bloccare le urla di McIntyre e incrociò lo sguardo sbarrato di Barnes.

«Sta scivolando. Non riesco a trattenerlo».

«Resisti. Ancora un po', resisti».

Si voltò da dove si trovava e cercò di sbirciare oltre il parapetto del ponte, strizzando gli occhi oltre la portata dei riflettori e nell'oscurità.

Il treno sembrava allungarsi all'infinito, le carrozze scomparivano nel buio.

Si chiese come fosse possibile che ogni volta che un treno le passava accanto sul binario vicino all'autostrada, sfrecciasse in un istante, mentre ora sembrava che ci mettesse un'eternità.

Un rumore di strappo le fece girare di scatto la testa, in tempo per vedere il tessuto tra le sue dita lacerarsi.

«No!»

Lottò con il tessuto strappato finché non riuscì ad avvolgere le dita intorno ai polsi nudi ed esposti di McIntyre, e si aggrappò.

Lui urlò di nuovo, gli occhi pieni di terrore mentre cercava di far oscillare le gambe lontano dal tetto delle carrozze di passaggio.

Oltre il punto in cui si trovavano, Kay si accorse di urla provenienti dalla direzione degli edifici della stazione.

Carys si stava precipitando lungo la banchina verso di loro, seguita da vicino da Dave Walker e da altri due agenti in uniforme.

Barnes seguì il suo sguardo. «Non faranno in tempo a raggiungerci».

Kay gridò mentre i polsi di McIntyre cominciavano a scivolare dalla sua presa, il sudore gli rendeva la pelle scivolosa.

Poteva sentire l'odore della paura che emanava da lui, i suoi occhi spalancati mentre la fissava, terrorizzato.

«Non lasciarmi andare».

«Non lo farò».

Distolse lo sguardo e si concentrò invece sulla volontà di raccogliere tutta la forza che poteva. Accanto a lei, Barnes grugnì e spostò il peso. Sentì la tensione allentarsi sulle proprie braccia, e poi il rombo del treno passò.

Alzò la testa per vedere le luci posteriori del treno scomparire attraverso la stazione e nella nebbia.

«Dai, tiriamolo su», disse Barnes.

Stava già tirando McIntyre verso il parapetto, e Kay si rese conto che senza la forza del treno che passava sotto, il corpo di McIntyre non veniva più trascinato fuori portata.

Strinse i denti, si sporse e afferrò la cintura dell'uomo mentre Barnes lo tirava oltre il bordo.

Atterrò in un mucchio accartocciato ai loro piedi, e Kay riuscì a malapena a non crollare accanto a lui.

Invece, si sostenne su gambe tremanti e si appoggiò al lato della passerella mentre Barnes si accovacciava e leggeva a McIntyre i suoi diritti.

«Kevin McIntyre, sei in arresto per gli omicidi di Nathan Cox, Cameron Abbott...»

«Non sono stato io, vi state sbagliando!»

«...Lawrence Whiting e Jason Evans. Non sei obbligato a dire...»

«È il padre di Alison, li ha uccisi tutti lui! Per favore, ascoltatemi». Kevin si liberò dalla presa di Barnes sul suo braccio e li fulminò entrambi con lo sguardo. «Avevo accettato di incontrarlo qui. La sua auto è nel parcheggio vicino alla mia. Ho cercato di capire chi potesse star uccidendo tutti i nostri amici e ho fatto l'errore di fidarmi di lui. Quando siamo arrivati qui, mi ha detto che voleva parlare di Alison. Ha suggerito di camminare mentre parlavamo». Scosse la testa. «Sono un idiota. Ho cominciato ad avere dubbi sulla mia teoria, e poi quando siamo arrivati qui sopra, mi ha sopraffatto».

«Dov'è Peter Bailey?»

«Ho pagato perché stesse in un motel ad Ashford. È al sicuro. Gli ho detto di non andare da nessuna parte e di non rispondere al telefono o alla porta. A meno che non fossi io».

Kay socchiuse gli occhi. «Quindi, dov'è Martin Campbell?»

Kevin indicò oltre la sua spalla nell'oscurità. «Ti ha vista arrivare, mi ha spinto oltre il bordo del ponte e poi è scappato, è corso via lungo i binari in quella direzione».

<h1 style="text-align:center">CAPITOLO 51</h1>

«Resta qui con lui, Ian» disse Kay, e corse lungo il ponte pedonale.

Scese i gradini più velocemente che poteva, quasi scontrandosi con Carys in fondo.

«È il padre di Alison, Martin Campbell. È il nostro assassino. Vieni con me. Voi due, dite a quell'agente fuori servizio di rimanere qui e assicurarsi che Campbell non cerchi di scappare lungo i binari o di tornare alla sua auto. Avete delle torce che possiamo usare?»

«Eccole.»

«Grazie. Chiamate via radio e fate venire una volante a casa di Campbell. Fate preparare un mandato di perquisizione e mettete in sicurezza la scena. Dovranno interrogare anche sua moglie. Voi andate sulla strada principale nel caso in cui cerchi di arrampicarsi alla scarpata dalla ferrovia.»

«Lo faremo.»

I due agenti in uniforme consegnarono le torce prima

di correre verso la loro auto, il più anziano aveva la radio vicino alla bocca.

Kay si girò sui tacchi e si accovacciò, saltando sui binari prima di aiutare Carys, e poi le due iniziarono a correre nella direzione indicata da McIntyre.

«E se stesse mentendo, Kay?»

«Non possiamo correre il rischio. Mi è sembrato di vedere qualcuno sul ponte con McIntyre, ma non potevo esserne sicura a causa della nebbia. Se quella persona è innocente, perché scappare?»

In risposta, Carys imprecò mentre inciampava su una traversina.

«Attenta! La terza rotaia è elettrificata. Rallenta.»

Continuarono a dirigere i fasci delle torce verso la vegetazione ai lati del binario, il loro respiro era l'unico suono nella quiete della notte.

«Posso immaginare cosa ha detto Larch quando ha scoperto che volevamo fermare il treno.»

«Non li hanno fermati.»

Kay si girò di scatto. «Cosa intendi dire che non hanno fermato i treni? Pensavo che quello fosse l'ultimo a passare di qui?»

«Mi dispiace, sergente. Sharp ci ha provato, così come Dave Walker. Larch ha detto che non abbiamo un caso abbastanza solido per fermare i treni. È troppo costoso. Se ci sbagliamo, Larch ha detto che ci potrebbe essere ogni sorta di ripercussione politica. Dice che non abbiamo prove che il nostro sospettato sia qui, a parte un'auto abbandonata.»

«Tieni la mia torcia.» Kay girò il cellulare nella mano e premette la chiamata rapida.

Sharp rispose in pochi secondi. «Dove sei?»

«Martin Campbell è l'assassino. Ha gettato McIntyre da un ponte pedonale. McIntyre è con Barnes ora. Carys ed io stiamo cercando di raggiungere Martin Campbell. Cos'è questa storia che i treni non sono stati fermati?»

«Larch dice che farà fermare i treni solo se è convinto che l'assassino sia lì. Mi dispiace, Kay. Dove siete ora?»

«Sui maledetti binari.»

«Perché?»

«Perché Martin Campbell è scappato da qui solo pochi minuti fa. Lo sto inseguendo con Carys. Devi fermare i treni.»

Ci fu un fruscio all'altro capo della linea, e Kay si rese conto di essere stata in vivavoce per tutto il tempo. La voce successiva che sentì fu quella di Larch.

«Non hai prove che Martin Campbell sia il tuo assassino. Torna da Barnes e arresta McIntyre.»

«McIntyre era appeso al ponte pedonale quando l'abbiamo trovato. Stava per morire» urlò Kay. «Che altre prove ti servono, dannazione?»

Chiuse la chiamata, furibonda.

«Non riesco a vedere nulla con questa nebbia» mormorò Carys.

«Neanch'io.» Kay imprecò. «Se non lo troviamo, dovremo diramare una richiesta perché tutti siano all'erta nei porti e negli aeroporti. Anche alla stazione di Ashford International. Non mi sorprenderebbe se cercasse di scappare oltre la Manica.»

«Almeno non può andare troppo lontano così velocemente, la sua auto è ancora alla stazione.»

Il fascio della torcia di Kay ondeggiava sulle rotaie

mentre lo spostava nel suo campo visivo, e si guardò alle spalle.

Le luci motteggianti della stazione ferroviaria illuminavano la forma spettrale del ponte pedonale in lontananza, e l'aria umida le si attaccava alla pelle e ai capelli.

Il dubbio iniziò a farsi strada nella sua mente.

Aveva davvero visto una seconda figura sul ponte pedonale, o la nebbia aveva oscurato così tanto la sua visuale da farle prendere un abbaglio?

E se McIntyre stesse mentendo?

E se non lo stesse facendo?

Il suono inconfondibile di un clacson di treno squarciò la nebbia.

«Lontano dai binari, Carys.»

Si spostarono sul bordo, il pietrisco irregolare rallentava il loro avanzamento.

Kay guidava, tenendo la torcia abbassata in modo da poter vedere dove mettevano i piedi, mentre Carys faceva oscillare la sua da un lato all'altro, illuminando i lati della scarpata. Kay alzò gli occhi e deglutì.

Un ponte più piccolo emergeva dalla foschia davanti a loro, il taglio sottostante stretto e ripido.

Controllò alle sue spalle.

Nessun treno si avvicinava alla stazione da dietro.

Ora di decidere.

Se fossero entrate nel taglio e fossero ancora state lì quando il treno fosse passato rombando, avrebbero avuto solo l'altro binario su cui spostarsi.

Se un altro treno fosse arrivato dalla direzione opposta, non avrebbero avuto via di scampo.

Se non fossero entrate nel taglio, avrebbero potuto non raggiungere mai Campbell.

Carys le andò addosso.

«Kay?»

Scosse la testa. «Dovremo aspettare qui finché il treno non sarà passato.»

Il pietrisco iniziò a tremare e a spostarsi sotto i suoi piedi, e lei allargò le braccia per mantenersi in equilibrio mentre le rotaie iniziavano a cantare.

Carys gridò, e poi il fascio della sua torcia roteò in aria e si spense.

«Merda, scusa, ho perso la torcia!»

La sua voce era smorzata nell'aria densa, ma Kay poteva sentire il senso di panico.

«Va tutto bene. Ne abbiamo ancora una.»

Un ramo si spezzò a pochi metri davanti a loro lungo il binario, e Kay diresse il fascio di luce in quella direzione.

Una figura entrò nel cono di luce della torcia, con il piede destro sospeso sopra la terza rotaia.

«Martin, allontanati dalla rotaia.»

Lui emise un respiro tremante, con le spalle curve.

Kay alzò una mano per proteggersi gli occhi dai fari del treno in arrivo e iniziò a camminare verso di lui. Si rese conto che il macchinista non l'avrebbe vista fino all'ultimo momento; la visibilità era così scarsa.

Il treno si sarebbe mosso a una velocità inferiore a causa del maltempo, ma era comunque troppo veloce. La compagnia ferroviaria aveva un orario da rispettare, se voleva riportare i suoi passeggeri a casa in tempo.

«Martin, spostati,» gridò. «Dobbiamo parlare.»

«Non c'è niente da dire.»

Kay accelerò il passo, il suono delle sue scarpe e di quelle di Carys che scricchiolavano sulla massicciata ora si stava affievolendo nel fragore dell'enorme forza che si stava avvicinando a grande velocità.

«Non c'è niente di cui parlare,» urlò lui.

Lei si fermò a un metro da lui e guardò alla sua destra.

I fari del treno ora illuminavano chiaramente il binario dove si trovava Campbell, e il suono del clacson squarciò l'aria notturna.

Uno stridio di freni raggiunse le sue orecchie, ma sapeva che non sarebbe servito a nulla.

Il treno non si sarebbe fermato in tempo.

Aveva pochi secondi.

Tese la mano e gridò per sovrastare il rumore del treno mentre il macchinista suonava ancora il clacson. «Martin, ti prego!»

Con il volto inespressivo, lui si voltò di nuovo verso il treno in arrivo.

Kay imprecò sottovoce. Se avesse cercato di afferrarlo e lui l'avesse sopraffatta, sarebbero stati entrambi risucchiati sotto il treno, e lei non aveva alcun desiderio di morire oggi.

Ma voleva giustizia.

«La farà franca!»

Carys le passò accanto di corsa.

Prima che Kay potesse reagire, la giovane detective si lanciò contro Martin e lo travolse, buttandolo a terra mentre la parte anteriore della locomotiva ruggiva passando e loro scomparivano dalla vista.

Kay urlò.

«Carys, no!»

CAPITOLO 52

Kay camminava avanti e indietro sul ciglio della strada, mentre il bagliore proveniente dalla prima carrozza passeggeri creava un effetto stroboscopico intorno a lei e i passeggeri all'interno guardavano perplessi la frenata improvvisa del treno.

Incrociò lo sguardo di uno di loro mentre guardava fuori dal finestrino, la sua bocca si contorse in una "o" di shock quando registrò il volto pallido che balenò nel suo campo visivo.

«Forza», mormorò.

Non poteva rischiare di avvicinarsi troppo ai binari per controllare sotto, non che volesse contemplare ciò che avrebbe visto.

Kay si scostò i capelli dal viso, mentre la corrente d'aria proveniente dal treno le tirava i vestiti e le riempiva le narici di aria calda che conservava un residuo di olio e grasso. Deglutì, cercando di contrastare la paura e la bile che minacciavano di salire.

Doveva sperare.

Si voltò nel tentativo di proteggere le orecchie mentre il macchinista aumentava la pressione sui freni, lo stridio acuto le perforava il cranio mentre cercava di mantenere l'equilibrio sulla massicciata irregolare che sobbalzava sotto il peso del treno. Puntò la torcia verso il suolo, assicurandosi di non essere vicina alla rotaia elettrificata, e poi la fece ruotare per poter contare i vagoni che passavano.

La luce rimbalzava sulla fitta nebbia intorno a lei, i fianchi decorati dei vagoni erano una macchia sfocata che emergeva dal taglio prima che il retro del treno sfrecciasse via, le sue luci posteriori un esplosivo faro rosso nella nebbia mentre finalmente iniziava a rallentare.

L'attenzione di Kay tornò di scatto ai binari nudi davanti a lei.

Non c'era traccia di Carys, né di Martin Campbell.

Si passò una mano sulla bocca, salì sul binario e controllò che non ci fosse un treno in arrivo dalla direzione opposta, prima di passare la torcia sui binari.

Nessun indumento. Nessun segno di nulla. O di nessuno.

Alzò lo sguardo verso il retro del treno e represse un gemito.

Era possibile che due persone fossero state spazzate via dalla forza del treno? Il pensiero terrificante che la giovane detective potesse essere intrappolata sotto uno dei vagoni le rivoltò lo stomaco.

Come avrebbe mai affrontato i genitori della donna per dir loro che la loro figlia era stata così intenta a dimostrare il suo valore ai colleghi da rischiare tutto per consegnare un sospettato alla giustizia?

Corse lungo le traversine verso il retro del treno, le sue parti meccaniche cliccavano e scricchiolavano mentre si raffreddavano dopo una decelerazione così rapida.

Un brivido iniziò a scenderle lungo il collo.

Raggiunto il retro del treno, si voltò e cominciò a muovere il fascio di luce da sinistra a destra sui binari tra il treno e la sua posizione originale.

Spinse il ricordo dei resti di Lawrence Whiting in fondo alla mente e si concentrò invece sui detriti ai lati del binario che erano stati gettati dalla strada sopra il taglio dagli automobilisti di passaggio e dagli scaricatori abusivi. Ogni volta che il fascio cadeva su un capo di abbigliamento, si avvicinava per controllare che non assomigliasse al tailleur pantalone che Carys indossava, e andava avanti.

Avvicinandosi al punto in cui lei e l'agente investigativo si trovavano quando il treno era passato, si fermò.

«Dove sei, C...»

Un gemito proveniente dalla vegetazione di fronte a lei la fece indietreggiare per lo shock.

Puntò il fascio della torcia a destra e a sinistra, cercando di individuare l'origine del suono, ma era impossibile data la scarsa illuminazione.

Poi, un movimento, e una gamba coperta da pantaloni si alzò in aria mentre qualcuno cercava di risollevarsi.

Un altro gemito.

Kay tenne la torcia più in alto e si fece avanti, aggrottando la fronte.

Era possibile...?

«Togliti di dosso, stronza.»

La testa di Carys emerse dalla vegetazione, e poi il resto di lei mentre rotolava in posizione accovacciata. «Rimanga dov'è, signor Campbell. È in arresto.»

La mascella di Kay si spalancò mentre si avvicinava.

Carys era atterrata sopra Martin Campbell e ora lo teneva faccia a terra tra le felci, elencandogli i suoi diritti.

Un senso di sollievo le attraversò il corpo, e si accovacciò per aiutare Carys ad alzarsi, e poi Campbell.

Mantenendo una presa salda sul braccio di Campbell, valutò rapidamente i graffi sul viso del detective. «Niente di rotto?»

«Non credo», disse Carys, con voce ansimante. Alzò una mano per sistemarsi i capelli, e Kay notò che le mani della donna tremavano.

Doveva farla visitare da un medico il prima possibile, per assicurarsi che non cadesse sotto shock.

Alzò lo sguardo al suono delle sirene, e le familiari luci blu lampeggianti apparvero sul ponte sopra di loro pochi istanti prima che il rumore di pneumatici stridenti la raggiungesse.

«Sono arrivati i rinforzi», disse, e rivolse nuovamente la sua attenzione a Campbell. «Andiamo.»

Lo prese per il braccio e lo fece marciare attraverso i binari, facendo attenzione che non calpestasse intenzionalmente la terza rotaia elettrificata, e lo spinse verso l'argine.

«Salga.»

Si arrampicò su per il ripido pendio accanto a lui e mantenne una mano guida sul suo braccio mentre progredivano verso la strada soprastante. A un certo punto, mentre allungava la mano per sostenerlo, lui strappò via il braccio.

«Non mi tocchi.»

Kay represse l'impulso di spingerlo in fondo al taglio e invece tirò un sospiro di sollievo quando raggiunsero la recinzione di filo spinato che separava il terreno ferroviario dall'auto di pattuglia.

Due agenti in uniforme scesero dal veicolo mentre una seconda pattuglia si fermava dietro la loro e cominciarono ad attraversare la strada per raggiungere Kay. Uno di loro tirò fuori un paio di tronchesi e iniziò a tagliare la recinzione fino a creare un buco abbastanza grande per passarci attraverso.

Kay spinse Campbell verso i due agenti in uniforme e poi si voltò per aiutare Carys.

«Le mie gambe non smettono di tremare», mormorò.

Raggiunta la cima, Kay attese mentre Campbell veniva ammanettato e condotto al primo veicolo, e poi allungò la mano e aiutò Carys verso il secondo.

«Carys?»

«Sì, sergente?»

«Non spaventarmi mai più così.»

CAPITOLO 53

Kay afferrò una bottiglia d'acqua e i suoi appunti dalla scrivania nella sala operativa prima di affrettarsi verso le sale per gli interrogatori al piano terra.

Mentre passava il suo distintivo sul pannello di sicurezza, sentì qualcuno terminare una telefonata prima che Larch uscisse da una delle sale riunioni, con un'espressione affaticata sul volto.

Si assicurò che il corridoio fosse vuoto dietro di lei, poi gli si avvicinò a passo deciso e gli puntò il dito contro il petto.

«Si è spinto troppo oltre. Signore.»

Lui guardò la sua mano e poi tornò a fissarla. Inarcò un sopracciglio. «Non ho idea di cosa stia parlando, sergente detective Hunter. Mi sta minacciando?»

«Ha messo a rischio le nostre vite là fuori. Non ha fermato i treni. Oggi abbiamo quasi perso un agente a causa delle sue azioni. Non m'importa se ha una vendetta personale contro di me, signore, ma m'importa quando mette a rischio uno dei miei agenti, uno dei miei colleghi.»

I suoi occhi si strinsero. «È stata una sua decisione inseguire il sospettato. Lei era l'ufficiale più anziano sulla scena. Era sua responsabilità assicurarsi che fosse al sicuro. A quanto ho capito, il detective Miles se l'è scampata.» Le scostò la mano. «Stia attenta, Hunter. Sta camminando su un terreno pericoloso.»

Lei lo superò a passo di marcia, sapendo in cuor suo di aver commesso un errore nel lasciarsi sopraffare dalle emozioni, ma incapace di giustificare la scelta del suo ispettore capo di giocare con le loro vite per dimostrare qualcosa.

Si prese un momento per ricomporsi, sistemò la giacca del completo e alzò lo sguardo quando apparve Barnes.

Fece un respiro profondo. «Facciamolo.»

Quando entrò nella sala interrogatori, Martin Campbell era assorto in una conversazione con il suo avvocato.

I suoi vestiti erano stati rimossi quando era stato registrato dal sergente di custodia, e ora indossava una tuta standard e scarpe morbide senza lacci. Tagli e graffi gli coprivano il viso dove era caduto nel sottobosco con Carys, e nonostante si passasse la mano tra i capelli spesso, questi rimanevano disordinati.

I due uomini tacquero quando la porta si aprì, e Kay inarcò le sopracciglia. L'avvocato le fece un cenno e tornò a concentrarsi sui documenti disposti davanti a lui. Kay e Barnes si accomodarono ai loro posti e lei avviò la registrazione. Dopo aver chiesto a Campbell di confermare il suo nome e indirizzo, iniziò l'interrogatorio formale.

«Signor Campbell, può spiegare perché ha scelto di scappare prima questa sera?»

«Pensavo fosse quel pazzo di McIntyre a inseguirmi. Dovevo fuggire.»

«Sarebbe lo stesso Kevin McIntyre che lei ha spinto giù da una passerella pedonale alla stazione di West Malling?»

«È caduto. C'è stata una colluttazione. Ha cercato di gettarmi oltre il parapetto. Sono riuscito a sfuggirgli e sono scappato. È un pazzo. Pensavo volesse uccidermi.»

Incrociò le mani sul tavolo davanti a sé, e Kay indicò la sua mano destra.

«Sembra che si sia strappato l'unghia del dito medio.»

«Faccio molto lavoro di falegnameria a casa.» Scrollò le spalle. «Succede.»

Kay si sporse in avanti sulla sedia. «Non le credo, signor Campbell. Vede, i nostri investigatori della scientifica hanno trovato resti di un'unghia nelle legature usate per legare Lawrence Whiting ai binari del treno. I tamponi che la nostra squadra di custodia le ha prelevato al suo arrivo qui ieri sera sono stati inviati per un'analisi comparativa. Sono pronta a scommettere che il DNA corrisponderà al suo.»

La bocca di Campbell si mosse, ma non ne uscì alcun suono. Si riprese rapidamente e sbuffò. «Questo è assurdo. Kevin McIntyre è l'uomo che dovreste interrogare. Io non ho nulla a che fare con l'omicidio di Lawrence Whiting. Non conoscevo nemmeno quell'uomo.»

«Ma si è assicurato di conoscerlo, non è vero? È così che è riuscito ad attirarlo per incontrarlo. Come ha fatto? L'ha chiamato per dirgli che voleva parlare di Alison, per i vecchi tempi?»

La sua spavalderia vacillò. «Non so di cosa stia parlando.»

«Signor Campbell, i nostri agenti stanno perquisendo la sua casa in questo momento. Abbiamo un mandato per perquisire la proprietà. C'è qualcosa che vorrebbe dirci?»

I suoi occhi si strinsero e si mosse bruscamente sulla sedia.

Il suo avvocato gli mise una mano sul braccio per trattenerlo.

Barnes girò una pagina del suo taccuino. «Tutti gli omicidi commessi su quel tratto di ferrovia hanno richiesto molta pianificazione e molto tempo. Quel tipo di pianificazione richiede dedizione. Qualcuno che uccide in quel modo sta affrontando molta rabbia. Era arrabbiato per la morte di Alison?»

«Certo che ero arrabbiato, dannazione.»

«Era abbastanza arrabbiato da cercare vendetta? Ha incolpato tutti loro per la sua morte?»

Campbell non disse nulla e deglutì.

Kay prese una cartella da sotto il gomito ed estrasse un rapporto. «Questa è una copia dell'inchiesta del medico legale. Come si è sentito quando il medico legale ha stabilito che la sua morte era accidentale e non aveva nessuno da incolpare?»

«Il medico si sbagliava. È colpa della compagnia ferroviaria se è morta. Sono loro che l'hanno fatta franca con un omicidio.»

«Il fatto è, signor Campbell, che non è stata una morte accidentale.»

«Cosa intende dire?»

«Abbiamo una dichiarazione testimone di Peter Bailey,

uno dei colleghi di Alison. Sfortunatamente, per ragioni a noi sconosciute in questo momento, al signor Bailey non è stato chiesto di testimoniare all'inchiesta. Il signor Bailey sostiene che non è stato un incidente la morte di Alison.»

«Certo che non lo è stato», disse Campbell. Si appoggiò allo schienale della sedia e alzò le mani. «È quello che sto cercando di dire a tutti fin dall'inchiesta. Non è stato un incidente, perché la loro negligenza ha provocato la morte di Alison.»

Kay scosse la testa. «Nessuno è da incolpare per la morte di Alison. Peter Bailey ci ha spiegato che Alison ha scelto di camminare verso quel treno. Si è suicidata.»

Un grido soffocato sfuggì dalle labbra di Campbell, e il suo avvocato aggrottò la fronte.

«Vorrei dieci minuti da solo con il mio cliente.»

Kay si sporse in avanti e terminò la registrazione dell'interrogatorio.

CAPITOLO 54

Kay entrò nella seconda sala interrogatori e trovò Carys ad aspettarla insieme a Kevin McIntyre e all'avvocato da lui nominato.

«Hai un bel po' di cose da spiegare», disse mentre si accomodava nel posto accanto a Carys e faceva cenno all'agente di iniziare la registrazione.

Kay lesse a McIntyre l'avvertimento legale e iniziò con le domande.

«A cosa diavolo stavi pensando?»

L'uomo si asciugò gli occhi. «Volevo fermarlo. Sapevo di non avere prove sufficienti per dire qualcosa alla polizia, soprattutto dopo che Cameron mi aveva denunciato per molestie».

«Cosa è successo lì? Perché ti ha denunciato per molestie?»

«Ho cercato di avvertirlo. Avevo la sensazione che Martin fosse in qualche modo coinvolto nella morte di Nate, ma Cameron non voleva credermi. Diceva che ero isterico perché la compagnia ferroviaria era stata scagionata da ogni colpa nella morte di Alison. Ho cercato di dirgli che non era quello il punto, ma non voleva ascoltare. All'inizio ho provato a telefonargli, ma poi ha bloccato il mio numero. Sapevo dove abitava, quindi sono andato lì un paio di volte, ma mi ha urlato contro, non volevo fare una scenata davanti ai vicini. Ho provato un'ultima volta, ma è stato allora che mi ha denunciato alla polizia. Stavo per scrivergli, per dirgli cosa avevo scoperto, ma era troppo tardi, è stato ucciso prima che ne avessi la possibilità».

«Cosa ti ha fatto sospettare che Martin fosse coinvolto nelle morti di Nathan e Cameron?»

Si appoggiò allo schienale della sedia. «È stato qualcosa che ha detto dopo l'inchiesta. Quando stavamo uscendo dall'edificio, c'erano alcuni giornalisti fuori, ma lui ha fatto passare Karen oltre, e mentre saliva sull'auto che li aspettava, si è girato verso di me e ha detto che avrebbe dovuto prendere in mano la situazione. All'inizio, ho pensato che avrebbe chiesto una seconda inchiesta, ma non è mai successo. Due mesi dopo, Nathan era morto». Abbassò lo sguardo sulle sue mani. «So che tutti dicevano che fosse suicidio, ma io conoscevo Nate... Alison e io avevamo frequentazioni sociali con lui, e non sembrava il tipo da fare una cosa del genere. L'ho visto durante l'inchiesta, e sembrava piuttosto composto. Scioccato e turbato, sì, ma non suicida».

«Perché Alison si è uccisa, Kevin? Per cosa avete litigato quella mattina?»

Le lacrime gli rigarono le guance. «Sono stato un idiota. Quando ho finito il mio ultimo contratto di ingegneria, l'azienda per cui lavoravo non aveva altro da farmi fare; quindi, mi hanno trasferito al gruppo di sviluppo aziendale. C'è stato un fine settimana di team building nel Surrey. Ho bevuto troppo, e lo stesso ha fatto una delle rappresentanti di vendita regionali. Era carina, e io sono stato troppo stupido per dire di no». Sbatté le palpebre, poi usò la manica della camicia per asciugarsi gli occhi. «È successo solo una volta, ma quando ha scoperto che mi stavo per sposare, è diventata dispettosa e ha minacciato di dirlo ad Alison. Non potevo permettere che Ali lo sentisse da una perfetta sconosciuta, quindi gliel'ho detto io».

«Quando?»

«La mattina in cui si è buttata sotto al treno. È uscita di casa furiosa. Ho cercato di farla tornare indietro, di dirle che non era mai più successo, che non sarebbe mai dovuto succedere, ma non voleva ascoltare...»

Kay gli concesse un momento per ricomporsi prima di procedere. «Kevin, abbiamo visto tutti i tuoi appunti e le mappe a casa tua. Di cosa si tratta?»

«Stavo cercando di prenderlo. È tutta colpa mia se sta facendo questo. L'inchiesta ha stabilito che si è trattato di morte accidentale; quindi, la compagnia ferroviaria non ha colpe. Martin ha sempre sostenuto che i colleghi di Alison avrebbero dovuto fare qualcosa per salvarla, ma come avrebbero potuto? Li ha incolpati, dicendo che avrebbero dovuto fare di più per fermarla».

«Sapeva del tuo tradimento?»

«No. Non fino a ieri sera». Si sporse in avanti, prese due fazzoletti dalla scatola sul tavolo e si soffiò il naso. «Quando l'ho affrontato per la prima volta nel parcheggio della stazione, mi ha detto che si sarebbe costituito. Ha detto che voleva prima spiegare perché l'aveva fatto, e così ho accettato di camminare con lui mentre parlava». Accartocciò i fazzoletti e li strinse nel pugno. «Stupido da parte mia. Avrei dovuto capire che aveva scoperto che stavo cercando di avvertire Peter. Era furioso quando gli ho detto che sapevo cosa stava facendo e che sarei andato alla polizia se non l'avesse fatto lui. A quel punto avevo le prove di Peter che Martin lo aveva contattato e voleva incontrarlo da solo».

«Cosa è successo?»

«Hai visto cosa è successo. È andato su tutte le furie. A quel punto eravamo sul ponte pedonale, all'inizio, Martin aveva suggerito di camminarci sopra perché stavamo ancora parlando. Eravamo circa a metà strada quando gli ho parlato del mio tradimento. È allora che mi ha spinto e ho perso l'equilibrio. Non so come, ma è riuscito a farmi cadere di lato, e poi è scappato».

Kay si appoggiò allo schienale della sedia. L'aveva visto molte volte quando era un'agente in uniforme che pattugliava il centro di Maidstone quando i pub e i locali si svuotavano nelle strade nelle prime ore del mattino: la persona più minuta, alimentata dalla rabbia, spesso non conosceva la propria forza.

McIntyre si mise la testa tra le mani, lasciandosi sfuggire un singhiozzo. «È tutta colpa mia. Lei ha perso la voglia di vivere per colpa mia, e ora sono tutti morti».

Kay si alzò dal suo posto e fermò la registrazione dopo aver annotato che l'interrogatorio era concluso.

Era ora di incriminare il loro sospettato.

CAPITOLO 55

Kay tenne la porta aperta per Barnes, poi si diresse verso i posti di fronte a dove erano seduti Martin Campbell e il suo avvocato.

Il comportamento di Campbell era cambiato. Se una volta era stato sfidante, con un'aria di rettitudine, ora trapelava dubbio. Il sudore gli brillava sulla fronte mentre continuava a passarsi la mano tra i capelli, e persino il suo avvocato sembrava cauto, incerto del vero stato mentale del suo cliente.

Kay si chinò e premette il pulsante di registrazione, alzò lo sguardo per assicurarsi che la telecamera a circuito chiuso nella sala interrogatori mostrasse una luce rossa sotto la lente, e iniziò.

Dopo aver formalmente ammonito Campbell ancora una volta, si appoggiò allo schienale e osservò l'uomo di fronte a lei.

Da quando l'aveva incontrato per la prima volta, era visibilmente peggiorato.

Se prima le era sembrato dignitoso nel suo dolore,

preoccupato per sua moglie e devastato per la morte di sua figlia, ora lo vedeva per quello che era.

Un assassino subdolo e malvagio che provava piacere nel guardare le sue vittime morire in modo doloroso e terrificante.

«Come ha scoperto di Peter Bailey? Il suo nome non era menzionato nel rapporto del medico legale.»

«Non sapevo di lui finché Lawrence non mi ha detto che avrei dovuto parlargli. Non avevo idea che fosse lì al momento della morte di Alison. Sapevo di tutti gli altri, ovviamente, dall'inchiesta.» I suoi occhi caddero sulle sue mani in grembo. «Karen ed io siamo andati ogni giorno all'udienza. Li odiavo tutti. Se ne stavano seduti lì, piangendo mentre il medico legale li interrogava sull'incidente. Nessuno di loro mi ha detto che si era suicidata.»

«Non credo volessero crederci nemmeno loro. Peter Bailey era quello più vicino a lei quando è successo.»

Campbell alzò gli occhi e posò le mani sul tavolo di fronte a lui, i pugni stretti. «Avrebbero dovuto comunque fare qualcosa per fermarla.»

«Martin, abbiamo trovato il plastico ferroviario. Ci sono quaderni con la sua scrittura...»

Lui sussultò, il suo viso diventò bianco.

Kay incrociò le mani sul tavolo. «Ha cercato di cancellare ogni traccia delle sue note, ma le impronte sono ancora visibili. Perché l'ha fatto, Martin?»

Si asciugò gli occhi. «Dopo l'inchiesta, Karen ed io ci siamo ritirati nel nostro piccolo mondo. Ha visto com'è Karen, non sa nemmeno che giorno della settimana sia per la maggior parte del tempo, è talmente piena di antidepressivi. Avevo paura di perdere anche lei. Non ha idea, non l'ha vista quando Alison era ancora viva. Era così vibrante, così bello averla intorno. Dovevo fare qualcosa. Dovevo dare loro una lezione. Alison era il membro più giovane della squadra, e l'avevano lasciata morire. Era la mia bambina. All'inchiesta l'hanno fatta passare per maldestra e poco professionale. Non era vero. Quegli uomini, quelli che erano lì quel giorno, avrebbero dovuto prendersi cura di lei.»

«Come è riuscito a convincerli a incontrarla?»

«È stato facile. Avevo ancora il telefono di Alison con tutti i loro contatti. Ho usato il suo telefono per chiamarli, sapendo che avrebbero risposto per scoprire chi c'era dall'altra parte. Ho chiesto se volevano incontrarmi per bere qualcosa in tranquillità. Da qualche parte dove non ero conosciuto. Lontano dai binari ferroviari, sapevo che voi avreste probabilmente interrogato chiunque si trovasse nei paraggi del luogo dove li avevo uccisi. Gli antidepressivi di Karen sono forti. Tutto quello che dovevo fare era metterne un po' nel loro drink. Aspettavo sempre fino all'ultimo, così sarebbero stati meno in guardia. Iniziavano a sentirsi assonnati in pochi istanti e così suggerivo di accompagnarli a casa in macchina. Ovviamente, accettavano.»

«Tranne che non li portava a casa, vero? Li portava dove aveva già deciso che li avrebbe uccisi.»

«Se lo meritavano.»

«Come ha fatto ad accedere al sito dove ha ucciso Jason Evans? L'area era recintata con recinzioni di sicurezza.»

Sorrise beffardo. «Dopo la morte di Alison, i suoi

datori di lavoro non volevano avere niente a che fare con noi. Erano troppo occupati a prepararsi per l'inchiesta e a capire come assicurarsi di non prendersi la colpa. Ci hanno evitato, penso che fossimo un imbarazzo per loro.» Abbassò lo sguardo sulle sue unghie. «Quando l'impresario di pompe funebri ci ha contattato e ci ha chiesto di ritirare gli effetti personali di Alison, c'era una chiave tra i suoi averi. Si è scoperto che è una chiave master per tutti i siti della compagnia ferroviaria lungo la rete, evita di dover avere chiavi separate per posti diversi.»

«Quindi l'ha tenuta. Come diavolo pensava di farla franca uccidendo questi poveri uomini?» Kay sparse le fotografie della squadra del progetto davanti a lui.

Un debole sorriso gli attraversò le labbra, e poi si acciglià. «È stato facile, all'inizio. Stavano tutti soffrendo di depressione dopo la morte di Alison; quindi, era abbastanza semplice far sembrare che si fossero suicidati.»

«Ma con Lawrence Whiting qualcosa è andato storto, vero?»

Campbell strinse i pugni. «Ho sbagliato la dose. Non mi ero reso conto che avesse messo su così tanto peso dall'ultima volta che l'avevo visto all'inchiesta. Sembra che si consolasse con il cibo, oltre che con gli antidepressivi.» Fissò Kay con uno sguardo torvo. «Sarebbe comunque andato tutto alla perfezione. Non sarebbe scappato.»

«Ma un testimone l'ha sentito gridare.»

«Come ho detto, se lo sono meritati tutti.»

«No,» disse Kay, «non se lo meritavano. Nessuno di loro, vero? Perché Alison si è suicidata.»

«Non lo sapevo.»

«Non è una scusa. Abbiamo parlato con Peter. Dice di

aver sempre sostenuto che Alison si è gettata volontariamente davanti a quel treno. Kevin McIntyre aveva una relazione parallela, Alison l'ha scoperto e si è uccisa. E nonostante il fatto che, per sua stessa ammissione, avesse ucciso quattro uomini, ha deciso che non si sarebbe fermato lì, e avrebbe provato a uccidere anche Kevin McIntyre.»

«Sì. Ha tradito la mia bambina. Quel bastardo se lo meritava.»

L'avvocato d'ufficio alzò gli occhi al cielo e sbatté il suo taccuino sulla scrivania. Kay lo ignorò e mantenne lo sguardo fisso su Campbell.

«Kevin aveva già scoperto che era lei il responsabile dell'uccisione del resto della squadra di Alison.»

Campbell si appoggiò allo schienale della sedia, la sua espressione di sfida svanì. «Sì.»

«Quindi, come l'ha persuaso a incontrarla?»

«Gli ho detto che mi sarei costituito. Che non potevo vivere con il senso di colpa. Che volevo avere la possibilità di spiegargli perché avevo fatto quello che avevo fatto.»

«Cos'è cambiato?»

I suoi occhi si strinsero. «Niente. Doveva morire.»

CAPITOLO 56

Kay inserì la chiave nella nuova serratura lucida e spinse la porta d'ingresso, si tolse le scarpe e lasciò cadere la borsa sul primo gradino delle scale, poi si diresse verso la cucina.

Adam alzò lo sguardo dal giornale gratuito settimanale che aveva sparpagliato sul piano di lavoro della cucina e sorrise.

«L'hai preso?»

«L'ho preso.»

Scivolò giù dallo sgabello di legno e colmò la distanza tra loro in quattro lunghi passi, abbracciandola. «Ben fatto.»

Lei si abbandonò al suo abbraccio per un momento prima di allontanarsi dolcemente, con le lacrime agli occhi.

«Ehi, cosa c'è che non va?»

Si asciugò le guance. «Gavin è in ospedale, ed è tutta colpa mia.»

Adam aggrottò la fronte, poi la prese per mano e la

condusse verso l'isola centrale, tirando fuori un altro sgabello per lei. «Siediti. Cosa sta succedendo?»

Lei appoggiò i gomiti sul piano di lavoro e si passò una mano tra i capelli prima di raccontare a Adam di aver usato il computer di Gavin per continuare la sua indagine dopo che la loro casa era stata svaligiata, solo per scoprire il giorno dopo che il suo distintivo non funzionava, e poi venire a sapere che Gavin era stato aggredito quella notte mentre tornava a casa.

«Come sta?»

Lei tirò su col naso. «Due costole rotte, il naso fratturato e una commozione cerebrale. L'ospedale l'ha dimesso oggi pomeriggio.»

«Potrebbe essere una coincidenza.»

Lei emise un respiro tremante. «E se non lo fosse?»

«Ha idea di chi possa averlo aggredito?»

«No, e ho parlato con il detective che sta indagando, non c'è nulla che sia stato catturato dalle telecamere di sorveglianza. È come se chiunque l'abbia aggredito sapesse esattamente dove si trovavano le telecamere.»

Adam si passò una mano sul mento non rasato. «Forse dovresti lasciar perdere.»

«Non posso,» disse Kay. «Tutto questo dimostra che ho ragione, no? Qualcuno non vuole che io scopra la verità.»

«Ma sei più vicina a scoprire chi?»

Scosse la testa e abbassò lo sguardo. «Quando ho effettuato l'accesso, i registri erano stati cancellati. Non c'è traccia che quella pistola sia mai stata sequestrata o acquisita come prova.»

«Gesù, Kay.»

«C'è qualcosa di più grande dietro il tentativo di incastrarmi. Sta succedendo qualcos'altro, e non riesco a trovare un punto d'accesso. Non riesco a trovare *niente*.»

Adam allungò le mani e prese quelle di lei tra le sue. «Ho sempre creduto in te, lo sai. E so che è stata una mia idea scoprire chi c'era dietro la tua indagine degli Standard Professionali, ma la nostra casa è stata svaligiata...»

«Non hanno preso niente...»

«...per spaventarci, se non altro, e Gavin è stato picchiato. Questo va ben oltre la manomissione delle prove, Kay. Qualcuno sta cercando di fermarti. Forse dovresti ascoltare.»

Lei sospirò e sfilò le mani dalle sue, strofinandosi un occhio. «È questo che pensi davvero?»

«Ho paura di quello che potrebbero farti se non ti fermi.»

«Lo so.»

Un forte guaito alle loro spalle interruppe i suoi pensieri, e un sorriso si aprì sul volto di Adam.

«Tra le altre notizie, Holly è diventata mamma.»

«Cosa? Quando?»

Kay balzò giù dallo sgabello della cucina e corse verso dove era seduto Adam.

Lui indicò il letto di Holly, dove quattro minuscole forme si agitavano accanto all'enorme cane, che li fissava con occhi scuri e profondi, la lingua penzoloni.

Kay incrociò le braccia sul petto. «Beh, sembri proprio soddisfatta di te stessa, Holly.» Guardò oltre la spalla. «Quanti giorni hanno?»

«Sono nati alle dieci di questa mattina. Nessuna

complicazione, quindi ho chiamato la famiglia, saranno qui tra poco per prenderla e portarli tutti a casa.»

Kay si chinò e accarezzò la testa dell'enorme cane. «Brava», disse, e le accarezzò la testa. Il suo sguardo cadde sui cuccioli che poppavano e si rotolavano l'uno sull'altro. «Sono così piccoli.»

«Cresceranno abbastanza in fretta. Maurice, il proprietario, ha già avuto degli alani, quindi sa quello che fa.»

«Potrei andare a cambiarmi prima che arrivi.»

«Nessun problema.»

Lo baciò mentre passava, poi prese la sua borsa e le scarpe e salì le scale prima di dirigersi lungo il corridoio verso la loro camera da letto. Si spogliò, poi entrò nel bagno privato e aprì i rubinetti.

Un forte singhiozzo le sfuggì dalle labbra, e si concesse un paio di minuti per sfogarsi prima di bagnarsi il viso con acqua fredda e asciugarsi gli occhi.

Si guardò con severità nello specchio sopra il piccolo lavandino.

«Riprenditi», disse. «Non puoi essere gelosa di un cane.»

Sentì suonare il campanello e si affrettò in camera da letto, infilandosi jeans e felpa prima di correre giù per le scale ed entrare in cucina, dove Adam stava parlando con il proprietario di Holly e suo figlio.

«Abbiamo detto ad Alec che può tenerne uno», disse Maurice. Scompigliò i capelli di suo figlio. «Hai deciso?»

«Questa qui. È davvero carina. E non si arrende, guarda.» Il ragazzo indicò il minuscolo cucciolo che ora stava lottando per farsi strada tra i suoi fratelli per avvicinarsi alla madre.

«Hai pensato a un nome?» disse Kay.

Alec sorrise. «Hunter», disse.

Adam sbuffò. «Beh, avrai il tuo bel da fare, questo è certo».

«Ehi». Kay gli diede una pacca sul braccio, poi si voltò di nuovo verso Alec. «È molto gentile da parte tua, grazie».

«Dovremmo andare». Maurice tese la mano a Adam e poi a Kay. «Grazie di tutto. Sapevo che sarebbe stata in buone mani».

«Nessun problema», disse Adam. «È stata un'assoluta meraviglia da trattare. Ha il mio numero. Non esiti a chiamare se ne ha bisogno».

«Ah, cercheremo di lasciarla tornare alla sua vita», Maurice sorrise. «Quando vuole vederla all'ambulatorio?»

«Tornerò lunedì, quindi se chiama Anna e prende un appuntamento per allora, andrà bene».

Kay aiutò Alec a raccogliere i quattro cuccioli e li mise nella scatola da trasporto, e Adam consegnò il guinzaglio di Holly a Maurice prima di grattare le orecchie della cagna.

«Brava, Holly», disse.

Rimasero sulla soglia mentre la famiglia salutava, poi guardarono le luci posteriori dell'auto allontanarsi lungo la strada.

«Dai», disse Adam. «È l'ora del vino».

Le baciò la guancia e poi si allontanò, i suoi passi tornarono in cucina.

«Sì». Kay scrutò la strada con lo sguardo, cercando le ombre tra i lampioni.

Chi stava guardando? Erano là fuori, in attesa di un'altra opportunità?

Non si sarebbe fermata, non ora. Lo doveva a Gavin.

Doveva scoprire chi lo aveva aggredito.

Voltò le spalle e sbatté la porta, facendo scorrere i nuovi chiavistelli nella parte superiore e inferiore del telaio.

Si raddrizzò, poi mise la mano nella tasca dei jeans, stringendo il pugno intorno alla chiavetta USB.

«Vi prenderò, bastardi».

L'AUTRICE

Prima di dedicarsi alla scrittura, Rachel Amphlett, autrice di romanzi polizieschi tra i più venduti di USA Today, ha suonato la chitarra in una band, ha lavorato come comparsa in TV, al cinema e nell'editoria come assistente editoriale.

Ora impugna una penna al posto del plettro e scrive polizieschi. Ha oltre 30 romanzi e racconti all'attivo che vedono come protagonisti spie, detective, giustizieri e assassini.

Appassionata di viaggi e investigatrice privata per caso, Rachel ha la cittadinanza australiana e britannica.